108miracle摩訶不思議＋

はじめに

この本を手に取ってくださりありがとうございます。

本のタイトル、「108miracle摩訶不思議＋」は生身の人なら一〇八はあると言われている煩悩の数と旅で出会った数々の不思議な体験になぞらえてつけました。

人にも旅にもなんとも不思議な巡り合わせと出会いがあるものです。

それによって人は旅にも似た人生で摩訶不思議な物語を体験したり煩悩の海に放り込まれたりもします。私は二〇代から今日まで世界中を色々な形で旅をしてきました。それによって自分自身の人生が彩り豊かになって楽しく生きて来られたと思っています。

みなさんはいかがでしょうか？

さて、なぜこのような本を世に出すことにしたかをお話ししましょう。

私は五年前からカンボジアのシェムリアップにある孤児院「だるま愛育園」を支援しています。

それは摩訶不思議な縁としか言いようがない出会いがあったからなのです。

昔、私がボロヴドゥールの仏教遺跡を見に行きたくてシェムリアップに行った時の話です。素晴らしい仏教遺跡に大変感動させられました。が、合わせて破壊された遺跡も見せつけられたのです。

アジア一の仏教文化を栄えさせた国でありながらカンボジアは内輪同士で争い合い国土をキリングフィールドにしたのでした。

私は見たいものも見たけれど見たくないものも見せられてしまったのです。

悲惨な子どもたちの姿を目にしながら見なかった振りをしてなにもしなかった。

その様子は東京の戦後をよく知っている私でさえ彼らに比べたらまだましに思えたほどでした。

心は痛みましたが、そのような状況になったのはその国の問題だからその国の人達が考えるべきことだと思い、忘れることにしたのです。当時の私には罪のない子ども達を思いやる慈悲が欠けていたのでした。

それから十数年後

京都の清水寺から下りてくる道でカンボジアの子ども達が募金活動をしている姿に出会ったのです。なぜ彼らが京都にいるのか？不思議に思って訊ねると「お父さんが日本人」だと言うではありませんか。

今は釈静智を名乗る私は昔を思い出し自戒を込めて幾ばくかの寄付をしたのです。しばらくしてだるま愛育園の創始者である内田弘慈大律師から「シェムリアップで孤児院を作り井戸掘りをしているので協力して欲しい」と電話があったのです。近く皇居での園遊会に招かれて上京する折ぜひ私に会いたいとの事。会う約束をしました。

が、約束は果たされませんでした。なぜなら彼は病に倒れてしまったからでした。当時彼は医者から余命宣告を受けたほど危篤状態になっていたのでした。しばらくして「カンボジア子どもスマイル」の支援スタッフである小野ゆう子さんから連絡をもらい事情が分かったのです。

彼は残された命をまっとうするため、だるま愛育園に移住したと聞き「己の行として私が出来る事から始めよう」と決心したのです。

期を同じくして観音菩薩様からの啓示によって仏絵を描き始めていたこともあり「絵を描くことは私自身の行であるとともにそれを買ってくださる方には福をもたらす行でもあるから絵の売上をだるま愛育園を通して井戸掘り支援に廻そう」と思い立ちました。カンボジアの孤児たちの姿を借りて観音菩薩様が私に慈悲の行をするように示唆されたと思っています。

二〇一〇年に最初の一基を贈る事が出来、シェムリアップを十数年振りに訪れることができました。そして医者の手をとうに離れたはずの内田さんと会え約束を果たすことが出来ました。

それから毎年絵の売上で井戸を贈り続けています。昨年末（二〇一四年）まで七基の井戸を贈ることが出来ました。

内田さんは奇跡的に命を繋ぎ今もだるま愛育園で暮らしています。私はソリカ園長と四〇人の子ども達から「オカアサン」と呼ばれています。お陰で訪園するたびにカンボジアの仏教遺跡を見て廻る楽しみも出来ました。

この本の出版も私の菩薩行の一つであり本の売上を井戸掘りにあてる予定です。たくさん売れればですが（笑）。

また題名の「108miracle摩訶不思議＋」の＋には二つの意味を込めました。この本を通してご縁をいただいたみなさんにはミラクル体験や不思議な出来事との遭遇がきっとあるはずです。それを最後のページに加えてあなただけの本にしていただければという意味が一つ。

もう一つは一冊の本に二冊分の違う本の内容を入れたのです。つまり「Live together」がbook in bookという形の合本だという意味です。

かつて中田こよみのペンネームで「いきてかえりし魂の愛物語」を出版したのですが出してすぐその出版社が倒産してしまったのです。

残念に思っていたところ作家志望の才能ある栗生凜句（中村彩）さんとの出会いがあり彼女の

手によってぜひ小説として蘇らせもらいたかったからでもあります。

今回の出版は私にとっては菩薩行の一つですがみなさんがこの本を手にしてくださったのも摩訶不思議なご縁の賜物と思えてなりません。

感謝いたします。

二〇一四年（平成二十六年）五月六日
田中見世子（釈静智）合掌

shaku
seichi

利尻・礼文の心象風景

敦煌の心象風景

目次

第1章

「旅は摩訶不思議」行って見て知った六七話

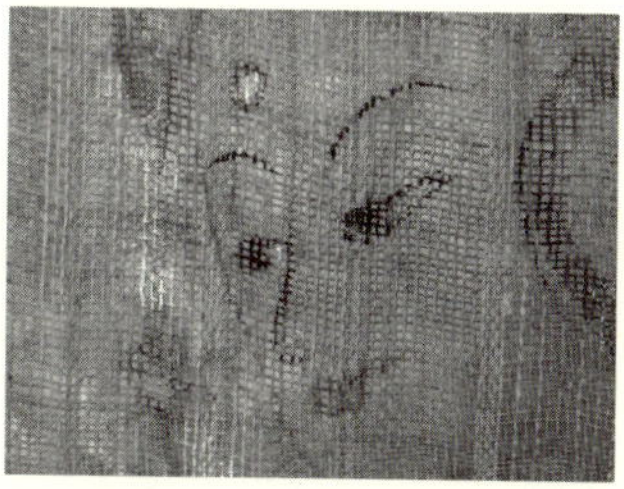

「旅は摩訶不思議」行って見て知った六七話

私は一ドル三六〇円時代から世界のあちこち旅をして、気がついたら地球の東西南北を一回りしたことになっていた。その間不思議な体験をたくさんした。自分でも「えっ、そんなことあり？」というような事が本当に起きるのだ。こういう話をすると常識的な人は「眉ツバ」だと思うだろう。さてあなたはどう思いますか？

この世には目には見えないけれど、もう一つの世界があると思える人、神仏を信じられる人、宇宙が、地球が人を動かしていると信じられる人、不可思議な出来事を信じられる人、そういう人なら必ずや楽しんでくれることと信じています。

それではしばらくおつきあいください。

①　ブータン

仏様の絵を描くようになってから急に今まで行ってない仏教国に行ってみたくなった。

かつて、西安から玄奘三蔵様の歩いた道をたどり敦煌からウルムチ、トルファンまでも行ったし、お釈迦様の足跡をたどりインドのブッダガヤ、サルナート、クシナガラにも行った。

青海チベット鉄道が走るずっと以前にチベット密教の総本山であるポタラ宮にも行った。

仏教の始まりから普及の流れを時系列的探索で廻ったわけではなくて行きたい、見たい、知りたいという思いが湧いてきた時その都度に旅に出た。

お釈迦様の説かれた精神世界を二五〇〇～二六〇〇年という年月の積み重ねとともに一瞬にして体感できるのは何と言っても至福の境地であり、かつ自分を含めて人について考えさせられる旅であった。


ブータンという国は今まで行こうとはまったく思ってもみなかったのだが、旅行会社から送られてきた「幸福の国」のキャッチコピーと、切り立つ断崖絶壁に建つタクツァン僧院の写真に魅かれて行くことにしたのだった。だから「なぜブータンへ?」と聞かれると「呼ばれたから行くことにした」と言うことにしている。

それは本当の話で、出発の二カ月近く前に申し込んだら一旦は満席で断られたのだが、キャンセル待ちで予約を入れておいたら出発日間際になってから空きが出たと連絡が入り、すぐに代金を支払い旅立ったのだった。

二〇一一年九月十八日記

チベット密教の開祖
グル・リンポチェの大タンカ
(パドマサンバヴァ)

② タクツァン僧院の小坊さん

それはブータンの首都・ティンプーの西の街、パロ郊外にあるタクツァン僧院を訪れた時の話である。ブータンはヒマラヤ山脈に連なる切り立つ山々に囲まれた仏教王国である。山のわずかな隙間にへばりつくようにタクツァン僧院はあった。

チベット仏教の開祖パドマサンバヴァ＝グル・リンポチェ（尊い僧という意味）が虎の背に乗りこの場所に降り立って瞑想したところだそうな。タクツァンとは虎の巣という意味。八世紀頃、チベット王に招かれたインドの高僧グル・リンポチェがチベット・ブータンで布教。その歴史がこういう話となっているのだろう。

タクツァン僧院の写真を見た時、ぜひその僧坊に行ってみたいと思った。登るのは大変なように思えたが現地に行ってみてため息が出た。「私はほんとにあそこまで辿り着くことができるのだろうか？」。チベットの鳥葬の場に行った時のことが頭に浮かんだ。「あんなところにも行けたのだから行けないはずはない」。が、それは十年も前の話。ガイドに途中までロバで行きたいと言ったが止められた。歩けども歩けども辿り着かない道。覚悟を決めて歩く。レストハウスのある展望台まで二時間。食事をして一息入れる。さてそれからがまた大変。登ったり降りたりまた登ったりすること一時間。

貴重品も何もかも入口の護衛兵に預けねば寺に入れない。お布施持参はＯＫ。昔の寺は一九九八年に不審火で焼け、仏像は残ったが建物は二〇〇四年に再建された。

私は西側の断崖に建つ小さな僧坊に入ってみたかったが鍵がかけられていた。観光客など入れる余地もなく諦めかけたその時、何と上から小坊さんが手招きをし中に入れてくれたのだ。中にはリンポチェがおられた。日本から持参したお布施の品を置いて拝み共に瞑想した。親切な小坊さんには持ってきていた菓子「かっぱえびせん」を渡した。その時の彼の嬉しそうな顔と言ったら！

私までが幸せな気持ちになった。そして小坊さんの額と私の額をつけて別れの挨拶をした。

タクツァン僧院までの道

後日その小坊さんの写真をパロで見かけた。輪廻した高僧の一人だと聞いた。

二〇一一年一〇月二日記

③　ブータンの占い師

私は占いが好きだ。占い師のほうも私を好きだと見えて寄ってくる。私も占いをする。何かに行き詰まったりした時のプロフェッショナルアドバイザーだと思えば良い。何でも使い方次第。自分の気持ち次第。

現地のガイドにどうしてもブータンの占い師に会いたいと頼んだところ、とある高名な僧院の長までつとめた僧侶で、その地では有名な占星術師（彼は故あって還俗した）という人に会わせてくれた。

ただし占うことはたった一つだけ。彼は私の人相を見、生年月日と誕生時間を聞き、占って欲しい事は何かと尋ねた。ブータン語は出来ないので通訳を通してだがコミュニケーションはしっかりとれた。古い経典を一枚一枚めくりながら、私に答えてくれた。占いの結果は？

私は彼と握手をした。お布施を置いて立ち去ろうとする私に彼は両手を合わせ仏様の加護を祈ってくれた。

さて皆さんはいったい私がどういうことを占い師に尋ねたか？を知りたいと言うのですね。

残念ながら占いが実現するためには占い師との約束で公開はできないのです。

二〇一一年十一月二六日記

ゾンの六道輪廻図

④「ポタラ宮の白日夢」

ポタラ宮のどこの部屋で起きた事だったかはまったく記憶にない。

十年前、それは今年のように暑い八月にチベットのラサを訪れた時の出来事である。

四年前に七一歳でこの世を去った姉に「死ぬまで一度ポタラ宮に行ってみたいから連れてって」と頼まれ二人で出かけた。どうせ行くならお祭りを観たいと思い「デプン寺のショトン祭」に合わせた。

その昔、グアテマラのリマに行った時、高山病に少しなりかけた経験があったので、今回は主治医の薦める高山病予防薬を事前に飲んでいった。特に姉は初めての高地とい

ポタラ宮

うこともあり、ナビゲーターの私としては高山病対策を入念にしたのだった。そのお陰で私も彼女も空気が薄かったがまったく問題なく旅することができた。

下から見上げるとまるで岩城のようなポタラ宮の外観に圧倒されたが、中はとても神秘的な空間が広がっていた。今でもはっきりとそれを思いだすことができる。

ガイドの案内で回る部屋は薄暗く室内はバター油が灯され香が焚かれていた。本来はダライ・ラマ法王十四世がいるべきところにはポツネンと座布団だけが残されていた。それが何ともいえない感傷に襲われた。「なんとこの国の仏教徒は気の毒な…」と心から思った。

定番コースを人の列について部屋をめぐっていた最中の出来事である。

その部屋に足を踏み入れた途端、一瞬にしてまわりの人たちがいなくなり、私だけがその部屋に取り残された。何が起きたのか私にはわからずまわりを見渡した。

と、正面にはリンポチェの像があった。まるで生きているかのように私をしっかり見据えた。目が何かを語りかけた様な気もした。とてつもないエネルギーに打たれた気分になった。瞬間、私の意識が朦朧とした。立っていられなくなり、身体を泳がせながらその部屋を出た。しばらくその場にしゃがんで息をした。外は中とは対象的に明るい日差しが差し込み、観光客が往来していた。
　その時、私は「やはり、あれを実行しよう」と決めた。

二〇一一年十月八日記

⑤　青年僧との出会い

　ショトン祭＝雪頓祭（ヨーグルト祭とも言う。春先からこの時期まで寺に籠り修業する僧たちの修業明けにヨーグルトを供したことに由来）
　岩の斜面に大タンカを開帳してお祭りをする。それは信仰心の篤いチベット人にとってもラサを訪れる観光客にとっても、一大イベントである。当日、いったい今までどこにこれほど多くの人が住んでいたのかと思うほどのチベット人が暗い時間から集まってきていた。私たちも朝の四時頃タクシーでホテルを出た。道路は途中で封鎖されているので、あとは歩いてその場所まで行かなければならない。ガイドと三人で山を登っていく。

一時間以上歩いてやっとデプン寺までたどりつく。一応そこまではバスがあるのだが乗れる状態ではないのだ。歩くのが一番手っ取り早い方法だとガイドは言う。そこからがまた登りだ。日本の団体ツアーの一行が車でデプン寺まで乗り付けてきた。私たち三人はタンカ（曼荼羅仏画）を目指して登る。チベット人たちも黙々と登る。

一時間程してようやく辿り着いた特等席の真ん前に中国人の兵隊長がふんぞり返って座っていた。「何だ、これは！宗教行事なのに！」。私は日本からカター（敬愛の印に贈る白い布）のつもりで晒しを一反持参して来た。何としてでもこれを届けねば。姉は見物席でギブアップ。晒しのお布施をし終え、手を合わせてタンカを仰ぎ見る。

そこにはポタラ宮で出会った目があった。すると私の目の前に若い僧が私のほうをじっと見て立っていた。その目は昨日ポタラ宮で出会ったあの目と同じようであった。私

山の斜面に広げられた大タンカ

は無言で日本から持参したあれをその僧に供した。すると彼はそれを一瞥しただけで満面の笑みを浮かべ、すぐ胸に仕舞い込んだ。そして私に向かって手を合わせた。青空に輝く美しい笑顔が嬉しかった。私のほうが贈り物をもらった気分になった。あれとはダライ・ラマ十四世の微笑みの写真であった。私のショトン祭は終わった。

※奇しくも二〇一四年四月十四日、私はダライ・ラマ法王十四世から胎蔵マンダラ灌頂を高野山で受けた。

二〇一一年十月十七日記

⑥　鳥葬（空葬）との遭遇

私がチベットの鳥葬を知ったのは、十代の時に見た「秘境チベット」だったか「チベットの暮らしと仏教」とかいったようなドキュメンタリー映画である。

若かった私は大変な衝撃を受けた。映画を見終わった後、映像のショックもさることながらいつかこの国に行ってみようと思った事も事実だった。骸を前にマニ車《ぐるま》を回し、読経し最後の供養をするお坊さんと小坊主の姿、隠亡のような遺体処理人。突き抜けるような青い空に舞うハゲ鷹達が骸をついばむ様子をカメラは非情にとらえていた。寺の上にあった鳥葬の場に遭遇した時、四十年以上たっているにもかかわらず、さっきまでそれを視ていたかのように私の記憶が蘇った。

別に私はそこに行きたかったのではなかった。ただ有名観光寺ではなく、村はずれにある地元の人達のための寺に行きたかっただけだった。それでガイドに特別に頼んで連れて来てもらったのだ。寺に着いた時「ここには鳥葬の場がある」と直感した。ガイドに尋ねると「どうして知っているの？」とばかりに目を見開いて、黙って上の方を指差した。そう、たしかにそれはあった。山頂には石畳のような空間があり、そこで鳥葬の行為が今も日常的におこなわ

寺の上が鳥葬の場

れているのだ。

チベット仏教では魂がぬけた亡骸はもはや単なる物体にすぎない。こんな言い方をすると身も蓋もない。が、その物体をハゲワシに食べさせるのは究極のリサイクルとなる。自然界の理にかなった死体処理方法である。人間も自然界の一部に過ぎないのだから。「すべて生きとし生けるもの達は自然の法則によって循環していく」。

インドのバナラシの火葬場に行った時と同じ思いにとらわれた。

＊二〇〇六年に、中国は鳥葬について撮影や報道を禁ずる条例を公布したそうである。それにより関係者以外による撮影や見物、および鳥葬用石台近くの採石など開発行為も禁じた。チベットには約一〇〇〇箇所の鳥葬用石台があるそうだ。

二〇一一年十一月七日記

⑦　スリランカの『アーユルヴェーダ』

ブータンの占い師の事を書いたので、ついでに私が体験した占いについて色々とお話ししよう。まずはスリランカ編。

その前に何故私がスリランカに行くことにしたのか？　定期検診時に血液中のＺＴＴ数値が三年連続で異常に高い数字が続き、私のホームドクターに「精密検査したほうがよい」と指摘された事による。

年令的にもいわゆる初老？　期に入る頃だったので「まあ、年を取っていくということはこんな風に少しずつ調子が悪くなっていくのだなぁ」くらいに受け止めてはいたのだが、信頼しているドクターにそう言われたのですぐ行動を起こした。

先生の紹介書状を携え某有名病院の門をくぐった。当時、確かに関節が痛むだけでなく目はすぐアレルギーになって腫れるし、口は乾くしでおまけに体全体に倦怠感もあった。さっそくＭＲＩ検査を含む徹底的な精密検査をしてもらった結果、私は膠原病と診断された。早い話が自己免疫細胞が狂ってしまい、自分で自分の組織を破壊し不具合が生じる病である。具体的にはリウマチなどの関節炎、ドライマウス、ドライアイ、皮膚疾患などがあげられ、原因が特定できないという。二〇～六〇代の女性が多くかかるそうで「薬で症状を和らげることはできても、完治はしない」とのご宣託を受けた。「まあ、病気とは長くつきあうつもりで処方しましょう」と言われその時私は「気休めの化学薬」は飲まないことを決心した。

「自分で自分の免疫機能を取り戻すしかない。それには体質改善するしかない！」

では何で体質改善するかだ。子宮筋腫のときは漢方と気功の治療法を試みたので、そこでこんどは前々から興味があった「アーユルヴェーダ」をやってみることにしたのだった。

アーユルヴェーダ治療をしてくれるところを調べ、その結果スリランカの「バーベリン」というところに行くことにした。

上から見るマータレー州のシギリヤ・ロック

ホテル兼ホスピタルと言ったらいいのだろうか。治療をしながらリゾートをする！願ったり叶ったりである。私は飛ぶようにスリランカに旅立った。

その結果、私の膠原病がしばらくの間治まったことは確かだ。

※根本的には治らない病ゆえ対処療法でその病と折り合いをつけている。

二〇一一年十二月十一日記

⑧ スリランカの『アストロジー』

「アーユルヴェーダ」とは一〇〇〇年の歴史を持つインド伝統医学の事であり、身近な暮らしの知恵から始まり、社会倫理や宗教哲学そして宇宙論まで含むいにしえからの生命科学である。サンスクリット語でアーユル＝生命、ヴェーダ＝知識の意味だ。天空が大宇宙なら人間はその相似形の小宇宙であり、天体の動きと連動している。だから星の動きを観察すればその生い立ちから未来にいたるまで占うことができると考えられた。そしてその小宇宙の人間の体は自然界の元素から成り立ち、体は三つの生命エネルギー（カッパ・ピッタ・ヴァータ）によって調和を保っている。そのバランスが崩れると病になるのだから、そのバランスをとり戻すようにすればよいというのだ。ケミカルではなくナチュラル医療法だと思えばよい。

ではどういう治療法なのか。

私が体験したプログラムをざっと紹介しよう。まず伝統医が問診をし、カルテを作ってくれる。それによりハーブ薬が処方される。毎日の食事はやはりハーブをふんだんに使った料理が出てくる。味付けはカレー味が主である。帰国する時の夜食だけウエスタンスタイルのディナーになる。毎日ハーブオイルマッサージ、温浴、サウナ、ハリなどが繰り返される。一週間くらいたつと体内から毒素がなくなったということで第三の目からハーブオイルを体内に摂り入れるシロダラも行われる。その間毎朝夕にヨガ、太

シギリヤロック山頂のシギリヤレディ

極拳、瞑想の時間がある。
また「アーユルヴェーダ」「アストロジー」学の講義もある。まさに心身一如、一体型のヒーリングホスピタルといったところだ。

さて、それでは占いの話へ。この「アストロジー」とは占ってもらいたい人の生まれた年と月日と時刻と生まれた場所に天体がどのような位置にあったのかを割出してその人の生命性格と一生を予測する学問である。スリランカではアストロジャーは身近なライフコンサルタントといった存在だ。特に結婚するときには必ずみてもらうのだそうである。講義をしてくれた先生が個別鑑定をしてくれるという。さっそく頼んだ。

すると私の生まれた時の星座表がしっかりと描かれていてなんと五ページにわたって私の性格分析から年代別の未来予測が詳細にわたって書かれていた。そして先生は「このあなたの星占い判定書は一晩かかって作成しました。これは日本に帰ってから、なにかがあったときや判断に迷った時に取り出して読んでみてください」と言い、私の幸運を祈ってくれた。それを読み返してみて分かった事は星座の位置によって生命エネルギーのバイオリズムが変わるのでその変化を見極めてそれに対応するようにという事であった。

アーユルヴェーダが体の予防医学ならアストロジーは心の予防医学ではないかと思っている。

二〇一一年十二月十八日記

⑨ カンボジアのシェムリアップ

「アンコールワットをこの目で見てみたい」。十五年前に私はシェムリアップに降り立っていた。

今回（二〇一一年十二月）の訪問では、まず空港が立派になっていたことに驚いた。次に道。空港からホテルまでの一本しかない国道の両側には大型のホテルが軒を連ねて立ち並んでいた。ちょうどクリスマス月であったこともありネオンサインをきらびやかに競い合っていた。

当時は空港からホテルまでの道の両側は真っ暗で、ところどころ裸電球の明りがついているだけだったのに、あまりの変わり様に驚いた。

「なぜ再びシェムリアップに？」だが、冒頭に書いた。それは京都清水寺坂下での「だるま愛育園」の子どもたちとの出会いによってである。募金を呼び掛ける子どもたちに思わず足を止めた私にかつて訪れた世界遺産の地での思い出が蘇ったからである。アンコールワット、アンコールトム、バンテアイ・スレイの荘厳さに感動したが、その環境は劣悪だった。ボロボロの身なりで物を売る裸足の子どもたち。今にも崩れそうな高床の家。遺跡への道はガランの材料にもなっている紅土が舞っていた。帰りがけ、カンボジア取材中に死んだ澤田教一カメラマン（一九七〇・十・二十八　カンボジア・プノンペン国道にて没）に師事していたというガイドが草むらの一角に私たちを案内した。彼の墓を自分が作ったと言う。孤児たちのために学校を作っているとも言っていた。本当かどうかは分からない。が、暗い目をした裸同然の子どもたちの姿をたくさん見た

ベンメリア寺院の仏頭

私の心は暗くなった。遺跡見物以外は気が滅入る環境であった。その時私は何も行動しなかった。二度とここには来ないだろうとも思った。

が、それが摩訶不思議な事に「だるまの子どもたち」を通してカンボジアの支援活動をされている「お父さん」の内田弘慈師と縁を得た。今回内田師の見舞いと二基目の井戸掘りの立会いを兼ねシェムリアップを再訪したのだった。そして十五年前には見ることができなかった遺跡も訪れることができたのだった。

二〇一二年一月八日記

⑩　プレアヴィヒア寺院訪問

幻の山岳寺院と言われている世界遺産のプレアヴィヒアに行くことが出来た。

建物は崩れかけてはいるものの丘全体が寺院になっていて素晴らしい。カンボジアとタイの国境にあり今はカンボジアからしか行くことができない。シェムリアップの町中から現地までは九八％舗装された道路が延びていた。直近では二〇一一年二月にタイとの紛争があった由。目的地近くには検問所が設けられ事前に申請書を出さねばならない。また遺跡の手前ではガイドが観光警察官に質問チェックされたりしたし、銃を持った兵士もいた。

タイ側からの入口は鉄条網で遮られ、その先には地雷の印ドクロマークの看板があった。遺跡の下側に位置するタイ側は眼と鼻の先にあり確かに国境地帯であった。そこを守っているのは元ポルポト軍の兵士たちだそうで、ガイドが「うちの兵士たちは実戦経験が豊かだからタイには負けない」と自慢げに言った。シェムリアップ

前方左手はタイ
カンボジア側から撮影

にもあるキリングフィールドを見た後だけに私は何とも言えない複雑な気持ちになった。
「森の人たち」と言われている彼らは国境近くに家族とともに暮らし国境を警備している。警備というよりただ暮らしているだけのように私には見えたが。九世紀にクメールのヒンドゥー寺院として建てられ十二世紀前半まで時の王によって増築されたのち仏教寺院になったと言われている。丘に作られた正面の急な石段を登っていくとシヴァ神殿があり、さらに登っていくと半分砲弾を受けて瓦礫化した祭壇があった。上には広い参道が次なる神殿へと続いていた。第二回廊には乳海撹拌の物語レリーフが跡をとどめていた。眺望の良い小高い寺院の丘は風も心地良く快適な場所だった。天と地とが繋がるエネルギーの磁場だからこそ人間にとっても聖なるパワースポットとなるのだろう。愚かな人間の仕業でその上に建てられた人間の造形物が壊されても、天地の生命エネルギーがこの場に溢れていると私には感じられた。来て見てそして幸せを私はもらった。

二〇一二年一月二二日記

⑪　若き修行僧の悩み

ラオスの世界遺産、ルアンプラバンでの托鉢風景は圧巻だった。ガイドのティンさんはこの地で日本語を勉強してガイドになったという好青年。朝市に始まって王宮、博物館、ワットの数々をガイドしてくれた。三百段の階段を上りつめたところにあった小さな寺でおみくじを引いた。やり方は日本と同じ。ラオス語は全く分からないので彼に読んでもらった。ひとつ面白い事が書かれてあった。「あなたには不思議な力がある。あなたは人のためにその力を発揮する」。「日本ではおみくじといって良くないくじだと神木に結えて吉に代えてもらうようにお願いするのだ」と教えたら「ラオスではもう一回引きます」と言われた。

夕方、メコン川の夕日が美しいという寺を教えてもらいひとりで行った。入場チケット売り場には誰もいなかった。少年坊主君が出てきたがまったく英語が分からず「英語を話す人はいないのか?」と大声を出したら奥から小学一年生ほどの小坊主達とともに青年僧が出てきた。

事情を話してチケットを買おうとしたらお釣りがなく「お金はいりません」とのこと。せっかくの機会なのでまだ子どもの小坊主をデッサンしたいと思いその青年僧にわけを話して頼んでみた。彼が説得してくれたが子ども達は恥ずかしがって出てこようとしない。仕方なく「あなたでもいいから」と頼むと快諾してくれた。デッサンをしながら雑談をした。彼は十四年間修業していて来年本当の僧になるのだと言った。私が「それは素晴らしい」とお愛想を言ったらしばし沈黙のあと「僧になるかどうか迷っている」と言う。思わず「あなたは若いのだし、英語も上手だし違う道もあるかもしれない。どの道を選ぼうとあなた自身の人生なのだから悔いのないようにしたらよいと思う」と私は言っていた。今までの硬い表情がみるみる晴れやかな顔になり「ありがとう」と力を込めて礼を言った。おみくじに書かれてあったことを思い出していた。メコンに夕日が映えてまるで陽炎のように見えた。

二〇一二年二月五日記

メコン川の夕日

⑫ パクセーの托鉢少年僧達

やはりラオスの世界遺産「ワットプー」近くの町パクセーでの話。

泊まったホテルの近くに寺があったので案内してもらう。時間が午後ということもあって若い僧たちが所在なげに事務所（?・）的な場所に固まっていた。その修業中らしき若い僧達と話をした。一人が私が日本人だと言うと「日本では僧侶が結婚してもよいと聞くが本当か?・」と尋ねた。イエスと答えると一同顔を見合わせて不思議な事を知ったような顔になった。それで私はこの国と日本とではお釈迦様の教えは同じだが途中で別れたのだと答えてやった。上座仏教では僧は結婚してはならない。同じ上座仏教国のタイで小坊主君は十一、見習い僧は六十七、本当の僧になると二百二十七の戒律を守らなければならないのだ聞いていた。

年の頃十四、五歳のまるで孫のような子ども達が人間の根源的な欲望の一つである性欲を抑えて成長盛りにニルバーナ（涅槃）の境地になるには大変な修業がいるだろう。

僧侶たちは托鉢によって日々の食をまかなっている。托鉢に応じることは自分たちの功徳となる。信者たちは毎朝お坊さんたちに炊いたおこわと果物、おかずなどを当たり前のように提供している。私は翌朝早く托鉢僧の来るのを待っていた。その小じんまりした行列に昨日の若い僧達がいた。昨日のあどけない顔と打って変って、彼らは厳かな顔つきで私の差し出す供物を受取りながら何か文言を唱えてくれた。意味は分からなかったが経文の一節を唱えていると思った。とてもありがたい気持ちになり自然に私はひざまずき手を合わせていた。顔を上げた時に彼らが微笑んでいた。何だか昨日のお礼ですよと言っているように私には思えた。少年達の優しい眼差しが嬉しかった。

ラオスは国全体が敬虔な仏教国だと私は思い込んでいたが実際のところ仏教徒は六〇％なのだとか。が、日常に托鉢僧がいる風景は心を穏やかにしてくれるものだと私は今回の旅で知った。

二〇一二年二月十九日記

⑬　中国の少年僧―嵩山《すうざん》少林寺

前回、今も托鉢という乞食（こつじき）の行を日常とするラオスの少年僧達について二つの話をした。

　書き綴っていると昨年（二〇一一年）七月中国河南省にある嵩山少林寺を訪れた時の事が思い出された。

　中国の寺院は信仰の対象としてではなく観光名所として大事な施設である。中でも嵩山少林寺は国内観光旅行の人気スポットだ。現に私が訪れた時も観光バスが列をなしていた。特に毎日数回行う少年僧による演武ショーは並ばないと観られないほどだそうだが、私は運良く観ることが出来た。右肩を出した偏袒《へんだん》右肩《うけん》の格好で棒一本と体一つ、何とも人間業とは思えない武術を披露する。終わると静かに合掌する。時には瞑想してから演武する。

　嵩山少林寺は五世紀、インドから中国に渡来した達磨大師が開祖の禅寺である。なぜ座禅が行の寺が武術行の寺になったのか？菩提達磨が少林寺に来て禅宗の教えを授ける

少年僧による模範演武

際に、少林寺の僧侶たちがひ弱で精神を鍛えることが出来そうになかったため、まず体力を鍛える行を授けた。この行を元にして少林寺で武術が発達したというのが通説である。

本当のところは戦乱の時代、寺でも自衛せねば生き残れなかったからではないか？だから武術が発達したのではないか？この少年たちは長じるとどうなるのだろう？僧侶として座禅に明け暮れる日々に移るのだろうか？などとその時は妄想を逞しくしたが日本に戻ったら全く忘れていた。

だが、偶然にもＮＨＫのＢＳ番組を見ていたらこの嵩山少林寺が出てきた。トップは僧でありながらＭＢＡを持つやり手の経営者なんだそうである。数珠を片手にパソコンを操るＣＥＯなのだ。寺を核に教育・映画・健康などの産業を複合ビジネスとして展開しているという。

お釈迦様の時代から二五〇〇年。今も変わらぬ托鉢行を行う少年僧と、棒を片手に武術行を行う少年僧。では日本の少年僧はどのような修行をしているのだろう。

知っている人がいたら教えてもらいたい。

二〇一二年三月四日記

⑭　平遥で仏龕《ぶつがん》に出会う

仏龕《ぶつがん》をご存じだろうか?両扉を閉じれば持ち歩けるようになっている携帯用仏像の事である。私は国立博物館での「空海展」でお目にかかるまでそれを知らなかった。空海さんの仏龕は七世紀、唐から帰国するときに持ってきたものだ。白檀の香木を三つに分割して蝶番でつなぎ中側には釈迦如来を中心に多くの菩薩様が細かく彫刻されている。展示会では厳重なガラスケースに入って展示されていた。その前に立った時、私は鳥肌が立った。「私と同じものだ!」

私がひと目で気に入り買い求めたモノが、年代材質こそ違え、唐代に空海さんが中国から持ち帰って来たモノと同じだったからだ。

私のは清の乾隆帝の時代のモノである。空海展を遡ることひと月前、私は平遥を訪れていた。山西省にある平遥は清代の末期までは中国金融の中心地あり、明から清代にかけての中国の典型的な城郭都市の風情がそのまま残っている。世界遺産にも登録されている。そこには古い建物にマッチした骨董品店がずらりと並び、真贋の品々で溢れかえっている。長年積み重なった埃なのか、見せかけのために後で付けたのか分からないくらいだ。そういうモノを見て歩くのはわくわくする。縁があれば「運命のモノ」に出会えるかも知れないからだ。それが贋物であろうと自分にとって「コレ」というものに出会える喜び。それが私にとっては旅の醍醐味になっている。

平遥に話を戻そう。その出会いが仏龕だったのだ。片っぱしから骨董屋の中に入って品物をためつすがめつするがどうもピンとこない。諦めてホテルに帰る道すがらこのモノと出会ったのだ。扉を開けると中も埃まみれだったが真ん中にお釈迦様の姿が見えた。私は即座に欲しいと思い少しだけ値切って買った。ホテルに戻って洗ってやったら中から諸仏も出てきた。嬉しかった。

で冒頭に戻る。仏龕を得た事は偶然ではなく、私にとっ

城郭から見た平遥の町並み

て必然だったのだ。

二〇一二年三月十八日記

⑮　東寺で出会った不思議なモノ

日本での最近のお話を二つ。

三月二十一日に東寺まで出かけた。偶然にも彼岸のしまい日にあたっていた。なぜ東寺に？かねてより空海さんの立体マンダラを東寺で見たかったから。それと依頼されていた絵のアイデアをまとめるためである。三月二十日以降でないと宝物館が見られないと知って先に延ばしていたのだった。が、ちょうど和歌山の白浜に行く用事もあったので結果このタイミングとなったのだ。

去年、上野での「空海と密教美術展」で立体マンダラのうち八体を初めて見て強烈な衝撃を受けた。しばらくたってまた会いたいと思った。赤と白を背景に二十一体の仏像が醸し出す立体マンダラの世界。二十一体が一つに融合し強烈なエネルギーを放っていた。八体は控えめな存在となっていた。素晴らしい。全盛期、燦然と光り輝く金色の仏像に誰もが夢中になったことだろう。

正面の大日如来の前でしばし瞑想した。大日如来に空海さんの姿が重なって見えた。他の仏様のお顔はそれぞれ誰かに似ている気がした。マンダラの中で至福の時を過ごした後、建物の外に出た。

空海さんに見えますか？

構内のしだれ桜の蕾は固かった。去年の今頃は震災と原発事故に見舞われて桜の事を気にするどころではなかったはずだが、今年は桜が気になって仕方がない（私は毎年桜の追っかけをしていた）。

なんと身勝手な私と思いつつも桜の膨らみが気になるので樹木ばかり目で追いかける。

と、なんと両手を合わせて祈る人の姿が枝木をはらった幹の中に見えたのだ！思わず目を凝らして見直したが、やはり同じように私には見えるのだ。写真をご覧あれ。空海さんだ！

ほら顔が左側からのななめ横向きで両手をややひろげて上の方に持ち上げ手を合わせているでしょう、下半身は少々ぼんやりした形ですが結跏趺坐をされているでしょう。

えっ、そうは見えない？見たい気持ちがあれば見えるはず。心が見たいモノを現象として見せてくれるのではないでしょうか。私はそう思います。

二〇一二年四月七日記

⑯　東寺での偶然体験

こういう経験がおありだろうか?ずっと知らなかったことが何かの拍子に知る。それも直接的な繋がりがあってのことではなくて、ひょいと結びつくといったような。

人はそれを偶然と言う。私は偶然には現在を超えた過去と未来を含めたなんらかの因果律があるのではと思っている。

空海さんことお大師さんは謎の多い人物である。謎が多い分魅せられる。四国の香川の出身で、本名は佐伯の真魚《まお》。

二〇～三十一歳の間位で出家し唐への留学を三十一歳で果たし、二〇年間を二年に短縮して学ぶ。恵果和尚から真言密教の後継者に指名され、当時最先端の仏教文化と文物を持ち帰り国教として仏教の普及活動をした。およそ千二百年前、六十一歳で亡くなるも高野山の奥の院で今なお生きておられるという事になっている。四国の八十八ヵ寺を巡礼し高野山にもお礼参りに行った私としてはこのスーパーヒーローの伝説はそのまま信じる事にしている。

立体マンダラの中央に位置する大日如来を初めて拝顔した時、私は直感した。「この顔は空海さんだ」。仏像には必ずモデルがいる。仏絵を描くようになって分かったことでもある。二十一体の仏様の顔はそれぞれ違う。八十八の寺には必ず大師堂があり、空海さん自筆とされている御影が掲げられていたり、弘法大師像があったりするがその顔は空海さんと違うような気がしてならなかった。今回東寺で大日如来像に接することができ腑に落ちた。「空海さんが大日如来」。

私は高野山におられる空海さんが時空を超えて私の描こうとしている絵に大きなヒントをくれたのだ。とても幸せな気分になった。

東寺の五重塔

この偶然体験がなぜ起きたのか?前に書いたが、空海さんの仏龕《ぶつがん》のコピーが私に手元にきたこともあり、空海さんとは前世で強力な縁があったのではないか?そう勝手に思い込んでいる。私が十三仏を描くきっかけになったのも巡礼後であったし。私の守護仏が大日如来であるのも必然的な偶然だったのだと得心している。

二〇一二年四月記

⑰ 韓国慶州《キョンジュ》で見たモノ

四月初め、韓国の慶州《キョンジュ》に行って来た。

慶州は新羅王朝（紀元前七世紀~九三七年）が千年栄えた歴史を持つ。特に飛鳥時代の仏教文化への影響が強い。新羅からの渡来人秦氏は一族の寺、広隆寺（七世紀前半創建）に弥勒菩薩（国宝）思惟像を祀った。慶州博物館でたくさんの半跏思惟像を観て朝鮮と日本とのつながりをとても強く感じた。

話は飛ぶが同じ朝鮮半島には三十八度線を境に朝鮮民主主義人民共和国がある。同じ四月、偶然にも初めて行く機会が訪れた。そして三九二年、高句麗時代に創建されたという同じ廣（広）の字で始まる廣法寺に行くことができた。その時代の石塔と寺の旗をかかげた石柱、そしてその後十八世紀初頭に建てられた石碑は現存していた。一九八九年に再建された寺には釈迦三尊が祀られていた。特別にご住職にも会う事ができ、お経を上げていただいた。仏教徒として日本―韓国―北朝鮮を結ぶ摩訶不思議な糸に手繰り寄せられたような気がする。

さて韓国の話に戻ろう。雁鴨池《アナプチ》（臨海殿址）は新羅を統一し高句麗を滅ぼして朝鮮半島から唐の勢力を追出した文武大王（六六一～六八一年）が造成させた池（六四七年）だったそうだ。伝説によると彼は死後龍となり国の守り神となったとか。その夜はちょうど満月だった。月明かりのも

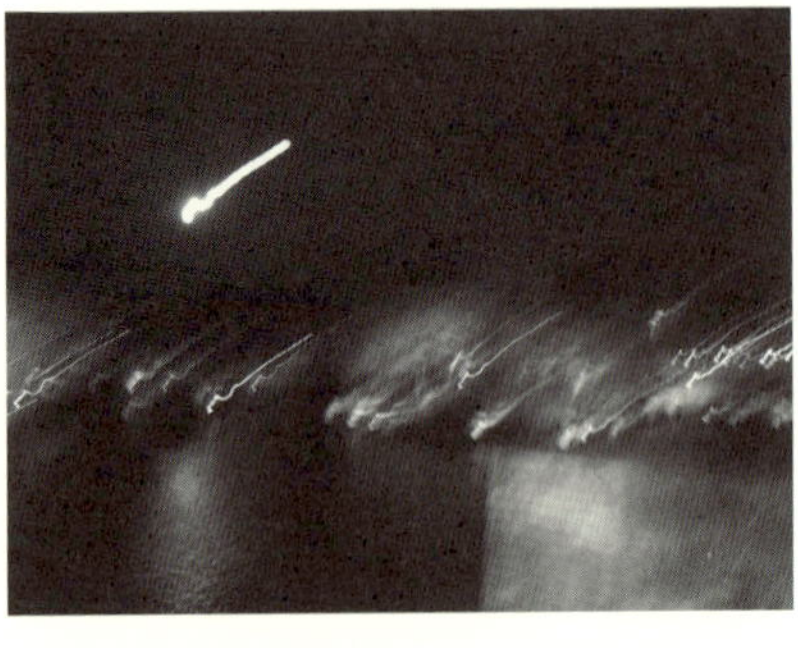

韓国慶州《キョンジュ》雁鴨池《アナプチ》（臨海殿址）

と水面は黄金に光り輝いていた。不思議な気配を感じ、私は自然とシャッターを押していた。そこに写っていたモノがこれである。私にはこの写真が空から龍たちが水面に勢いよく飛び込んでくる様子に見えた。「手振れと操作ミスでは？」と思われるかもしれない。

が、その後の映像は普通の夜景が普通に映っていた。

後日の北朝鮮の旅での出来事。ガイドの金さんが「死ぬまでのうちに海印寺《ヘインサ》にある高麗八万大蔵経を見てみたい」と私にこっそり打明けた。偶然にもデジカメに雁鴨池《アナプチ》、海印寺《ヘインサ》、鎮海《チネ》で撮った写真が残っていたので彼に見せてやった。彼が喜んだのは言うまでもない。

＊朝鮮人の二割が金姓とのこと。

二〇一二年五月六日記

⑱　朝鮮の旅

朝鮮半島南の韓国から北の共和国へと自然な成り行きで行くことになった旅。この目で見た高句麗古墳群（高句麗後期六世紀末～七世紀中、二〇〇四年世界遺産に登録）＝徳興里古墳（五世紀初）と江西大墓と中墓内（六世紀末～七世紀初）についてお話しよう。

それらは高句麗（紀元前三十七～六六八）とヤマト王権（四世紀～七世紀）との同民族としてのつながりを一目瞭然で分からせてくれた。古墳内に描かれているヤタガラスの数々、北斗七星、牽牛と織女、矢を射る騎馬人、初代神武天皇やヤマトタケルを思わせる髪型と装束の男性達、飛鳥美人と同じ顔と装束の女性群、蓮、唐草模様。空を飛ぶ天女と魚。

高句麗古墳江西大墓

古墳に埋葬された権力者の生前の暮らしも楽しげに描かれていた。あの世でもそんな生活が続くように願っての事だろうと私には思えた。墨・赤・青・白・黄の彩色が今なお残り一五〇〇～一六〇〇年という時の流れを感じさせない。

「百聞は一見にしかず」。なぜ日本では天皇墓を考古学的に発掘させないのかもよく分かった。Historyはhis-story、つまるところすべて権力者が書かせた「彼の物語」による。

そしてまた最古の歴史書と言われている「古事記（七一二年）・日本書紀（七二〇年）」には歴史偽造が大いにありと私は感じた。奈良、近畿のヤマト王権のルーツは朝鮮にある。かつて今上天皇が皇祖に嫁した一人の妃が百済出身であることは表明したけれど、父系皇祖のルーツそのものがそうなのではないか？

ところで日本の高松塚古墳（六九四～七一〇）や亀虎《キトラ》古墳（七世紀末～八世紀初）へと引継がれた大墓、中墓内の四神図「青龍・白虎・朱雀・玄武」に一目で魅了された。四神それぞれをかたどる奔放な墨と赤の線は生々しく、ある種の生命エネルギーを放っていた。最初にこの四神の絵を創造したのは誰なのだろう？朝鮮の旅で四神に縁気をもらった私に良い縁起が生まれてきますように。

帰国後も不思議な廻り合わせが続いている。半年前からこの五月に茅野に居を移した友人を訪ねることにしていた。帰国後知ったことだが、何と茅野の手前、小淵沢近くの「平山郁夫シルクロード美術館」でまさに今回見てきた大墓、中墓内の四神図が高精細技術で再現したデジタル壁画が展示中というではないか！そこに縁の糸が続いていたのだった。

＊年代表記については通説に基づく。

二〇一二年五月十九日記

⑲ 甲斐小泉の平山郁夫シルクロード美術館

新宿から小淵沢駅で小海線に乗換えて辿り着いた甲斐小泉駅の前に、目指す平山郁夫シルクロード美術館はあった。館の前庭にラクダが三匹（本物ではありません）お出迎えしてくれた。ラッキーなことに私が朝一番の来館者だった。

今回一番の目的は、朝鮮で古墳内部に入ってこの目で見た本物と青龍・白虎・朱雀・玄武の復元画との比較にあった。私が入ったのは江西大墓と中墓である。現実の古墳内部だが、棺がおかれていたスペースは六～八畳ほど。お目当ての壁面はすべてガラス面で覆われている。見学者が数人入ると、人いきれで表面が曇り、拭くと水滴がしたたるほどになる。しかも明りは外での手動式発電機によるため、なんとか壁画だけが見える状態だ。もちろん、内部は撮影禁止である。時間も限られている。スケッチを諦めて目の奥底に焼き付けるように制限時間まで見続けていた。

目が生きていた。四神の目が「何しに来た？」ととがめだてしているような気がした。墳墓の外に出た時、実物をこの目で見られたという満足感でわたしは幸せな気分になるとともにあの目が追いかけて来たような気がした。

話を戻そう。東京藝術大学が手掛けた高精密のデジタル手彩色による復元四神図は素晴らしかった。三十年前と近年の写真をもとに三年かけて完成したという。おかげで現

平山郁夫シルクロード美術館

物では分かりにくかった線と彩色がよく分かった。

が、一点だけ本物との違いがあった。それは目である。復元画は目が生きていなかった。確かに同じような目の形はしていたけれど生きている目ではなかった。わたしはあの墳墓の中で時空を超えて生き続けている四神に会えたのだ！

そしてそれ以上に大きな収穫があった。氏の絵が四年半前にあの世の旅に出た姉との二人旅を思い出させてくれたことだ。玄奘三蔵法師の道を辿ってみたくて西安から河西回廊を通って敦煌に至り、そこからウルムチ、トルファンまで足を伸ばした旅だった。

あれから十三年経っていた。

二〇一二年六月二日記

⑳ 諏訪の御柱

数えで七年に一度の諏訪の御柱祭。学生時代の友人からの誘いで、運よく以前から観たいと思っていたその御柱祭を観る事が出来た。

♫御小屋の山の樅の木は里を下りて神となる♫の木遣唄の掛け声とともに山で切り倒した巨木をただひたすら曳く。小高い丘からその木を落とし川も曳いて渡り大社の四社の四隅にそれぞれ御柱を建てる。ただそれだけなのに毎回死人が出るほどの摩訶不思議な祭なのである。

去年は諏訪大社の四隅に建てられた御柱を見に行ってきた。そして今年はついにその伐採跡地に行くことができた。つまり御柱が神になる以前におられた出身地を訪ねたというわけである。

本宮の御柱伐採跡

なんでも諏訪大社は出雲大社に祀られている大国主大神（大物主）の息子の一人だそうだ。一三〇〇年前に書かれた古事記からの私の超訳だが、アマテラスのヤマトに侵攻され、国を譲らざるを得なくなった出雲王の決断に反対して彼は戦をし諏訪まで後退してくる。この地にいた先住民の頭を追い出してここの王となり、結界を張ってヤマトと和睦をする。

諏訪大社の元は先住民の山や木などの自然崇拝で、それが文化度の高い出雲の信仰による政術と合体して木が依り代となり先住民を支配したと私は思っている。出雲出身である証拠が注縄《しめなわ》に残されている。出雲大社と同じ左なえの注縄が秋宮の神楽殿に奉納されていた。

さて、御柱に話を戻そう。諏訪の御柱祭は桓武天皇（七八一～八〇六年）の記録にあって今日まで続いている祭だ。がそれより以前一万六千年から三千年前にさかのぼり一万年以上続いたと言われている縄文時代にこそ、その原点がある。自然な気持ちから生まれた自然崇拝が姿・形を変えてその土地の人達に脈々と受け継がれ御柱祭となった。去年この目で見た本宮の四本の御柱があった伐採跡に残された伐採された木の切り株に手を当てた。最初はひんやりとしたが直ぐに温かく感じられた。まるで生きているようだった。残された株にも精霊が宿っていることを私は改めて知った。友に感謝。

二〇一二年七月七日記」

㉑　岩手へ　平泉・花巻

世界遺産登録される前から平泉には行きたいと思っていた。が、大震災が起きてしまったためずっと行かれず仕舞いだった。

東北を旅することは多少なりとも震災復興への役立ちにもなるかと思い、この春から福島を皮切りに岩手も旅をすることにした。

平日の訪問にもかかわらず平泉は混んでいた。私はその様子が嬉しかった。人は多かったが金色堂に至る道は清々しく、道中それこそ光を観ることができた。

半世紀近く昔のこと、六人の子供達を独立させた私の両親（故人）はしょっちゅう国内旅行をしていた。

花巻あたりで温泉に泊まろうと思ってパンフレットを見ていたら、なぜか「大沢温泉が一番よかった」と父母から聞いたような気がした。それで迷わず大沢温泉に泊まることにした。何しろ二軒の宿と自炊の宿しかない湯治場である。これも直感で一五〇年は経っている茅葺屋根の旅館のほうに泊まることにした。後から分かったことだが、両親もそこに泊まっていた。豊沢川に面した露天風呂は混浴だったが、お湯も眺めも体に良く効いてくれた。

初めてにもかかわらず、以前来たような気がしてならなならなかった。デジャヴといったらよいのだろうか?千二百年前に坂上の田村麻呂が入浴したという伝説があり、また二百年も前から湯治場として知られた場所でもあった。

宮澤賢治も少年時代に父親と幾度となく来ていたという。私は昭和八年（一九三三）、三十七歳でこの世を去った彼のことは「雨ニモマケズ風ニモマケズ」の名言と『銀

大沢温泉曲がり橋

河鉄道の夜』『注文の多い料理店』『風の又三郎』の本でしか知らなかったが、帰りに立寄った宮澤賢治記念館で彼が信仰心の篤い仏教徒であったことを知った。

帰宅後、両親のアルバムを開けたらそこには両親が大沢温泉に行った時の写真があった。その写真はまさに大沢温泉の曲がり橋で撮ったもので、宮澤賢治が明治三十九年の少年時代に撮ったところと同じ場所であった。

見えない縁に招かれた旅であった。

二〇一二年七月七日記

㉒　私の遠野物語

はるか昔、柳田國男の『遠野物語』を読んで魅了され、しばらくその不思議世界のお話に熱中した時期があった。

最近、水木しげるの『遠野物語』を読んだ。文字と絵の違いこそあれこちらからも強い不思議世界に引き込まれた。

その記憶がきっとどこかにあったのだろうか、最初は平泉と花巻そして震災を自分の目で知るために気仙沼をまわるはずだった。が、岩手の地図を見ていたら「遠野」の地名に出会ってしまい、気仙沼は次回にして「遠野」に行くことにした。

案の定カッパが闊歩していた。私もどっぷりと『遠野物語』の世界に浸ることにした。物語にも記されている「カッパ淵」に行った時の事である。常堅寺の裏手にあるそこは昼なおうす暗く小川の水も訳ありの感じで河童が出てもおかしくない雰囲気であった。

釣竿にきゅうりがぶらさげられていたのがご愛敬であっ

遠野のカッパ淵

た。私はカッパがいないかと川べりをキョロキョロ探し回った。草の茂みからカッパが呼んでいるような気がした。ガイドたちはずっと先のほうに行ってしまったが、その場に留まって写真を撮った。

最後に行った早池峰《はやちね》神社でのこと。ガイドが「ここの中には座敷童子がいるそうですよ」と言った。暗い奥を単眼鏡で覗き込んだらそこに女の子の顔らしきものが写った鏡があった。これには驚いた。ガイドにも見せたら納得してくれた⁉。

最後の不思議は予約していた宿が「予約は受けていない」というではないか。フロントは記録にないという。なんだか狐ならぬカッパにつままれたような気がした。誤解も解け部屋に入って写真を確認したところ写真の中にあのカッパ達が写っていた！

単なる葉っぱではないかですって？信じるも信じないもあなたの勝手です。

＊『遠野物語』：明治四十三年（一九一〇）、民俗学者の柳田國男が遠野生まれの佐々木喜善から河童の話、座敷童子など遠野に伝わる民話を聞いて本にしたもの。三島由紀夫も小説の原点として高く評価していた。

二〇一二年七月二十一日記

㉓ インドの石窟寺院　アジャンダ・エローラ

お盆が近づくと先にあの世に逝った親しい人たちとの思い出がよみがえる。それは姉と一緒に行ったインド旅行の写真からだった。

ところで、お盆（盂蘭盆会）の起源だが、中国から渡ってきた目連伝説に日本的諸事情を加えて仏教説話として広めていったのが普及版。お釈迦様のお弟子さんの目連さんが神通力で自分の母親が地獄に落ちている様を見て、何とか助ける方法をお釈迦様に相談したところ、雨期明けにお坊さんに供物を施すと良いと言われ無事餓飢道から救い成仏させることができたというお話である。

お盆は旧暦の八月十五日前後になっている。奇しくも終戦記念日にあたる。奪われた魂達がご先祖様と共に戦争に終止符を止たせた日だと思っている。

東京では一カ月早い七月十五日前後にお盆行事するのが一般的だ。なぜ東京周辺は違うのか？

明治五年（一八七二）十二月に明治政府が新暦（西洋暦）を実施した結果である。余談だが、これにより政権交代で膨らんだ役人の人件費を二カ月分カットすることができた。昔も今も時代の支配者達は誤魔化しが巧みである。

閑話休題。

十年前、ヒンドゥー教の宗教改革とも言われる仏教の発祥地であるインドにお釈迦様ゆかりの地を姉と訪れた時の体験だ。初説法をされたサルナートに立った時二五〇〇年という時間が一瞬にして飛んでしまった。私がお釈迦様の時代に飛んだのか、お釈迦様が飛んで来られたのか分からないが。金縛りにあったようにその地から動くことが出来なかった。あれは摩訶不思議な出来事であった。

アジャンタは馬の背のような岩山に紀元前百年も前から

エローラ寺院群のカイサナータ

六世紀半ばにわたって造られた仏教石窟寺院である。莫高窟の姉妹窟と言われる楡林窟を思い出させた。どの宗教にとっても聖なる山のエローラには仏教寺院だけでなくヒンドゥー、ジャイナ教の寺院も混在しインド宗教の寛大さを感じた。

中でも八世紀、カイラス山をイメージしたカイラーサナータ寺には言葉も無かった。ノミひとつで三代にわたり百年かけてひとつの岩山を掘り下げたものだ。

「信仰のミラクル」と言わずして何と言おう。

あの旅もお盆の時だった。

二〇一二年八月五日記

㉔　インドーバナラシ

「インドの旅」は行った前と後では価値観が変わるとよく言われる。「インドが好き」になる人と「インドが嫌い」になる人と。

　私が鮮烈なヒンドゥー教の洗礼を受けたのは火葬場の町、バナラシでのことだ。

　肌寒い明け方に駅に着いたのだが、側道に人とおぼしき形状の南京袋がゴミ袋のように置かれているのを何体も見た時。「生きている人なのか？ 死んだ人なのか？」分からなかった。

　バナラシ（ワーラーナシー）のガンガー（ガンジス川）近くで死んだ者は、輪廻から解脱できると言う。川岸に接する沐浴のためのマニカルニカー・ガートは、南北六キロ、ガンジスの岸辺のほぼ中央である。

　このためインド各地から多い日は百体近い遺体が金銀のあでやかな布にくるまれ運び込まれ茶毘にふされる。ただし、お金が無い人・赤ん坊・妊婦・蛇に噛まれた人はそのまま流される。

マニカルニカー・ガート

ここで家族に見守られながら最後の時を過ごす人たちもいる。またそのほとりで死を待つ人もいる。それがヒンドゥー教徒にとっては無上の幸せにつながると言われている。

聖なる沐浴を行なうガートの隣にある火葬場は二十四時間火が絶えない。それが数千年続いているのだ。

死者達の灰が流されるガンガーでは生きているヒンドゥー教徒が沐浴をしていた。泳いでいる人もいた。

聖なるものと俗なるものが混然一体となって同じ空間と時間を共用している。

その不思議さと同じくらい摩訶不思議な光景があった。それは川岸の階段にまるでスズメのように並んでいる日本の若者たちの姿だった。昼日がな大麻を吸ったり、酒を飲んだりしている。

現地のガイドが「あれもバナラシ名物」と嘲笑気味に言った。カーストの掟が残るこの地でアウトカーストと結婚した日本の女性たちもいると言う。「日本って不思議な国なんですね？」と尋ねられ姉は「そう、日本って摩訶不思議な国なのよ」と返した。不思議の基準って何なのだろう？

（Benaresの誤読により日本語ではベナレスとも言われている）

二〇一二年八月二十一日記

㉕ シリアの縁

七年前の六月にシリア・ヨルダン・レバノンを十五日間のツアーで廻った。

九月のテーマは「中東の摩訶不思議」にしようと決めていた。シリア情勢を現場から報道する女性ジャーナリストの山本美香さんの姿をＴＶの画面で見たからだった。

が、その矢先、八月二十一日の夕方のことである。山本さんがアレッポで取材中に銃弾に撃たれて亡くなるというニュースが流れ、彼女が撮った最後の映像も流れた。理不尽な内戦に巻き込まれてしまった山本さんもアレッポの市民達もお気の毒としか言いようがない。

合掌。


アレッポは世界中の女性に人気の石鹸を作っている有名な町でもある。数千年の歴史を持つアレッポの旧市街地にスーク（市場）がある。その中にお目当ての石鹸工場があった。くねくねと迷路を曲がりその工場に辿り着くと、裸足の少年が大きなひしゃくのようなものでゆっくりと釜をかきまぜていた。それが原料のオリーブオイルとローレルオイルを煮詰める作業だった。昔ながらの製法で作っているのだと言う。社長は「日本のお客さんにとても人気があります」と嬉しそうに付け加えた。荷物になると思いつつ私もついどっさりと買ってしまった。後日、日本でも大ブームになったほどである。

アレッポで生まれ育って石鹸を作り、一家で暮らし、結婚し、子どもが生まれ、またその子も石鹸を作っていく。そういう暮らしが積み重なってできたに違いない町が破壊されていく姿をＴＶで見て切なくなった。石鹸作りばかりではない。スークの中で私は記念に指輪を買おうと思い、小さな男の子がいる店に入った。当然値切り交渉に入る。黒い瞳をしたその子は父親と私のやりとりをじっと見ていた。散々交渉の末、最終段階となった。すると父親がその息子に電卓で数字を示した。少年はにっこりと頷いた。私は思わず少年の手を握ってしまった。あの人たちは無事な

アレッポの家族

のだろうか？　縁あって旅した者にとっては心が痛む。普通の人たちの普通の暮らしを奪い、命までをも奪う権利が誰にあるというのか。シリアの人たちに報道写真家福島菊次郎氏の「殺すな殺されるな」の言葉を私は心から贈りたい。

写真は家族そろって野外で食事をする一家。挨拶しただけなのに日本人が珍しいのか、食事に招待された。コーラのみいただく。

二〇一二年九月八日記

㉖　砂漠と石と

国外行きの飛行機に乗り遅れた経験、ありますか？

実は中東への旅がそうだった。空港を成田と羽田と間違えたのだ。想定外の事が起こると人は一瞬何も考えなくなる。が、すぐにリカバーしようと必死な行動をとる。

さてそれで？

一日遅れでドバイに発つことができた。お陰でドバイではちょっとした独り旅が楽しめた。万事塞翁が馬の境地。ゴールドスークでは母親と娘さんが金の装飾品の品定めをしていた。近くお嫁に行くので遠くから買いに来たと言っていた。金が嫁入り道具だそうな。その後ツアーに合流し、ベイルート→レバノン→クラック・デ・シュバリエ→ダマスカス→アレッポ→エブラ→ハマ→パルミラ→マルーラ村→ヨルダンと廻った。それは砂漠と遺跡に旧約と新約聖書の世界を歩いた旅だった。シリアのニュースが流れるにつけ何とか不毛の内戦が治まってもらいたいと願う。

私の手元に遺跡の石がある。パルミラ遺跡からの帰り道にベドウィンの若者がお祈り絨毯一枚で店を開いていた。となりにアラブ美人の女性が座っていたので思わず「She is so beautiful. Is she your wife ?」と話しかけた。彼は「違

どこも同じようでどこだかわからないがシリア内

う、私の姉だ。」誇らしげに言い「うちの姉はラクダ十頭以上持ってこないとお嫁にはやれない」とのたまわった。隣の姉はちょっとうれしそうにうつむいている。

え？今時女性の価値がラクダで評価されるとは！

しばし彼とおしゃべりをするなか「私は何頭？」と聞いてみた。お兄ちゃんは「一頭」とにやり。思わず三人で顔を見合わせ笑った。そのうちふたりの父親がやってきた。映画の「アラビアのロレンス」に出てきたようなベドウィンの男だった。英語は分からなかったが、彼は私に微笑みながらベドウィンのお茶をついでくれ、食べものを勧めてくれた。私はお兄ちゃんから遺跡の石を買った。別れ際「God bless you」と言ってくれた。その石には中東の摩訶不思議が詰まっていると思っている。

二〇一二年九月二十三日記

㉗ ヨルダン—アカバ

写真はアカバ要塞からのアカバ港。今も百年前の百《メートル》のアラブ反乱旗がはためく。湾をはさんで右手がイスラエル左側がエジプト。


なぜ中東を旅しようと思ったのか?ひとえにそれは映画にかぶれたからである。

まずかぶれ原因の一つ目が「アラビアのロレンス」。一九六二年のイギリス映画でデヴィット・リーン監督、ピーター・オトゥール主演。

イギリス陸軍将校だったトーマス・エドワード・ロレンスのアラビアでの軍略諜報活動を物語映画にしたもの。私、その時二十。この映画に魅了され、以来洋画ファンとなった。

冒頭、主人公のロレンスはオートバイ事故で死ぬ。その葬儀で彼の毀誉褒貶が語られる。そこから物語が始まるのだがロレンス役のピーター・オトゥールが何とかっこよかったことか!

二つ目が「インディ・ジョーンズ」シリーズ（ジョージ・ルーカス、スティーブン・スピルバーグ監督、ハリソン・フォード主演一九八一～二〇〇八）。このハリウッド的冒険娯楽映画は四作とも観た。なかでも「最後の聖戦」にはこの映画を盛り上げる迫力満点の遺跡が出てきた。それがペトラ遺跡だった。それでペトラに行って見たかったのである。
つまるところ私の中東への興味はまったくのミーハー的興味からだったのです。

ロレンス映画で知った「アカバ」だが、アラビア半島とシナイ半島の付根にある。彼はわずか五十人ほどのアラブ人を率いてアル・ワジュからネフド砂漠を渡り背後から攻撃する奇襲作戦を敢行する。結果、大砲がすべて海に向いていたオスマン帝国軍はあっけなく陥落。（一九一七年七月六日）。勝利を納めたロレンスはシナイ砂漠を横断し、

アカバ湾

スエズに辿り着き戦果をイギリス陸軍司令部に報告する。この戦争体験によってロレンスは精神に破綻をきたし、異常な行動をとるようになる。現実的な砂漠はやっかいな存在だろうと分かりながら映像的には美しい砂漠に憧れた。実際行って見て「憧れの砂漠」と「本物のアカバ」を思い知った。私が如何に映画に洗脳されていたことか。人は虚構の世界を先に体験するとあとからの実体験は虚構を追いかける。

人の眼が真化怖視欺《まかふしぎ》なのではないか？

二〇一二年十月十三日記

㉘ ヨルダン―ペトラ

＊ペトラとはギリシャ語で崖のこと

世界中の遺跡巡りで一番感動したのがペトラだった。暗いシーク（峡谷）を抜け最後の狭い峡谷の隙間から「エル・カズネ」が見えた瞬間、体に鳥肌が立った。映画を見た時には感じなかった体感感動だった。

ペトラは広い。私はエル・カズネからラクダに乗った。ベドウィンの若者をお伴に、ラクダから風を感じ遺跡を眺める気分は最高の気分だった。その先にあるエドディルまで行きその先がホルン山（モーゼの兄アーロンが眠る）だと言われた時、ここ中東は旧約聖書の地なのだと痛感した。

憧れて旅をした中東だったが、今では砂と岩と熱さしか記憶に残っていない。写真も色々撮ったはずなのだがどこで撮った写真なのかも覚えていない有様だ。が、インターネットのお陰で今回記憶が整理できた。インターネット社会にその点は感謝。ペトラはナバテア人により

エドディル（アラビア語で教会）に向う道
エルカズネ（宝物殿）より古い

紀元前四世紀からエジプトとメソポタミアを結ぶ交易路として栄え、都市国家を作った。今もその当時を偲ばせる遺跡を残している。八世紀の大地震により遺跡は砂に埋もれ、その後ベドウィンが廃墟に住む。一九八五年世界遺産に登録されるとベドウィンはご先祖の地を追い出され国家管理の観光資源となる。私が行った時（二〇〇五年）には入場料が二十一ＪＤ（日本円で約三一五〇円）であったが現在（二〇一二年時）は五〇ＪＤとか。それでも安いと私は思う。ペトラそのものが二五〇〇年かけて作り上げられた民族歴史ミュージアムなのだから。大地震に何回あってもペトラ（崖）は崖っぷちで生き抜いている。

思い出を一つ。

ビジネスセンターの入口近くに土産物屋がある。そこで私は美しい短剣に惹き付けられた。その短剣を買おうと決めて手にした。短剣に見惚れていると何と刃に男の顔が次々と浮かび上がってきたのだ。この短剣を使った男たちの顔ではないか？アラブ男の魂を渡さないと宣告されたような気がして止めた。その代わりベドウィンの男の子から石ころを買った。ペトラ（崖）からのお守りであると信じて。

※ＪＤはヨルダンの通貨ディナールのこと

二〇一二年十月二十八日記

㉙　レバノン—今は昔

レバノン人のガイドは言った。

「このベイルートはかつて中東のパリと讃えられたほど美しかったのです」。

その時代を知らない私は、弾痕が残り崩れかかったままの建物が残る町並みを見て溜息をついた。それほどまでに町が荒れていたからだ。第五次中東戦争とさえ言われているレバノン内戦は一九七五年に始まり九〇年まで十五年間も続いた。その前も一九四八年から七十三年までたったの二十五年間の間に四回この中東では戦争をしていた。

私が訪れたのは二〇〇五年六月だったから十五年前に終結していたことになる。有名アーティストの手になる何台もの戦車がコンクリートで固められた戦争終結のモニュメントはなんとも不気味だった。私の眼には単なる虚無なる瓦礫にしか見えなかった。特にイスラエルによる猛攻を受けた町は二度と復活しないネクロポリス（ギリシャ語で死者の町）のように思えた。

ベイルートから北東八十五キロのベッカー高原に今なお残る世界遺産のバールベックのほうが今も活きている町という感じがした。ローマの主神、ジュピターを祀る神殿は紀元六十年頃に完成したという。その五十四本のコリント式柱のうち二十二メートルの六本が六世紀の大地震にも耐え残っていた。七十五年に訪れたアテネのパルテノン神殿を思い出させてくれた。

山脈の間にあるベッカー高原は水が豊かでフェニキア人（セム族）の時代から農耕をし、神を信仰し、そして交易をして人びとは平和に暮らしていたのだ。が、豊かな土地

バールベック遺跡

は部族間の争いの種となる。

今もシリアは内戦が続きレバノンも巻き込まれている。イランとイスラエルも一触即発の状態だ。それもすべてこの地が豊かなるゆえに起きていることなのか人種によるものなのかはたまた宗教によるものなのか?。異文化の住人にはどうにも理解できない。

残された歴史的な遺跡を歩くと時空を超えてそこに暮らした人びとの暮らしぶりや姿が不思議なことに浮かんでくる。この地がこれ以上今は昔にならないようにミラクルが起きて欲しいと願うのみだ。

二〇一二年十一月十一日記

㉚　レバノン杉と石油とシェール革命

「ノアの方舟」をご存知だろうか?そう、ユダヤ教、キリスト教、イスラム教の聖典である旧約聖書の創世記篇に出てくるお話だ。身勝手な人間に怒ったGod《神》が大洪水を起こし、人間せん滅作戦を実行する。だが心正しいノアの家族と、動物達一つがいだけは助けることにする。方舟は四十昼夜揉みに揉まれてアララト山に漂着する。

旧約聖書によるとこのノアファミリーから人類が始まったとされる。

その方舟だが、どうもレバノン杉の角材で出来ていたらしい。

レバノンの国旗にはモミの木のような形をした緑のレバノン杉がデザインされている。が、そのレバノン杉はアブ・アリ川の源流をさかのぼってガディーシャ渓谷に行かないとお眼にかかれない。それも大事に保護されているほんのわずかな場所にしかない。そこで三千年有余経ているとい

霞んで見える前方奥が「約束された土地」

う巨木に私は出会った。対面した時、木からの生命エネルギーが体の隅々まで染み通る気がした。

七千年前、中東一帯は緑の森に覆われていたという。レバノン杉はそれより前から棲んでいたフェニキア人によってガレー船の資材として、また地中海を渡っての交易品として大いに消費された。その結果、豊かな資源の森は減り土地は砂漠化していった。ところが百数十年前、石油資源が発見されたためこの地域は再び豊かになれるはずだった。「乳と蜜の流れる約束された土地」になるはずだった。が、この資源をめぐって西洋列強の食い物にされたうえ、今なお争いが続いている。あと数十年で中東の石油は枯渇するとさえ言われているのにだ。

が、ごく最近地下の固い頁岩層《けつがんそう》（シェール層）に閉じ込められているオイルガスの採掘にアメリカが成功したという「シェール革命」のニュースが流れた。普及すれば中東は争いから救われるのではないか。「シェール革命」によって中東が砂漠と瓦礫に覆われるのではなく緑に覆われる様なミラクルを願う。砂漠の緑地化も進んでいると聞く。

二〇一二年十一月二十四日記

㉛　機上の隣人

朝の早い上海行きの便だったが空きが目立っていた。私が選んだ席の隣にはすでに若い女性が座っていた。

彼女は「クメール語学習」と書かれた本を読んでいた。それを見て私も中国語会話を少し勉強しようと思い直し、一旦入れた荷物入れから本を取り出した。笑顔で席を立ってくれた彼女について「カンボジアに行くのですか？」と話しかけた。「実は仕事でカンボジアに長期出張するものですから」アクセントが地方の人のようにも中国人のようにも聞こえた。東京っ子の私の耳でも迷ったが、服装から中国の女性と判断した。

彼女の名前は陳さん。「仕事上、ひと月に一、二回は上海と東京を往復してますが、初めて隣りの席の人と話しまし

紹興酒の工場

た。」プノンペンに出来る新工場の縫製技術指導のため近く長期出張をするという。そのためにクメール語を学びたいそうだ。「通訳なしで女工さんたちにクメール語で教えたいのです」。

陳さんは南京の近郊生まれで十四歳のときから中国で女工さんとして働き始めた。その後富山の縫製工場で技術研修を受けながら日本語を学ぶ。道理でアクセントが地方の人のようにも聞こえたわけだ。十四年間のキャリアを積んでベテラン縫製技術者となる。「中国版おしん物語」を聞いているような気がして好感が持てた。私達は忌憚なく尖閣問題も話し合った。結論は「早く国同士が仲良くしてくれないと我々民間レベルが困る」だった。

陳さんの手助けになればと思いカンボジアのだるま愛育園のソリカ園長を紹介することにした。

偶然にも帰りの便も同じだと分かったので再びお隣り同士の席にしようと約束した。もちろんそのようになった。「仕事にトラブルが色々あって上海では一時間の睡眠しか取れなかったんです」と陳さんは嘆いた。仕事では国境も国籍も無い事を改めて思い知るとともに頑張り屋の隣人に好感を持った。機内も旅の一部。袖すり合うも多生の縁と言うではありませんか。

二〇一二年十二月九日記

㉜ 今こそ中国の旅へ

私は中国が好きだ。旅するたびに摩訶不思議体験をさせてもらえるからだ。一九六九年に香港に仕事で行った。当時中国と日本とは国交が回復していなかったし、香港はイギリス領だった。興味津々で中国国境を見に行った。展望台から眺めると眼下に田畑が地平線まで広がっている。「あっちが中国です」と素っ気ないガイド。日本人が行けない国が目の前にある。歩いて行ける距離なのに行けない異国。一九七二年九月二十九日、周恩来首相と田中角栄首相によって国交が回復した。

その後、八十年代に初めて中国に行った。当時、北京だけだったのに中国を知った気になった。空港の暗さと天安門広場の広さと毛沢東の巨大な写真だけが印象に残った。一九九七年七月一日香港が中国に戻った後であの国境検問所跡に行ってみた。一国二制度のもと中国人同士が行き帰りするための通行路になっていた。人が溢れていた。田畑はビル群に変わっていた。

話が横道にそれてしまった。今回の上海・杭州・蘇州への旅は画材探しが目的だった。というと聞こえはいいが、それにかこつけて江南の地を見たかったからだ。昨今、中国への日本人旅行者が尖閣（魚釣島）問題の件で七割減だそうである。そのためか、格安パックでも旅行はなんと三人の参加者しかいなかった。逆も真で、中国人の団体旅行が規制されてしまい、日本の観光地もあがったりになってしまっている。ガイドの申さん曰く「中国人のお客さんは一人十万円は日本で買物して帰るんですよ」と嘆く。行く先、行く先のコースに組み込まれている土産物屋さんも売り込みに必死だ。直接被害と迷惑を被っているのは現場。私的には団体料金で個人旅行を味わえ得をした気分だった。たったの五日間で紹興、杭州、無錫、蘇州、同里、上海の観光地を巡り世界遺産から名物料理からショッピングまでセットされ、至れり尽くせりのサービスぶりだった。

水郷の蘇州

ホテルも四つ星！こういう時期だからこそか、ゆえか、運の良い旅でした。
※最近は中国からのお客さんが戻りつつあるとギンザ雀が話してくれた。

二〇一三年一月十三日記

㉝ 中国の旅回想

十代の頃、漢文・漢詩が好きだった。

芥川龍之介の『杜子春』井上靖の『敦煌』の名文に接しますます好きになった。大学時代には中国文学を一般教養科目でとった。四千年とも言われる中国の歴史は日本の歴史に比べて国が広いだけあって、多民族間の希有壮大なドラマがある。文句なしで面白い。民族間の対立と興亡が数千年の間繰り返されてきた国、中国。それに比べて日本の古代歴史は大和朝廷内の親族争い史で私にはつまらない。

中国と国交が回復して長年夢だった中国の旅を三十年前から始めた。初めての旅は北京だけだった。それでも充分過ぎるほどの感動をもらった。次が西安（長安）まで行った。三度目がシルクロードの大旅行でウルムチまで。確か六回目はチベットだった。その間海南島にも行ったし、台湾にも行った。その後も広西チワン族自治区・巴馬(ばま)まで出かけた。長安城壁の西門で「ここからシルクロードへの道が始まります」とのガイドの言葉に旅支度で杖を持つ玄奘三蔵様の姿が浮かんだ。千数百年もたった今この時、インドへと仏典を求めて旅立った尊敬する彼と同じところに自分が立っている摩訶不思議さ。わたしは感動で身が震えた。

「再びここに来て三蔵法師と同じ道を歩こう」。大雁塔で決心した通りその旅は十五年前、実現した。私と姉のふたりだけの冒険旅行であったが、親切な中国人のスルーガイ

これがシルクロード　延々と続く

ドのお陰で法師の足跡を無事辿ることが出来た。なんだか自分達が特別な使命を果たしているようなそんな気持ちにさえなった。中国語は一向に上達しないけれど中国の歴史には精通していると自負していたが、先日杭州のガイド申さんに「中国人より中国の歴史を良く知ってますねぇ」と褒められた。

過去生は中国に生まれていたのかも知れない?自分が勝手に思い込んでいるだけでしょうですって?そう、そう思い込めるほど中国の多民族文化が好きです。生まれ育ち今も暮らしている日本の文化と同じ位に。

二〇一三年一月十二日記

㉞ 敦煌の出会い

十五年から我家に美しい菩薩様がおいでだ。仏絵を描くようになったのもこの菩薩様の夢のお告げによる。

敦煌への旅は玄奘三蔵さんも通った、西安→蘭州→嘉峪関→武威→酒泉→張掖→敦煌という河西回廊ルートだった。専用の車とガイドとドライバーを従えた私と姉の二人旅。私達はあたかも「孫悟空」に出てくる三蔵法師さんになったような気分を楽しみながら敦煌までの道を旅した。敦煌から先、トルファン→ウルムチ→火焰山→高昌故城→ベゼクリク千仏洞→アスターナ古墳群→玉門関と廻った。莫高窟には六百余の窟がありそのうちの四百九十二窟に四世紀から千年にわたった仏教文化の足跡を壁画や仏像に残している。が、私にとっては五十七窟が一番印象に残っている。

何故か？

それには敦煌に着いた日、中心地の路上で黒い衣の僧侶のような男と出会ったことによる。眼が合ってしまった瞬

道士の占い師

間、彼は私に近寄ってこう言ったのである。「あなたを占ってあげよう、お金はいらない」。ガイドによると彼は崑崙山で修業を積んだ道士だそうである。言われるがまま通訳を通して名前と字画、生年月日を伝えた。しばし目をつぶり骨の筮竹を鳴らした後、何やらつぶやきながら亀の甲の前にそれを置いた。「今あなたは道に迷っている。しばらく迷うだろう。が、光明が見えている。近くあなたは菩薩に出会う。あなたの思いはすべて叶う。あなたは結婚する。絵を描くようになる」。

思わず姉と顔を見合わせた。当るも八卦、当らぬも八卦とはよくいったものだ。確かにこれから先の仕事のことで悩んでいた事は当った。そのあと莫高窟見学に行ったので菩薩様の事も当った。そして冒頭の五十七窟の美しい菩薩様に魅せられ黄河さんの手描きの菩薩絵を買ったのである。

結婚の卦ははずれと思った。既に結婚していたからだ。が、それから十年後「結婚する」の卦も当った。二度目の結婚をしたからである。その後、夢に菩薩様が現れて仏様の絵を描くように言われた。今、私は仏絵を描いている。道士の占い師の卦はすべて当ったのである。

二〇一三年一月二十五日記

㉟　トラブルもトラベルの内

「トラベルは一字違いでトラブルになる」を地で行った旅だった。

今回の旅の目的「パガンのアーナンダ祭」を見ることができなかったからだ。パガンのアーナンダ祭は旧暦で決められるのだが現地旅行社がお祭りの日にちを間違えたためである。現地で知ったがそれこそ「後の祭り」であったのだ。

気を取り直してアーナンダ寺院を二回もじっくりと見て回り、予定にはなかったホッパー山に行ったりして何とか後の祭りを楽しむようにした。十一世紀、ミャンマーの王都パガンの森には二千もパゴダ（仏塔）が林立していたと

パガンの夕日

言われる。日本では平安後期にあたる。大乗、上座の解釈の違いこそあれ仏教がアジア一帯を席巻していた時代でもある。シュエサンドーパゴダからベンガル湾に落ちる夕陽を眺めながら「時を支配した者達は、この悠久の景色を眺めて何を感じたのだろう?それに思いを馳せれば今回の事なぞ…」と妙なこじつけをして自分に納得させた。

私は上座(僧侶)仏教国であるタイ、ラオス、スリランカに既に行っている。寺院も仏像もお坊さんも全てに違いがあるのは分かっているのだが、今回はその違いをとても感じた。日本と比べてミャンマーの人達の真剣過ぎる喜捨寄進の姿がやたら目に付いたせいだろうか。が、パガンを始めマンダレー、インレー湖、チャイティーヨー、ヤンゴンとどこもヨーロッパからの旅行客と韓国、中国、タイからの観光客で溢れていた。「異常気象でヨーロッパは寒くて。だから物価の安いアジアに来た」とパガンの飛行場で知り合ったローマからの中年夫婦が言っていた。「日本は行きたいけれど物価が高いしね。それに地震は大丈夫か?」と尋ねられた。

シェムリアップへの移動前夜、現地旅行社の社長が今回のお詫びに来た。何と五十代の日本人女性であった。トラブルがあったからこそそれを知ったわけだが、異国で頑張っている女性と出会ったのもなにかの縁と思い直し子供たちが待つの「だるま愛育園」へ向かったのだった。
二〇一三年二月五日記

㊱ 不思議な黄金の岩

あれは確か昨年秋の上海行の機内での事だった。偶然、大きな金塊が崖っぷちで踏み止まった写真を見た。「是非本物を見てみたい」と思った。

それは、何と一月に行くことになっているミャンマーのチャイティーヨーという所にあるという。当初の予定にはなかったが、急きょ今回のミャンマーの旅に組み込んでもらった。何でもミャンマーの三大パゴダの一つになっていて、お釈迦様の遺髪が収められていると言う。他の二つはヤンゴンにあるシュエダゴンパゴダ、マンダレーのマハムニダパゴダで予定に入っていたが、お陰で一挙に三つの巡礼地を巡ることが出来た。

チャイティーヨーパヤー（ゴールデンロック）はヤンゴンから五時間ほどのところにある。麓の村からは登山トラックで登っていく。一台が五十人乗りで人数が集まるまで待って出発。左隣りが中国人、右隣りがイギリス人、前後列にはミャンマー人とすし詰め状態のトラック。どのトラックも同じだ。ガイドのタンさんによるとミャンマー人達にも人気の観光スポットなのだそうだ。隣りの中国人はビジネスのついでの観光で、イギリス人は仏教研究観光だった。左右に揺れながら山道を登ること三十分、八合目に着く。そこから頂上までは四人の若者が担ぐかごで行った。山頂にはホテルや土産物屋がずらりと並んでいた。目指すゴールデンロックの周りには参拝

チャイティーヨーパヤー

者のための祭壇が設けられ熱心な信者が祈りを捧げていた。熱心な信者は岩に金箔を直接貼り付け祈願。誰が決めたか女性は立ち入り禁止で直接触れることが出来ない。ご利益の元は紀元前からそこにあったという単なる花崗岩である。が確かにあの写真のように巨大な金塊となり光り輝き不思議な力を放っている。最初にこの岩を見つけた人は修行僧だろうか。自然界の偶然は二千五百年の歳月を越え、こうして人をして畏敬の念を持たせる摩訶不思議な力を持つ存在になったのだ。それにしてもなぜあの金色の岩は転げ落ちないのだろうか?

二〇一三年二月十六日記

㊲ シャーマン

私は二〇一一年十一月のブログでスリランカのアーユルヴェーダ(五千年の歴史を持つと言われるインド伝統医学)の体験を披露している。今回ヤンゴンでDr.シンの「GOLD ASH POWDER《黄金の粉末》」なる自然薬と繋がってくるとは思わなかった。私が仏教とともに超自然な精神世界に関心と関係がありそうに察知したガイドが、ミャンマー的スピリチュアルスポットのいくつかを案内してくれた。

ジャリ石のような舎利骨を残した聖者（彼はアラカンと呼ぶ）の寺や「シャーマン」の治療院に連れて行ってくれた。MEDICINA ALTERNATIVA《伝統的医療法》の「WORLD GRANDMASTER《世界的権威》」の称号を持つ八十二歳のユーシンさんに会った。その称号を出しているのはスリランカのコロンボと書かれていた。そう、私がアーユルヴェーダの治療を受けたバーベリンもコロンボであった。彼は「GOLD ASH POWDER《黄金の粉末》」なる薬と手による施術で難病奇病の治療をしている。

読めないミャンマー語と英語で書かれた「Welcome to The Land of Golden Ash Powder」ではそのすべてを神様から授かったそうである。彼自身、死の淵から蘇りパワーストーンを与えられてGOLD ASH POWDERなる薬を作るようになったことと難病奇病を治した多くの実例があげられていた。Dr. シンの治療院には私には知るよしもないこの国のカミさまたちが大切に祀られていた。院内を一巡してその効能を示す写真も見た。現代医療とは異なる方法論の伝統医療が世界中にあり、それなりに人々を救っていることはまぎれもない事実である。それがシャーマン、ヒーラー、霊能者、超能力者とかによる医療行為だと言われると「まやかし、インチキ、詐欺？」

と疑う人が多いのも現実である。確かに西洋科学に基づいた現代医学の見方しか持てない人々は疑ってかかるのも当然だ。が、そのような治療行為はあり得ると私は確信している。
　私自身が赤ん坊だった頃の話である。医者に見放されて明日にも死ぬような状態にあった。必死な母はシャーマンに祈祷してもらい神がかりとなったシャーマンは薬の代わりに私に新しい名前を授けた。お陰で私は助かった。握手したDr. シンの手は柔らかかったのが印象に残った。

二〇一三年二月二十四日記

Dr. シンの治療院内

㊳ ジャワ&バリ　ボロブドゥール

ボロブドゥールの遺跡を旅したのは、忘れもしないアメリカでの2001・9・11の事件から一カ月後のことだった。かねてより貯めたマイレージを使って行こうと計画していた。お目当てはジャワ島のボロブドゥールだけだったはずが、いざ行くならと欲張ってオープンジョーチケット(入国時の到着地と出発地とが違っても良い)にして、ジャワからバリまで足を伸ばすことにした。

ボロブドゥールは七八〇年頃より大乗仏教の密教思想に基づいて作られた世界最大の仏教寺院遺跡だ。仏教徒の私としてはどうしても自分の眼で見たかったのである。が、憧れて来てみたものの見てがっかり。遺跡にはゴミが散らかり、仏塔のてっぺんに登る人もいたりで世界に誇れる遺

ボロブドゥールの仏塔
中は空っぽ。中に手を入れると願いがかなうのだとか

産とは思えなかった。イスラム教徒が主のジャワ島では信仰対象施設ではないせいだろう。これが宗教歴史というものなのだと知った。その後二〇一〇年に起きたムラピ山の噴火によって今はどうなったのだろうか。灰の掃除をしたとか言うが。

さて、ボロブドゥールのあるインドネシアという国だが、大小合わせ一万四千弱の島から成り立っている。この数字には驚いたが日本だって六千八百強の島々から成り立っているのだ。同じようなネシア（ギリシャ語で島の意）国家なのである。余談だが一三〇〇年前の日本最古の歴史書「古事記」にもヤマトの国は八十島からなると記されているではないか。六千であろうと八十であろうと多くの島から成立っている点では同じ。

つまり、それだけ多くの島があるなら島の数ほど文化風習があるとも言える。一九六〇年代、一ドルが三六〇円の固定相場時代に太平洋上のネシアの国々をホッピングしていたことがある。それで知ったことは隣りの島であっても同じ文化風習を持つとは限らないということ。たとえ距離的に遠く離れていても繋がっている事もある。ジャワとバリ島も二十キロの海峡を隔てただけなのにまるで違っていた。一神教と多神教の宗教による相違がなにより大きく、恐ろしくもあることを知った旅だった。

二〇一三年三月九日記

㊴　恐怖のプロボリンゴ体験

ボロヴドゥールには落胆したが、ヒンドゥー寺院のプランバナンは現在も信仰対象のせいか手入れもよく見応えもあった。友人の知合いによる付き添い付きはそこまでで後半はひとり旅となった。バリ島へは島の東端のバニュワンギ郊外から出るフェリーで渡ることにしていたのでスラバヤ経由でプロボリンゴに入ることにした。インドネシア富士と言われているブロモ山の麓の町である。

向こうのバスは人が集まらないと出ず人待ちをする。そのため予定より一時間近く遅れての出発となり、到着が大幅に遅れ夕方になってしまった。迷ったがご来光見たさに上のホテルで泊まる事にした。何かとトラブルの多い町だとは聞いていた。ベモ（乗合バス）なら一般人が乗り降り

ブロモ山を間近に望むヨシホテル

するから安心だろうと思ったのだったのだが…。

値段を先に交渉して乗り込む。一時間ほど乗っているうちに私独りになってしまい、裸電球の灯る家の前で「降りろ」と言う。

騙されたと思ったがあとの祭りだ。「モアマネー」を約束しホテルまで行くように交渉する。

白と赤の千鳥格子カフィーヤというスカーフで顔を覆ったイスラム教徒のドライバーは、してやったりと眼をニヤリとさせた。漆黒の闇を走るベモ。私はどうにもならない恐怖を感じた。

思わず「アッラーアクバル！」と何回も叫んだ。イスラム教徒は「アッラーアクバル」とアラーを讃えるのだと息子から聞いていたからだった。「白骨化した日本人女性の死体がブロモ山中で発見」。ヘッドコピーが頭の中で躍った。同じイスラム教徒を殺すのは忍びないと思ったのか、もともと殺す気はなかったのか分からないが、運賃の倍取りをしてホテルまで連れて寄越したがホテルにコミッションも要求していた。

この恐怖体験からバリ島までは付き添い付きで渡ることにした。同行してくれたスラウェシ出身で気の良いマネージャーに「お客さんは幸運でしたねぇ。ビンラディンさんの事でやつらは殺気だってるんですよ」と言われたのであった。

二〇一三年三月二十三日記

㊵ ジャワ&バリ　ウブド

ドライバーとガイドに付き添われバリ海峡を渡りロビナビーチに辿り着いた。

ジャワとバリがこれほどまでに違うものか。村ごとの寺院の幟とすれ違う祭りの列、道に供えられた花の供物のせいだろうか。こちらの島にはほんわかとした空気が漂っていた。同じインドネシアの国とは思えない。ジャワはイスラム教徒が多く、バリはヒンドゥーの違いによるものなのだろうか。ジャワではブロモ山のご来光もホテルもよかったが、恐怖のプロボリンゴ体験のせいか他の記憶が薄い。「初めての土地には日の高いうちに着くべし」の独り旅ルールを破り無理をした私の判断ミスゆえ誰にも泣き言は言えない。

バリに入ってからは順調で楽しい時間を過ごすことができた。

目的地のウブドでは素敵な一軒家を借りることが出来た。軒下には小川が流れ緑溢れる環境の中、ゆったりと穏やかな時間を過ごした。まるで王侯貴族になった気分を味わった。

ウブド美術館で個展をしていた日本人画家と縁が出来、帰国後彼の作品を購入して我家に飾ったほどである。今は画家活動をしている私は家をギャラリーにするため、彼の作品を似合うところに置くことにした。ちょうど格好な所がある。箱根でよく食べに行く店の主人がバリ人だったのだ。バリで知り合いその店の娘さんと結婚し日本に来たのだという。ところがである。夫婦でその絵を喜んでいたはずが店には飾られることはなかった。

滞在した家のあちこちに朝夕お供えする少女。
お花と炊きたてごはんと塩とココナッツフレーク。

彼は日本に来た当初はバリ式お祈りをしていたそうだが、だんだんとおろそかにするようになったらしい。木陰から顔を覗かせるランダ（魔女）の絵を見て「バリ人」に目覚めたようなのだ。バリの宗教観によればこの世ではランダとバロンが終わりなき戦いをしている。悪と善とは表裏一帯。つまり「バリ人」としての信心の足りないバロンの彼は、ランダの強力なパワーを受け止めることができずに運気が落ちてしまうとお坊さんに言われたのだそうだ。バリの宗教は国を越えて生き続けていることを知ったのだった。

二〇一三年三月三十一日記

㊶　メソアメリカ古代文明遺跡　ピラミッド

今から十五年前に遡る。古代文明に魅かれてやたらと遺跡巡りをしていたことがあった。ギリシャ・ローマに始まりエジプト、トルコと巡った後、ペルー、グアテマラ、メキシコにも行った。そのメソアメリカ古代文明跡を訪ねた旅でたくさんのピラミッドに遭遇した。

ジャワで「ジャワのピラミッド」と言われているスクー寺院遺跡を見たさに島の中央部ソロの奥地まで行った。そこで見たモノはまさにメソアメリカ文明のピラミッドと同じだった。ジャワ島と中南米のピラミッド繋がりはいったいなんなのか？更にエジプトの階段状ピラミッドとも似ているのはなぜか？。このソロ周辺にはジャワ原人のサンギラン初期人類遺跡がある。少なくとも百五十万年前から一万年前までの人類の痕跡があり世界で発掘された人類化石の半数位がここで見つかったのだそうだ。

（上）マヤ文明のピラミッド
（下）ジャワ島のピラミッド

さて結論めくが私は人類の遺伝子にはピラミッド作りがインプットされているのではと思っている。つまりピラミッド作りはその遺伝子のなせる業（わざ）であるという事だ。今から一万二千年前に地球規模での最後の壊滅的な天変地異が起きたが、わずかに生き延びた人類の先祖がいた。同じく生き延びた生物と共に地球環境に順応しながら生命の共生循環の仕組みを作り上げていった。そして地球上を離合集散し移動拡大し一万二千年かけて今日に至った。

それゆえ人のＤＮＡには一万二千年前からの体験知が書き綴られているのではないかと言いたいのである。条件が揃いそのＤＮＡにスイッチが入ると人はピラミッド作りの行動を起こす。ジャワもマヤもエジプトもピラミッド作りの目的は同じだと思う。ずばり天を観測し天と交信するためである。かつてエジプトの大ピラミッドの中にある石棺に横たわったことがある。マヤピラミッドとジャワピラミッドの頂上に立った時、全く同じような気持ちになった。体が天と一体化したようで浮き上がり、ピラミッドの上からでも飛べそうな気がした。ピラミッド作りは人類の設計図に刻まれたＤＮＡのなせる業（わざ）ではないのか？

二〇一三年四月三日記

㊷ メソアメリカ古代文明　マヤ暦

去年の十二月のこと。マヤ暦による人類滅亡説がニュースを賑わしたのを覚えているだろうか？

何でも二〇一二年十二月二十三日に複雑なマヤ暦によると地球最後の日がやってくるとかで、観光的にも大いに盛り上がっていた。が、予言が外れた。ところが最近囁かれている情報では、何でも計算間違いがあったとかで（複雑な計算式に基づいているので素人には何故そうなのか分からない）本当は二〇一五年九月三日が正しいのだと言う。まあ、これもその日が来たら観光的に大騒ぎしてまた計算間違いだったということになるだろうが。

マヤとはメキシコ南部から中央アメリカの北部にコロンブス以前に既に住んでいた民族を指す。彼らは地球大変事後（一万二千年前頃）、ユーラシア大陸が北米大陸とかろうじてつながっていた時代、そこを通って渡って来た最後のユーラシア大陸出身の子孫達であり、一民族の名称ではない。

ルーツはアジアの各地にありそこから移動を続けてきた人たちだ。その中で勢力を伸ばした一族・氏族が近親グループを加えてより大きな集団を作った。

その結果集団管理のためにマツリゴト（政事）をするようになる。マツリゴトをするためには絶対的な根拠が必要である。だから暦が生れた。一つは天の観測に基づく太陽の暦、一つはマヤの創世から起算した支配者のための暦、もう一つは月の周期を基づいた宗教儀式用暦である。マヤの暦はこの三つの暦がひとつに組み合わされている。一見複雑なように思えるが、歯車を三つ合わせて動力エネルギーに変える装置をイメージすれば分かりやすい。マヤの世界観では善と悪がこの世を支配し、果てしない戦いが繰り返されているとされる。私的読み解きは、その善ともなり悪ともなる絶対者が人を支配する道具として複雑に見え

メキシコのテオティワカン
天と地、生者と死者が一体化された宗教都市

るマヤ暦を作ったのだ。それをどう使うかは支配者による。
マヤ暦は人類滅亡の予言の書なのではない。支配者が人を服従させる虎の巻みたいなものではないかと思っている。

二〇一三年四月十一日記

㊸ メソアメリカ古代文明遺跡　チチカステナンゴ

チチカステナンゴの不幸な事件は二〇〇〇年のゴールデンウィーク時に起きた。ちょうど私がメキシコ古代文明とグアテマラ・インディオの旅に出かける二週間前の出来事だった。今回資料を整理していたらその当時を伝える新聞が出てきた。記事によるとグアテマラ北西部（チチカステナンゴの事）で日本人観光客二十数人が市場の商人の写真を撮り始めたところ現地民数人が「子どもをさらいに来た！」と叫んだことがきっかけで地元民五〇〇人が暴徒化し石や棒で観光客を襲った。日本人観光客一人と現地人の運転手が死亡したほか、現地警察官二人と観光客二人も負傷したという内容だ。

事件後に奇しくも私が訪れた小さなインディオの村、それがチチカステナンゴであった。そんな悲劇が起きたとは思えないほど山深い谷間にあるのんびりした村だった。現地では四、五年前から子どもの誘拐事件が多発していた事に加え観光客の勝手な写真撮影に原住民の怒りが爆発したというのが真相だった。

観光客は見たいものを見て写真を撮ってその場を去っていけばいいだろうが、そういう環境に生まれその地で生涯を終える人々にとって観光客はまれびと（恩恵を与えてくれる）的存在なのだ。

だから稀人らしく振舞うべきだ。現地民を撮影するなら

インディオの少女と記念撮影

観光客はチップを払うなりわずかでもみやげものを買うなりする。

マヤの手織布が気に入っていくつか買った。安く手に入れたのでその少女が欲しそうにしていた私の帽子とチョッキをやった。するとその少女が奥の方から「太陽ととうもろこしの神と野菜の神々」を刺繍した一枚の刺繍布を出して見せてくれた。自分のデザインで姉妹たちと何カ月もかかって創り上げたのだという。売物ではなかった刺繍絵の見事な出来栄えに私はそれが欲しくなった。少女はしばらく考え込んでいたが売ってくれた。とても安い値段だった気がする。

私にしては珍しく捨てなかった資料と写真から村と少女の懐かしい思い出が浮んできたのだった。

二〇一三年四月二十一日記

㊹ トルコ　イスラムのファティマ

二〇二〇年のオリンピック、パラリンピックの開催候補地を東京と争っているイスタンブールのガラタ橋の映像が飛び込んできた。

私の記憶が二十年前に戻った。

あの橋で夕食の魚を釣っていた人。水売りの人。ゴールドから肉まで売っているバザール。その外にも溢れる人と店。

そこは今まで訪れた欧米文化圏のどことも違っていた。トルコは政教分離のイスラム圏である。イスタンブールはヨーロッパと小アジアの接点のような場所にある。が、それでも十二分にイスラム文化圏であった。懐かしかった。

矢も盾もたまらずトルコに行った時の写真を引張り出

カッパドキアのキノコ岩

し、記憶をたどっていた。

一番衝撃的だったのがアナトリア高原で見たギョレメの地下都市と巨大きのこのようなカッパドキア。たくさんの写真を残していることからも当時の私の感動ぶりが伝わってきた。

違う惑星に降り立ったような奇観にただただ驚愕。緑と水に囲まれた四季のある国に生まれ育った事の幸せをしみじみ喜んだことを思い出していた。

照りつける日差しと砂塵を避けるため岩と砂のアナトリア高原を私は被り物をして歩いていた。

見学中にたくさんのトルコの子どもたち一行と行き交った。

彼らは一様に私に向かって親しげな笑顔で「ファティマ、ファティマ」と言うではないか。

最初は気にも留めなかったのだが、あまりにも言われるものだからガイドに尋ねた。「ファティマってなに?」。ファティマという女性の名前はイスラムの女性には多く、日本名の「花子」とか「愛子」とかに相当するらしい。つまり一般的な女性名を言う。

それで、異国人のわたしがヒジャブ風の被り物をしていたものだから親しみを込めて「ファティマ」と呼びかけたのだと分かった。

子ども達のほうから呼びかけてくれたことがなにより嬉しかった。それを知ってからは私のほうからも笑顔と「ハロー」で声をかけた。偶然見たＴＶ映像のお陰でイスラム色が強かったトルコの旅を思い出す事が出来た。

そして二〇二〇年の五輪大会はイスタンブールではなくＴＯＫＹＯに決まるだろうと思った。

二〇一三年五月八日記

㊺　トルコ　ファティマの被り物

二枚の写真を見比べてください。肩を組んでいる写真は働く中年女性。もう一枚は家庭婦人と撮ったものである。

なぜ二枚並べたかと言うとモスレム女性の分かりやすい服装の二タイプだからだ。

働く女性であっても女性信者は頭だけは被り物をする。一方家だけで暮らす女性は完全に身を包む。

女性達が被り物をするのは合理的な理由もある。イスラム圏の被り物は「髪を見せてはいけない」という教えに基づいて始まったそうだが、厳しい日差しと砂埃を防ぐには具合が良いのも事実ではある。

被り物にも種類があって一般的な「ヒジャブ」の他、顔だけでなく背中までカバーするのが「ヒマール」で、アフガニスタンでは眼の部分だけが網目になっている完全に全身を覆う「ブルカ」や目だけ出す「ニカーブ」というものもある。覆う部分が多いほど原理主義的なイスラム教徒と言える。

アバヤの女性と

ヒジャブの女性と

モスレム女性たちとの
ツゥーショット

トルコは政教分離原則の国なので髪を隠すスカーフのような「ヒジャブ」の女性が一般的である。女性の社会進出もめざましい。そうであってもイスラムの教えが日常の生活ルールに染み通っている。三年前にイランに行った時の事である。

飛行機が着陸した時点で外国人であってもスカーフ着用が義務付けられた。

セクシー過ぎると言ったらよいのか派手と表現したらよいのか分からない女性下着屋さんがあった。店員は男性のみだ。不審に思っていったい誰が買いに来るのかと尋ねたところ夫が妻や娘のために買うのだそうで仰天した。アバヤもニカーブも付けない家内ではどんな服装をしているのか?偶然知り合ったイラン人と結婚した日本女性に聞いた。お金持ちの奥様方は宝石をたくさん付けてヨーロッパファッションに身を包んでいるそうである。

旅行者で見聞きする分にはそんなものかで済まされるがそこで暮らすとなると…。

イスラム文化圏での旅は異文化体験として魅力的であったし良い思い出ももらったが、今もなお女性に被り物を強要するような宗教は理解できない。

二〇一三年五月十九日記

㊻ トルコの旅　トロイの木馬とシュリーマン

自分の眼で見るのと聞くのでは大違いだった旅の体験、みなさんもありませんか？　トルコにあるギリシャ神話遺跡を巡って二つの大感違いをしていたのを現地に行って知った事がある。

西欧文化に憧れを抱いていた少女時代には背伸びした本を読んだ。それが翻訳本のギリシャ神話だった。が、そこに出てくる神々はどの神も我儘で身勝手で支配的である。男の神は女性に目が無く権力が大好きである。女の神は自惚れ屋で嫉妬深い。最後は反省して人に尊敬されるようになる日本の神とは大違いである。こうも西欧文明の原点は違うものかと知ったのは良かったが、あまりにも人間的過ぎる?·ギリシャ神話には馴染めないので途中で本を読むのを止めた。

それで一つ目の思い違い、トロイの木馬の話をしよう。

紀元前十七世紀~十二世紀頃の神話の戦話である。トロイとギリシャの最終決戦でギリシャ側がトロイ内に持ち込んだ兵士を忍ばせた木馬によって油断したトロイが滅ぼされてしまう。ハリウッド映画では巨大で精巧な木馬のように思えたのだが、誇大妄想していた私はがっかりした。中は大人が十人も入ればスシ詰め状態になるほどだった。実際のレプリカは子どもの遊園地にあったらさぞ楽しいだろうと思われる程度の代物だった。

二つ目はシュリーマンについてである。

トロイ戦争の話はＢＣ八世紀末に実在したとされる吟遊詩人ホメーロスによって「イーリアス」「オデュッセイア」の中でも語り継がれている。この神話を子どもの頃本当の事だと信じ実際に発掘して考古学的に証明したのがシュリーマンということになっていて教科書的にも教えられた。

が、現地ではシュリーマンは歴史を証明した英雄ではなく遺跡を傷つけた上宝物を盗んだ泥棒と言われていた。

これがトロイの木馬？

ことほど左様に時代により国により見方によって変るものである。歴史上の現場で何を見て何を感じるかは自分次第である。だから歴史を旅するのは楽しい。

二〇一三年五月二十五日記

㊼ 中国四川の旅　来灘二仏寺《らいたんにぶつじ》の占い師

重慶の合川に宋代石刻芸術の粋を集めた来灘二仏寺がある。が、大々的な修復工事中のため残念ながら見る事ができなかった。五年前の四川大地震時に亀裂と破損が生じたらしい。出かける三週間前にも成都の西南部、雅案でＭ７の地震があったと日本でも大きく報じられた。ガイドの呉さんによると今回は僻地で一六〇人近く死者が出たそうだが成都や重慶には被害はなかったとのこと。

十年ぶりの成都は高層ビル群の大都市に変貌していた。成都の人口は東京と同じおよそ一二〇〇万人。隣の重慶市も三十～四十階建のマンションビル群だらけでそれでも足りないらしくクレーンが唸っていた。四川中が目下建設ラッシュなのである。日本の不動産バブルを知っている私としては大発展の驚きを通り越して末恐ろしさを感じた。

来灘にはその超高層マンション群と対照的な清代の街並みがそのまま残っている。二仏寺の門前通りにふたりの占い師がいた。そのひとりに手相を見てもらうことにした。占い方法は日本とほぼ同じだ。女性は右手。男性は左手。先ずは生命線を教えてくれる。親指と人差し指の中間くらいから手首のほうに向けて走っているのがそれ。生命線とお隣同士が運命線で、人生上の出来事がそこに表れると言う。小指の下部分が結婚線（男女線）と子宝線。どの線がなんの線かを占い師が講釈してくれる。手相は毎月、毎日でも変わるとも言う。呉さんには悪い事もきちんと訳すように言う。

「子どもの頃、死ぬような日にあった。数年前大事件が

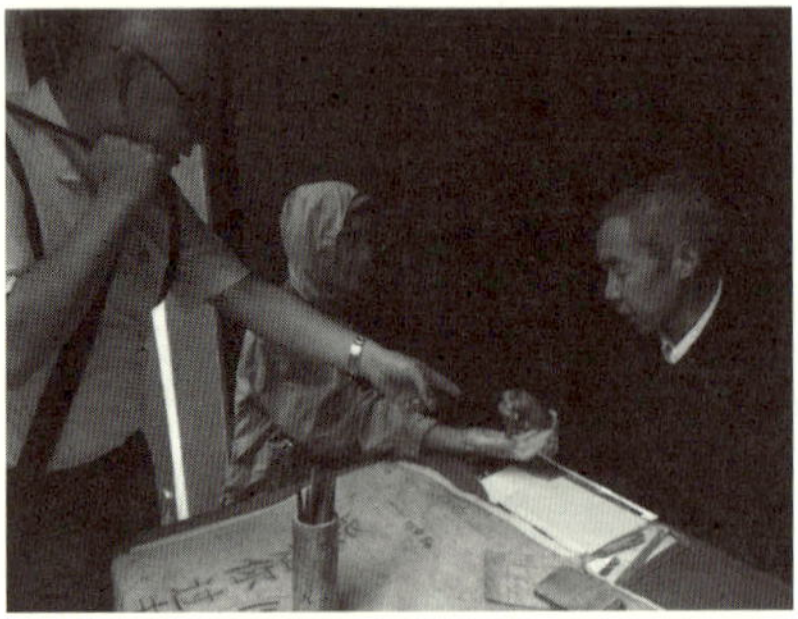

毎日変化する手相を見てもらう

起きてとても大変な目に会った。子どもは奇数」。その通り。初めて会った私の過去をズバリ言い当てる占い師に驚いた。なんでも仙人修業をしたのだとか。中国の占い師や恐るべし。「これからは穏やかで幸せな人生を送る。寿命は長い。仕事は成功する」。将来の見たてに気分上々。肝心の二仏と羅漢さんと千仏にはお目にかかれなかったけれど、的中する占い師に会えてお参りしたような幸せな気持ちになることができた。

二〇一三年六月三日記

㊽ 中国四川の旅　（平安）の（佛達）

四川省安岳の石刻群が知られるようになったのは三十五年前ほど前の話。ここを訪れたフランス人達によってその素晴らしさを喧伝されたためだと言う。今では「仏の里」と呼ばれている。中国の歴史上で一番長く安定していた時代の唐も末期には乱れた。雲崗・龍門石窟を造った石工の末裔たちは難を逃れこの地に移り住んだ。そしてここで仏たちを刻んだ。

なぜこの地に八千体もの仏さまが彫られたのか？安岳は当時の国際都市長安と蜀の都の成都・重慶との中継点であったからである。交易の道を通して物も人も仏教も闊達に運ばれていた。東の外れにある日本はそのルートの終点になる。ユーラシア大陸側からしてみると陸の道の続きが海の道になったに過ぎないのだ。日本側からもアジアの極東文化圏を共有する仲間として積極的に人・物を大陸に送った。卑弥呼の時から、記録にないだけでそれ以前から部族間レベルでの交流が盛んだっただろう。

中国内陸の西南部、今は単なる鄙びた村の一角にずらりと仏洞が並んでいた。その中には釈迦

（上）「平安」村の臥仏像
（下）仏洞に刻まれた「佛」の文字

三尊像を始めとして大乗教の仏の世界がしっかりと刻まれていた。

　摩崖窟を通り抜けると全長二十三メートルの釈尊涅槃像が見えた。参道が刈入れの時期には稲穂の干し場となるなんとものどかな田園風景がそこには広がっていた。

　何代にもわたって彫られ続けられた仏さまの浄土世界を眼にしてそれぞれの時代に摩崖仏を彫った人たち、彫らせた人、守って来た人たちの姿が浮かんでは消え浮かんでは消えた。仏洞に刻み込まれた四十八万字におよぶ三蔵経文は千年の歳月、風雨に晒されてすり減っていた。今判読できるのは二十八万字だとガイドは言う。

　ほの暗い洞内の漢字を読もうとしたがほとんどが字の形を成していなかった。が、「佛」という字だけははっきりと読めた。まるで字が仏さまの姿を借りた様に見えた。千年の時空を超えて当時の人々の祈りが文字から聴こえてきた。その村の名は平安と表示されていた。

二〇一三年六月十六日記

㊾ 中国四川の旅　九頭の龍

この日が磨崖仏巡りの旅最終日であった。残念ながらＴＶの天気予報は大当たり。午前中の臥仏院では霧雨だったのだが、最終観光の石窟玄妙観では大雨。降りしきる雨の中、ぬかるむ赤土に足を取られながら山の中腹を目指す。が、途中で三人がギブアップ。私だけなんとしてでも見たい一心で続行する。中国のスルーガイド呉さんと現地ガイドの代さんに伴われ玄妙観を目指す。畑の細道を通り山道を上がり歩くこと四十分。目指す寺、道教習合の玄妙観に辿り着く。そこで目にしたのは、頭は取られ体も削られた仏さまと神さまたちの石像だった。申し訳程度に色鮮やかな清朝末期の像が置かれていたのも印象的であった。

すべて文革時代に破壊されたものだった。このような辺鄙なところにまで文革の嵐（一九六六～一九七七）が吹き荒れていた事を知った。当時、日本の報道では決してこのような形の行動がされたなどとは伝えられてはいなかった。自然に風化してしまうご先祖たちの文化遺跡は仕方がない。が、その子孫たちが破壊する行為はご先祖を否定する事であり、強いては自分たち自身を否定する事ではないか。

この玄妙観は晩唐から清代まで彫られてきた窟である。それだけの年月この土地の人々の信仰のよりどころになっていたのだろう。が、たった十年で千数百年蓄積された精神文化の遺産は砕かれてしまったのだ。中国の精神文化を伝える道教と仏教が融合して刻まれた仏窟を廻りながら残念でならなかった。

突然、代さんが嬉しそうな声を上げた。何事？「龍が見つかった！」と中国語で何回も言った。以前、考古学者の友人がその龍を探しに来た時には見つけてやれなかったのだそうだ。中国では九龍の九は久に通じ吉兆の象徴である。九匹の龍が日本からよくここまで来てくれましたと言わんばかりに岩の隙間からお出迎えしてくれたのだ!帰路、彼女はいたく愛想が良くなり手を取り道案内してくれたほどだ。私が九龍のお使いとでも思ったのではなかろうか？

二〇一三年六月二十三日記

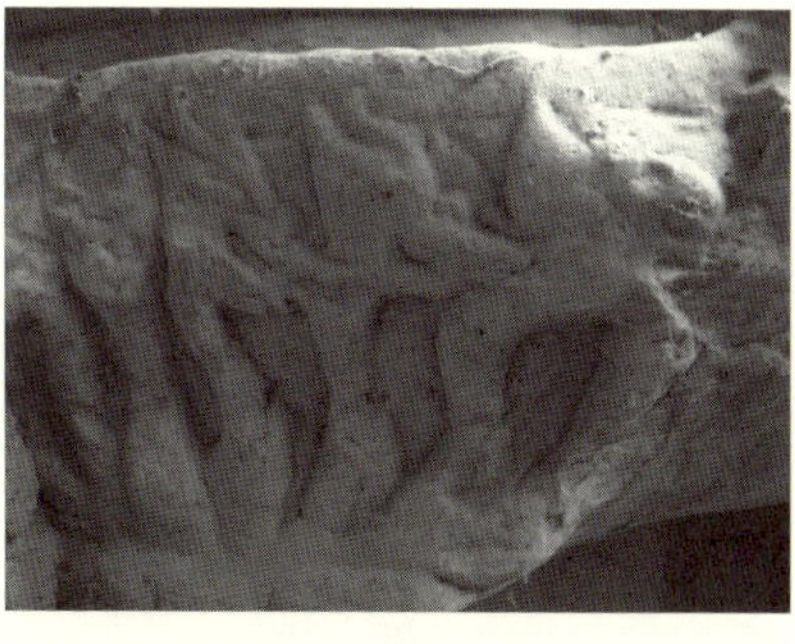

九龍

㊿ 伊勢志摩の旅　式年遷宮邂逅

こんなことあるのだろうか？

今年が式年遷宮とは本当に知らなかった。ただ何となく伊勢に行ってみたくなっただけだった。ちょうど二十年前になる。

その年も遷宮の年だった。何処かに母を連れて行ってやりたいと思い希望を聞いた。「お伊勢参りがしたい」。私にとっては二度目のお伊勢参りだった。

それが母と二人だけの最後の旅行になった。神仏に信仰心が篤かった明治生まれの母はとても喜んだ。若い時に何かの講で一度行った事があり、二度目のお伊勢さんだったそうな。

前回の時に母に教えてもらったように五十鈴川の御手洗場に口と手を清めるために降りた。水が二十年前に比べて悪くなったような気がして手だけにした。

年間五〇〇万人前後の観光客が訪れればそれもそうだろう。

川面を眺めながらしばし母を思い出していた。ふと人の気配を感じ振返ってみると後姿が母によく似た人が立ち去ろうとしているではないか。「えっ！　お母さん？」」思わず口を衝いて出た。

他人の空似だったのか、はたまた幻覚だったのかは分からない。

どちらにせよ、母が三度目も一緒に来た事は確かであった。

お伊勢さんは二十年前に較べて外宮も内宮も混んでいるように思えた。

私は外宮のほうが好きだ。森の中に密かにたたずむお宮さんは原初日本とも言うべき卑弥呼の時代を連想させてくれる。内宮［皇大神宮］は天照からの時代を語りかけてくる。

五穀豊穣を願い自然に感謝しご先祖を祀る、当たり前の人の感性がそこにはある。「心実」が伝わってくる。

五十鈴川の御手洗場

文字化した歴史書は「心実」を伝えず「真実」を隠す。時を支配した者達の遺跡や遺品こそが「真実」を語る。ところで仁徳陵を初めとする天皇墳墓を考古学的に調査しないのだろう。発掘調査されると歴史上問題でもあるのだろうか？エジプトのファラオの墳墓も中国・朝鮮の王墓も普通に見ることが出来るのに。隠さなければならない事でもあるのかとさえ疑う。「真実」を明かすことこそが歴史の「心実」を伝える一番の策ではないか。

二〇一三年七月七日記

㊿ 伊勢志摩の旅　鳥羽の奇遇

それを奇遇と言わずして何と言ったらよいだろう。思い出していた人がまさに目の前に現れる。そんな体験をしたことないだろうか。それを単なる奇遇と言うべきかある種の啓示と言うべきか？

外宮・内宮を参拝後、次なる目的地の賢島へ向かうことにする。平日なのに人人人で溢れかえるおかげ横丁を抜け、猿田彦神社の横を通り五十鈴川駅まで歩く。天照大神《あまてらす》の弟の月読宮《つきよみのみや》にも立ち寄る。お姉さんのお宮より神秘的な佇まいの中にあった。

駅に辿りつくと運よく賢島行きの特急が来たので乗る。次の駅が鳥羽。ふと三年前に四国遍路の旅で出会った鳥羽の人達の事を思い出す。「また鳥羽にお出でなさい」と言ってくれたっけ、と思い返しているうちに駅に着く。降りる人がいた。すれ違いざま顔が見えた。なんと「またお出でなさい」と言ってくれたその人だったのだ。

ああ、名前が思い出せない。降りる寸前に彼女の後姿に「四国八十八か寺でご一緒だった方」と呼びかけるのが精一杯。一瞬だが目が合って挨拶を交わした。偶然の出会いしてはあまりにも出来過ぎている。

外宮での事。どうやって廻ったらよいかと考えあぐねて

ミキモト真珠島

いると「その小さな社の上に遷宮されるのですよ」と教えてくれる人がいた。毎日散歩に来ているご近所さんとのこと。偶然に居合わせただけの方が外宮のすべてを案内してくれたのだ。「お伊勢さんは昔も今も一大地場産業の元です」。二十年毎に社が新築されるからという意味からだが、私は別の見方をした。永々と千四百年以上に渡って天・地・人の目には見えない生命エネルギーがこの地一帯に蓄積されてきたのではなかろうか。だからここが「精神世界の磁場参行《ジバンサンギョウ》」地となっているのでは？それゆえそちらにアンテナのある私がいくつもの不思議な体験をしたのだろう。お伊勢さんに限らず聖地とか、パワースポットとか呼ばれるところでは本当に偶然とだけでは言い切れない不思議な事に出会う。皆さんはどう思いますか？

二〇一三年七月十三日記

㉜ 伊勢志摩の旅　伊雑宮《いざわのみや》

私がここを訪れたのはどんよりと空は曇り小糠雨降る朝のことだった。「ここが伊雑宮《いざわのみや》か」と正面の鳥居を見上げた。

鳥居に模様？よく見ると笠木［横の木］に鳥たちが集っているように見える。のっけから神秘的だ。

伊雑宮は通説では伊勢神宮の天照《あまてらす》大神さんの別宮で遥宮《はるかのみや》と言う。地元では元々磯辺というここの土地にあったお宮だと語り継がれている。稲穂を咥えた鶴がこの地に穂を落としてくれたことから稲作が始まりその鶴を祀り五穀豊穣を願うため社を建てたという。千葉の香取神宮、大阪の住吉大社と並び称せられるほどの古い田植え神事が今なお続いている。伊勢神宮よりも遥か昔からあったから遥宮なのか、それとも伊勢神宮から遠いところにあるから遥宮なのか？

道を清めている神社庁の職員さんに「こちらは内宮より古いお宮さんと聞きましたが」と尋ねると「色々言う方がおりまして」とだけ。

鳥居に鳥が⁉

神社にも歴史がある。歴史は、長ければ長いほど後からの人達により詐称され捏造される。だから謎とか浪漫とか言う言葉で装飾される。それゆえその時代の権力と結託した知識階級によって勝手な想像と創造をいくらでも加えることができる。歴史伝承は伝言ゲームと同じようなものだ。伝わっていくうちにどんどん変わっていく。

ところで全国八万神社の大もと［本宗］は伊勢神宮で神社本庁［本廳］を名乗るが国か県の機関ではない。包括宗教法人なのだ。神社本庁とは別に単立神社という独立経営の神社もあるそうでお稲荷さんの総本家伏見稲荷大社はお伊勢さん傘下ではない。出雲大社もそう。日光東照宮、二荒山神社、靖国神社、鎌倉宮なども別。

さて鳥居の黒い影の正体だが、湿気で発生するカビが黒ずんでできたシミで、雨に濡れてそれが浮き出るという科学的？なコメントをネット上で発見。皆さんには何に見えますか？拡大して見る事をお勧めします。

二〇一三年七月二十七日記

㊿㉝ パラオ諸島　石信仰

「パラオに謎のストーンモノリスとストーンフェイスがある！」パラオに仕事で行った友人から連絡があった。

バベルダオ島の謎の遺跡

パラオ通の人に誘われそれまで二度行っていたのだが、知らなかった。

当時、巨石文明の謎を追っかけていた私は自分の目で確かめるべく飛んだ。始まりはスタンリー・キューブリックの「２００１年宇宙の旅」にあった。

原始人類の祖達が食べ物を争っていると、空からモノリスがドーンと地上に降立つ。彼らは好奇心の眼でそれを見上げ触る。

それがきっかけで動物の骨を手にして武器とする。そして人類へと進化して行くという暗示的なシーンだった。

今から一万年から八千年前のこと、原始人類に石を使った画期的な文明が起こる。モノリス、メンヒル、ドルメンと呼び方は様々だが石が聖なる物として信仰対象とされる。

イギリスのストーンヘンジ、フランスのカルナック列石、アイルランドのニューグレンジ、日本の秋田大湯環状列石などもその類である。

当時、バベルダオブの北端にあるその場所には船でないと行けなかった。私たちは船をチャーターした。まさに謎解き探検隊気分であった。

丘一面に風化はしているものの火山岩で出来た石柱と人面石があった。てっぺんには祀り事のための壇《アフ》の跡があり階段の形跡もあった。確かにそこは最初に上陸した人たちの集落跡だった。およそ二千年から五百年前にかけてカヌーに乗ってこの一帯に入植した人々が居住した跡に間違いない。規則的に並んで見えるモノリスは外敵から部族を守る大きな神で、人面岩は家族を守るご先祖様を模した神ではないか？自分の仮説にわくわくした。

日本では縄文時代と言われる四千年前から、人々は太平洋の島々をカヌーに乗って移住していった。新天地でも信仰する部族の神と一族の神を忘れることなく石に託して祀った。人々がその地を去ったのか、死に絶えたのかは分からないが石の神々は残った。石の神々に触れた時作った人々の心が分かったような気がした。「人は消え去っても魂は石に止まる」。

二〇一三年八月十日記

㊿ パラオ諸島　戦車

最初にパラオに行ったのは一九九七年十二月のこと。「太平洋友の会」の仲間たちとその顧問宅に遊びに行ったことによる。彼はパラオで少年兵として捕虜になり、定年後戦友の墓守のためパラオに移り住んだのだ。

なぜそういう会に関わったのか？時間を巻き戻す。

若かりし頃、南太平洋の島の女王になりたいと本気で夢想し実行に移した事がある。仕事も私生活もそれなりに順調だった。が、それだけではつまらなく思えた。国を飛び出し冒険がしてみたかった。日本が高度成長へ突入した時代であったが、一ドルが三六〇円の固定相場制で持出し金も制限されていた。

一九六八年秋、香港・オーストラリア・フィジー・トンガ・サモア・ハワイを廻った。が、結論から言うと三カ月で日本に舞い戻ってしまった。

帰国後は日本の高度成長時期の真っただ中を公私とも多忙な毎日送る。

振り返るゆとりができた五十歳の誕生日、志半ばで中断してしまった事に再挑戦することを決心する。

それは「私の南の島」を見つけ第二の故郷とする事。

当時の旅で一番思い出深かったのがトンガだったので真っ先に再訪した。

が、「夢」は蘇っては来なかった。

その後、廻ったところすべてを廻ってみたがどこも夢探しの延長にはならなかった。

諦めかけていた頃、まったくの偶然から小笠原からパラオ・ミクロネシア連邦へヨットで旅した夫婦と知り合う。戦前日本の信託統治領であったため戦場にされた南洋諸島へのお詫びもかねて彼らは民間レベルの貢献をしたいと願っていた。良い事なので実務的なお手伝いをしたら事務局長をする羽目になってしまった。

それが冒頭の「太平洋友の会」である。以来南洋諸島に係るようになる。

ペリリュー島の錆びた戦車
(左：アメリカ軍の戦車、右：日本軍の戦車)

お陰で太平洋の島嶼国で日本が起した戦争の実態がよーく分かった。

人生半ばからの「夢探し」のはずが日本の南洋での現代史を知る事にもなった。

ペリリューに野晒しの戦車を見て「現代史」を再認識させられただけでなく偶然には意味があることを知る。パラオはそういう旅でもあった。

二〇一三年八月十七日記

㊺ パラオ諸島　戦場

パラオへの旅は「夢探しの再挑戦」から始めたはずだったが「現代史に向かい合う旅」で終わった。

確かに私が求めていたような「南海の楽園」がそこにはあった。透明な海・サンゴ礁に群れる魚達・白い砂浜・マングローブの森・笑顔で迎えてくれる島の人々。が、土地に残された歴史の跡は消えることはない。

ペリリューへは六人乗りのセスナ機で渡った。「友の会」の縁でパラワンの子を育てながら慰霊活動をされている人のお宅に泊まらせてもらう。

目の前の海で漁をし、周りに野菜を植え水は雨水を頼る「南の島」そのものの暮らしをされていた。

日本がパラオ諸島を信託統治するようになったのは一九二〇年（大正九年）国際連盟の承認からで、二年後にはコロールに南洋庁が置かれる。

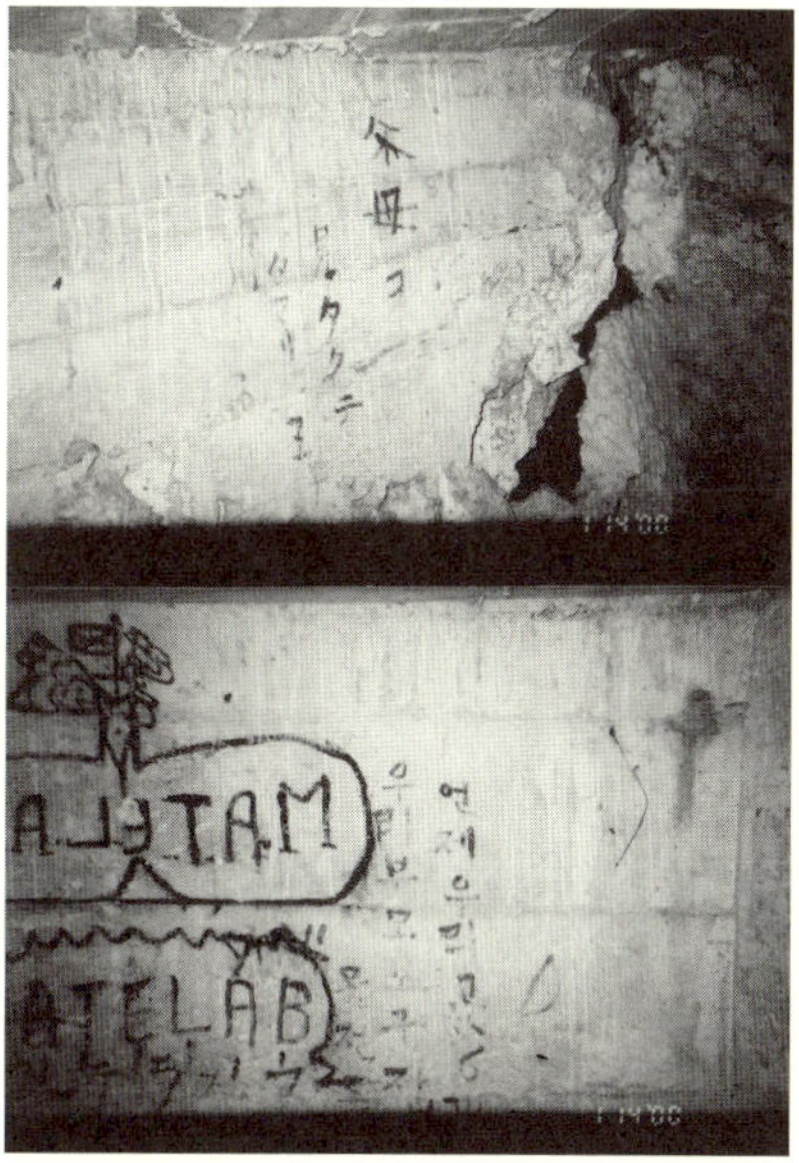

「父母ヨ見タクテタマリマセン」

それゆえ太平洋戦争に島民も巻き込まれ二カ月半の激戦（一九四四年九月十五日〜十一月二十五日）がこの地で起きた。

一万人以上の日本兵と二千人弱のアメリカ兵がこの小さな島で戦死した。

コンクリート製の日本軍総司令部の跡地や戦車・大砲・砲弾などが野晒しにされている。ジャングルの中では遺骨も見た。占領中の日本を体験している私には身近な歴史だった。

「日本はなんでこんなバカな事をしたんだろう」憤りの連続だった。

そこはBloody North Ridge（大山）と呼ばれている頂上から海が見渡せる眺めの良い場所にあった。

隠れ潜んでいた洞窟に書かれた文字を目にした時、憤りが涙に変わった。

「父母ヨ見タクテタマリマセン」。これを書いたのは朝鮮人の少年兵ではないだろうか？。ハングルでも書かれていたからだ。その上に描かれていたのは押し寄せてくるアメリカの戦艦の絵なのか？その後の落書きかは分からない。

日本語とハングルと英語と絵のメッセージが戦場だった事実を伝える。

「お国のため」に日本人だけでなく朝鮮人もパラワン人もこの地で散った。

今はどうか知らないが戦中生まれはあまり現代史を教えられてこなかった気がする。太平洋とアジアを旅すると日本では見えなくなっている歴史の真実が見えてくる。

二〇一三年八月二十四日記

㊻　南太平洋の旅　サモア再訪

振り返ると二十代での南太平洋の旅とは何と無謀な旅であったことか！

その時訪れたサモアの第一印象だが海は透き通り、白い砂浜に椰子の木が揺れ、うっとりしたのもつかの間、ビーチ沿いにはニッパヤシで葺いた屋根だけの家が並び水上にはトイレが所々突き出ている風景にがっくりした。

が、人は明るく優しくよそ者の私を笑顔で迎え入れてくれた。

再訪は一九九六年、太平洋学会のメンバーから誘われたことによる。

サモアのアピアで開かれた太平洋芸術祭（Festival of Pacific Arts）に出かけた。このお祭り、

（上）参加国からカヌー・ヨットで集結
（下）踊りと音楽を競う楽しい祭の開幕

第一回は一九七二年フィジーのスバで始まり今も四年毎に開かれている。二〇一二年にはソロモンで二〇一六年はグアム、その次のオリンピックイヤーの二〇二〇年はハワイが予定されているそうだ。

アメリカンサモア、オーストラリア、クックアイランド、イースター、ミクロネシア、フレンチポリネシア、グアム、ハワイ、キリバツ、マーシャル、ナウル、ニューカレドニア、ニュージーランド、ニウエ、ノーフォーク、北マリアナ、パラオ、パプアニューギニア、ピトケアン、サモア、ソロモン、トケラウ、トンガ、ツバル、バヌアツ、ウオリス&フツナと太平洋上の島国がほとんど集まった。開会式直前に猛烈なスコールに見舞われたが、直前に雨は上がり虹が出て、最高の演出となり場が盛り上がった。夜中まで各国の唄と踊りは続き、それはそれは楽しいお祭騒ぎであった。

それぞれのお国の文化を紹介する展示と実演ブースでは胡椒科の木の根っこを絞り回し飲みをするカヴァの儀式、樹皮の繊維を叩いて延ばし染色するタパクロス（樹皮布）作り、お面や神さまの木彫り、カヌー作り、バナナの葉を巻いて蒸すウム料理、花や貝でつくるレイ作り、男を競う刺青などが披露されていた。

笑顔で寄ってくる老いたポリネシア人がいた。「かつて旅した島で会っていたのだろうか?」それとも彼の人違いか私の人忘れか?どちらであっても懐かしかった。

二〇一三年八月二十四日記

㊼ 南太平洋の旅　南の島のヒーラーたち

太平洋芸術祭は四十年以上（一九七二年）も前にポリネシア、メラネシアと呼ばれる南太平洋の先住民同志の交流から始まったそうである。後から北半球のミクロネシアの先住民も加わるようになった。

その祭は「私の南太平洋の旅」を中途半端に終わらせてから数年後に始まっていた。私が夢の島探しを行動に移すのをもう三年待っていれば楽な旅ができたのにと思った。

が、若かったからこそ出来た「思い込み」の実行のお陰で二度と出来ない体験をしたことは私にとっての宝である。サモア再訪では女性のヒーラー達との一期一会があった。

女ばかりがたくさん集まっている小屋があって「Healer's Convention」と表示されていた。不思議に思い覗いてみた。

すると中から一斉に私を手招きするではないか。他にも覗いていた人達が大勢いたのになぜ私だけ？面白そうなので仲間に入る事にした。リーダーらしき女性が私にスピーチするように促した。

日本から来た事、かつてフィジー、サモア、トンガ、ハワイと南の島を渡り歩いたことがあることなどを話した。彼女達の間から感嘆の声があがった。仲間に認められたようで嬉しかった。

太平洋上の島々には自然から採取する薬を使って伝統医療を行うヒーラーたちがいる。時には呪いも行う。かつての旅で私も会ったことがある。

その後ひとりずつの自己紹介があった。そしてハンドヒーリングと薬草を使っての施術の情報

「Healer's Convention」
ヒーラーズ会議の一員として

交換が行われた。最後にヒーラーであり女酋長でもあるという女性が全員手をつなぎ世界平和を念じようと言った。みんなの口から唄が流れ吹き抜けの小屋のまわりには幾重にも人の輪ができた。私はいつのまにか彼女たちヒーラー達の仲間になってしまっていた。

初めに私が覗いた時に彼女たちにシンパシーを感じさせる何かが私から伝わったのか、それともたまたま彼女らと違う人種の女だったので、興味本位で呼び入れたのかは分からない。「南の島の女王」になる資格をもらったような気になった。ヒーラーズ会議の一員になれた事で思い込みから始まった私のやり残した旅は終った。

二〇一三年九月十六日記

㊿58 南大平洋の旅　日本の男たち

一九六〇年代末、私は両方のサモアに行った。アメリカンサモアはアメリカの田舎町のように見えた。それに比べてウェスタンのほうは物質的には貧しくに感じられたが南の島そのものだった。当時からマグロ漁船、ＯＤＡによる漁業指導者らは南の島々には行っていたようである。

それでも六十年代は海外への旅は限られていた時代だったと思う。

アメリカンサモアのパゴパゴでの出来事である。港に日の丸をつけたマグロ漁船がいた。つい懐かしく「どちらから来たのですか？」と声をかけた。なんでも釜石からで「こんなところで日

日本のマグロ漁船がサモアまで
虜になった南太平洋の海
カラーで見せられないのが残念

本人女性と話ができるなんて」と喜んでくれた。修理のため寄港しているとのこと。漁労長と名乗る人が「これもご縁ですから夜ごはんにご招待したい」。日本語で話せる嬉しさが先に立ち快諾した。

パゴパゴ一のホテルでの食事は久しぶりの日本語の会話に話も弾んで楽しい時間を過ごすことができた。

帰りも送ってくれると言う。ところがである。宿に着くと私に付いて部屋まで入って来ようとするではないか。とっさにドアを閉め中から椅子で押さえた。それでもドンドン叩くので「Help me ! Somebody kicking my room」と大声で叫んで目が悪い老管理人を呼んだ。彼に怒鳴られ日本人の男は退散した。

ウエスタンサモアのアギーグレイズホテルでは日本人の商社マンと出会った。明日は日本に帰ると言い「こんなところで日本人女性に会えて嬉しい」とご馳走をしてくれた上、体験談を聞かせてくれたが雲行きが怪しくなった。今思うと若き女の一人旅であったのだが（それでも女に見られないよう頭は丸刈り、服装はTシャツとGパン姿）、旅した島で知り合った男たちは私を女として侮ることはなくみんなジェントルマンで親切だった。

日本語を使わない長旅をしていると時々日本語で話をしたくなる。それでつい日本語で話ができる相手がいると気を許しがちである。そういう心の隙に付けこんで来たのが同国人の日本の男たちだったのである。

二〇一三年九月二十三日記

㊾　続南太平洋の旅　フィジー

私にとって初めてに等しい海外旅行が南太平洋の旅だったのだ。

その前に仕事で香港に行ったことはあった。当時、勤めていた会社が「一〇〇人香港旅行ご招待」宣伝キャンペーンを張りプレスを同行させたからである。私の仕事は広報担当。お陰で生まれて初めて外国に行けたものの、仕事ゆえ観光気分にはなれなかった。が、今なお忘れられない記憶がある。それは香港から眺めた中国側ののんびりとした田園風景だ。イギリス領香港の国境検問所から中国を眺めた時、いつか向こう側に行って見たいと思った。当時日本と中国は国交が無かったのだ。

話を戻そう。南の島熱に取りつかれていた私は仕事に励む一方貯金にも励んだ。一ドルが三六〇円の時代である。持出し金も確か五〇〇ドルと限られていた。この旅は旅行代理店通しではなく、一切合財すべて自分で手配した。さて、そのように準備して出掛けたわけだがシドニー

フィジアン手彫りのお面

までは楽しい観光旅行だった。が、シドニーからフィジーのナンデイ空港に向けて出発したときからは違った。先ず飛行機の乗客は私だけが東洋人であった。着いて驚いた。これが国際空港⁉ニッパヤシの建物だった。そこを出ると虫が鳴く暗闇が拡がっていた。私は一瞬怯んだ。ポツンとした明かりの下にタクシー乗場があった。その暗闇から大男がヌゥッと現れた。縮れ髪の爆発ヘアに黒い顔、シャツに腰巻姿でサンダル履きの姿であった。近寄って開いた口はなんと真っ赤！驚いたのなんの。あとで分かった事だがフィジアンはキンマを噛む習慣がある。そのため口の中が赤く染まっていたのだった（＊ビンロウジと石灰をキンマの葉に包んで噛む嗜好品）。フィジーには近年まで食人習慣があったと本で読んでいた事が頭をよぎった。恐かった。が、この男の車で行くしか道はない。恐怖を和らげようとホテルまでの道中しゃべりっぱなしだった。

彼は親切に現地情報を教えてくれたがホテルに着くまでは体が強張っていた。

二〇一三年十月八日記

⑹⓪ 続南太平洋の旅　トンガ

我が家に五十センチほどの木彫りのティキがある。ポリネシア人にとっての神様である。裏に六九年と記されている。南の旅での唯一の記念品である。

トンガでは長期滞在者用のビーチハウスにいた。日本からのODA派遣だという川上さん一家と知り合ったのだがその家のメイドさんが彫ったものである。メイドといっても男性である。隣のフィリピン大使の家にも男のメイドがいた。現地では男でありながら女のような人をファカレディ（おとこおんなの意味）と呼んでいた。ちなみにハワイではマフ、フィジーではファファフィフィニと言うのだそうな。

見た目は男なのだが話す言葉も柔らかく、仕草も女性のようなのだ。家事も子守も上手である。当時は何も知らなかったので、ただ女っぽい男の人たちだと思っていた。その二人のメイドたちと気が合い友達になった。

現地の結婚式に招待してもらった時のこと。花婿の正装はレイと腰蓑で花嫁は頭に花飾りで体はタパ（樹皮布）を巻いているだけ。一族郎党が敷物のタパクロスに両側ずらりと座る。まずカヴァの儀式。長老からＯＤＡで派遣された日本の男性と私にカヴァが差し出される。カヴァなるもの最初は泥水に見えた。「トンガ流オモテナシ」に我慢して口をつけた。コショウを溶かした様な味がした。全員に回し飲みが終わったところで食事となった。バナナの葉に盛られた魚、タロ、バナナ等の蒸焼き料理（ウム）と豚の丸焼とご馳走である。左右前後から「食べろ食べろ」

守護神ティキ

と勧めてくれる。が、私は顔で笑いながら心はタメ息。「これ以上食べられない」。そんな私の心中を察知して宴会の席から連れ出してくれたのが川上さんちのファカレディだった。トンガを去る時、彼？が航海の無事を祈ってティキを彫って私にくれた。九五年にトンガを再訪した時二人はいなかった。外国に行って戻らないと聞いた。男のメイドには住みづらくなってしまったのだろうか。

二〇一三年十月十四日記

㉛ 続南太平洋の旅　ハワイ

南太平洋の旅はハワイで締め括りとなった。一九六九年の事である。

サモアからホノルル空港に降り立ったものの先ず宿探しをしなければならなかった。空港の電話帳をめくるとダウンタウン地区にある「中村ホテル」という日本名の名前が目にとまった。タクシーで行くことに決めた。そのタクシーはなんとリンカーンコンチネンタルだった。車に疎い私でも知っていたくらい代表的なアメ車だった。

着いた先の「中村ホテル」は長期滞在者用の安宿であった。が、ダウンタウンの一角にありどこへいくにもバスが使えて便利だった。

数年前に偶然その前を通った。初めてのハワイをその安宿で過ごした事が懐かしかった。

こんな事もあった。ワイキキのビーチで日系の老人達が将棋を指していて外野の老人達は日本語で半畳を入れていた。二度目のハワイは七〇年代の前半で四〇年前になる。ケンタッキー州のルイビルに行った帰りに寄った。ワイキキのビーチで泳ぎ「リゾート気分」に浸ったりしたものだった。

その後家族でオアフだけでなく、モロカイ、マウイ、ハワイ、カウアイ、ラナイも廻った。父母を連れて行ったこともある。父はアロハを着たがり、母はムームーを着て子どものように無邪気に喜んでくれた。通算すると十数回

タパクロスは万能布

行ったろうか。息子も四年生からハワイのサマースクールに三年間通わせた。その時親身に面倒を見てくれたハワイアンのホストファミリーも亡くなった。ふたりのお墓参りに行ったのが三年前（二〇一〇年）でそれが最後のハワイ行きとなった。

これでハワイとは縁が切れてしまうのかと思っていたら、この秋から若い友人が臨床心理学を学ぶためハワイ大学に入った。時々届くメールに刺激され再びハワイ詣でをすることにした。最終地がハワイだったお陰で南の島との縁が切れないようだ。ハワイにはポリネシアンとアメリカンと日本人のご先祖様の良さがほどよくミックスされている。それはこの土地が持つ摩訶不思議なパワーのせいだと思うのだ。

二〇一三年十月二十七日記

㊷ 南の島番外　ミヨコ島

パプアニューギニアのラバウル沖にはミヨコ島がある。なぜミヨコ島と名付けられたのか？誰に聞いても日本人が付けたとしか言わない。日本占領時代に司令官が妻だか娘だか母だかの名を記念に付けたらしいのだが。

一九四二年に九万余の日本軍がラバウルを占領し一九四五年の八月十五日敗戦降伏までいた。「ゲゲゲの鬼太郎」の作者水木しげるさんも戦争の時ここに送られた一人。九死に一生を得て片手を失い日本に戻り後漫画家になった。水木さんはラバウルの現地民ととても仲良しだったようだ。

住民は四〇〇。三〇分もあれば島をぐるっと一周できてしまう。酋長の息子「デューク」の話ではかつては一〇〇〇人いたそうだが、この島ではすべて自給自足生活ゆえ過剰人口では村人全員が食べていけなくなる。だから若い男たちは出稼ぎをして島を支えているのだそうだ。

ラバウルから一時間半エンジンボートに乗って行く。ラバウルのあるニューブリテン島はふたつの火山が活発に噴火している。通り抜ける時に粉塵を被ったほど活発に噴火していた。

さて、ミヨコ島では島民挙げての大歓迎パーティがあった。席上、私が代表してスピーチをした。何と言ってもこの島とわたしの名は同じだったからである。歓迎パーティへのお礼を述べた後、それゆえ私を特別に名誉島民にしてくれるように頼んだら大酋長が即断で女チーフの称号をくれた。

「俄かチーフ」は学校訪問をしたり、個人の家を視察訪問したり、島民とお話したり海で泳いだりして結構忙しく過ごした。が、すべきことすべてこなしたらこの島から離れたくなった。

ミヨコ島を二十一世紀文明に取り残された島「秘境の南の島」だと勝手に思い込んでいた。

海上からラバウルを臨む

どっこいそうではなかった。

ビーチを歩いていたら老人に声をかけられた。「どこから来たのか?」「年はいくつだ?」「結婚しているのか?」。矢継ぎ早に質問攻めをしたと思ったら、ポケットから最新の携帯電話を取り出した。

「携帯持っているか?電話番号教えてくれ」。

二〇一三年十一月二日記

㊸　南の島番外　イースター島（ラパ・ヌイ）

丈が三〇cmほどのモアイ像を玄関前にガードマン?として置いている。正真正銘のモアイである。なぜ正真正銘なのか。

イースター島に行った時、本物と同じ凝灰石で彫ったものだからである。

もっとも島民彫刻家に教えてもらいながらだったが。先ず石を選び次に全体を削って形を造る。石は軟らかく刻み易かった。そこまでは簡単に出来た。が、その先からが難しかった。顔がどうもモアイ顔に彫れないのだ。顔だけは先生にお願いした。さすが手慣れていて瞬く間に完成。島のモアイのミニチュアが出来上がった。彫刻でも絵でも顔はそれを創った人の顔にどことなく似ると言う。私はイースター島から連れてきたやさしい顔の守り神を気に入っている。

絶海の孤島、イースター島にはチリのバルパライソから出航した船で立寄った。船は接岸できないので沖に停泊しランチボートで上陸した。海は荒れて波も高かく海水も冷たく、よくぞこういう海を渡って来たものだと感心した。なぜか?島の食糧生産量は養う人口に限りがある。生きるためには移住せざるを得なかった。四～五世紀頃、初代の一族がこの地にたどりついたことから歴史が始まった。

十七世紀初頭には七千人から一万人に増えたとか。一二〇〇～一三〇〇年の間、ヤシの木を切り石を切り出し一族の守り神としてモアイ像を作り崇めた。その文化こそが繁栄の証だと信じモアイ像を巨大化させていく。

やがてモアイ作りの過熱、一族内での内輪もめ、新天地を求めてやってきた他部族との争い、加えてヨーロッパ人による奴隷狩りや持込まれた病原菌で十九世紀中ばには人口が一〇〇人程度に激減する。二〇〇年で自然も人間も滅亡寸前に追い込まれた。が、モアイだけは製造途中も含め一〇〇〇体にも膨れ上がった。現在ではそのモアイで四〇〇〇人近くが生活している。

照りつける太陽と風が吹き抜ける中、数十のモアイが元のように立たされていた。島での出来事を見ていたはずだが、何も見てこなかったようなのんびりした顔だった。

二〇一三年十一月十七日記

ガードマンのモアイ像

⑹ 南の島番外　コスラエ島（ミクロネシア連邦）

予期せぬ出会いで予期せぬところに行く羽目になる。皆さんにも一つや二つ経験がある事だろう。「パラオ諸島への旅」で触れたように「太平洋友の会」なる会の会長がコスラエの伝道師だったためである。

何故彼にとっての聖地？になったかだが、それがちょっと面白い理由だった。小笠原で教員をしていたMさんはかねてより小笠原に伝わる南洋踊りのルーツを知りたいと思っていた。それで、定年退職を期に夫婦でルーツ探しのヨットの旅に出たのだそうである。

「一番感激したのが戦前はクサイ島と言っていたコスラエ島。何がって人が良かった」。後日自分の住まいをそこに作ってしまう。Mさんも南の島病に罹った一人であったのだ。家財道具も日本からを運び入れた由。なんでも島の大酋長シクラと友人だとかで家の管理はすべてまかせてあるそうな。

「本物の南の島だから」と熱心に誘われ顧問のKさんとその娘さんと四人で調査探検に出かけた。それが二十年前九十四年の話である。島には「日本」が残っていた。それもそのはず敗戦まで日本の信託統治が行われていた島なのだ。現地へはグアムからチューク（トラック）経由で行く。国際飛行場からホテルまでMさんの自家用車で行く。太っ腹のMさんは車まで置いてある。それほどこの島に入れ揚げている。確かに豊かなマングローブの森と透明度の高い海は魅力的ではあったが、私仕様の南の島ではなかった。が、お陰でミクロネシアの島を知る事が出来た。

「復刻版MICRONESIA＝南洋紀行『赤道を背にして』九十年発行」を今も私は持っている。昭和九年、日本は空前の南洋熱に取り付かれていたらしい。翌年この本がベストセラーになって著者の能仲さんは印税で世界一周の旅が

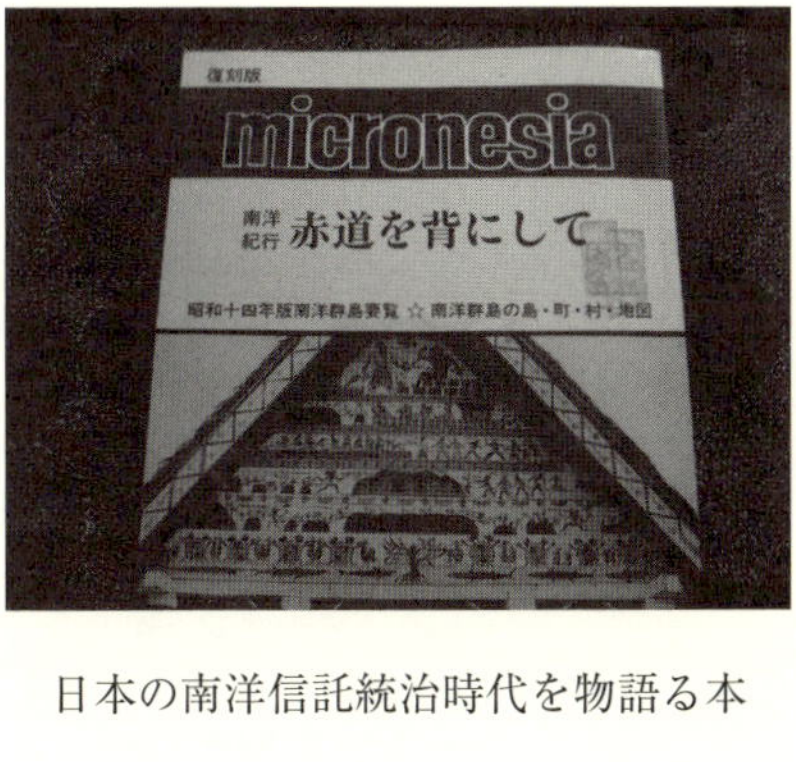

日本の南洋信託統治時代を物語る本

出来たのだとか。あやかりたいアヤカリタイ！表紙は昭和四十年代まであったアバイ（集会所）。日本の男がハサミとカサを持ち島民を脅して働かせ、結果島は豊かになったと言う与太話を物語っている。

二〇一三年十一月二十三日記

㊵ 敦煌再訪　莫高窟

今年一月のブログに「敦煌との出会い」を書いた。

それを書いた夜、私に仏絵を描くように勧めた菩薩様が夢に現れた。また行きたいと思っていたせいだろうか？「敦煌からのお出迎え」を口実に春に再訪を決めていた。

が、二回も流れてしまいようやく三度目の正直で行けることとなった。九月四日から五日間敦煌だけの独り旅である。今は朝羽田を出ると北京で乗り継いでその日の夜に着いてしまう。なんと楽な旅が出来る時代になったことか。

再びの敦煌は莫高窟への道も快適で夜市も整備され町全体がきれいになっていた。町の中心ロータリーで以前のより大きく作り直された反弾琵琶の天女像に出迎えられた。

夏はなんと一日八千人もの観光客が訪れたとのこと。大半が中国全土からの中国人だそうだ。

石窟見学をする二、三十人単位の中国人団体客と出会ったが、日本人や欧米人の姿は少なかった。この国の人達は文化遺産を鑑賞するには賑やか過ぎる！人が吐き出すCo_2や体温で洞内の環境が変化して壁画の落剝と色落ちが進んでしまう。そのため来春からは前もってバーチャルセンターで学び実際に入れる洞窟数と時間を制限する予定だそうだ。二十六年前に世界文化遺産に登録された莫高窟だが今やそのような手立てを講じなければならないほどに環境が劣化しているのだ。再び目にすることができた莫高窟。石窟自体も周辺の環境も整然となっていて気持ちが良い。

世界文化遺産の莫高窟

私が訪れた日は運がよく来場者数も一五〇〇人くらいだったのでゆっくり観て廻る事ができた。六〇〇余窟あるうち莫高窟では二十窟、楡林窟では八窟入ることができた。当時の熱い祈りが壁画から伝わってくる。特別ガイド牛さんに絵の隅々まで解説してもらったお陰で私なりの新発見ができた。

今回「夢でお出迎え」いただいた五十七窟の菩薩様に対面した時「あなたに会いに来ました」と言ったら「待っていたから」と微笑んでくれたように見えた。その姿を描かせてもらったのが表紙と口絵の絵である。

二〇一三年十二月八日記

㊻　敦煌再訪　五十七窟

十七年振りに五十七窟の暗い洞内で菩薩様と再会を果たし、ミッションも分かって私は嬉しくてたまらなかった。

牛さんが菩薩様にライトを当ててくれた。なおもガラス越しにジッと見ていたら突然「この絵は女性が描いたに違いない」と思えた。直感としか言いようがない。あえて理由をあげるなら目線の描き方と顔の紅の刷き方が女性にしか描けないと思ったからである。隣りのアーナンダはまるで尼僧のような顔に描かれているではないか。私の菩薩様は観音菩薩と言われている。釈迦如来を囲むその他の脇侍菩薩達も若い女性達のように見えてならない。時空を超えて今なお女性達の色香が伝わってくるようだ。美人窟と称されているらしい。絵には必ずそれを描いた人が投影される。特に顔には描いた人が現れる。この絵は篤い信仰心を持つ女性の画工が描いたに違いない。尼さんかもしれない。画工達の名前はどの窟にも記されていない。だから女性ではないとも言い切れない。いつか小説「莫高窟の女仏絵師」物語を書きたいと思った。

莫高窟は五胡十六国時代の終り、三五〇年頃から千年もの間掘られ続けた仏教石窟寺院である。世界の歴史時間に照し合わせると西方はローマ帝国、日本は古墳時代（仁徳天皇?）に当る。敦煌は活発な交易の交差点であった。このオアシス都市にはラクダが運ぶ物だけでなく人と共に文

観世音菩薩

化も運ばれてきた。それが仏の教えである。中国にとっては西域への玄関口に当り、西方の国にしてみれば中国への入口となる。その仏の教えはやがて朝鮮を経て日本に入り聖徳太子によって国教となる。物が豊かになればなったで富を巡って争う。それゆえ永遠の繁栄を仏に願うためにブッダの生誕地インドの石窟院を真似て祈りの寺院を掘り、仏の浄土世界を再現した。

千年にも渡って石窟を造り続けられたのは権力者達の富だけではない。教えを広めた僧達と画工達を含めた一般庶民が仏に祈る心があったからと私は深く感動した。

㊼　敦煌再訪　鳴沙山と月牙泉

それこそ自然が創りだす摩訶不思議な風景である。どれほど風に吹かれようとも一晩あければまた元のように砂に覆われる鳴沙山と青々と水を湛えている枯れない月牙泉。変らない景観を再び目にして初めてそれを見た時の感動が蘇った。が、周辺は整備され一大テーマパークとして大きく様変わりしていた。

盛ガイドの「午後は熱いから午前中に」の言葉に促され朝九時に現地に着いたのだが、すでにたくさんの人たちが集まっていた。

何とラクダ乗りは一時間半も待つと言う。なんでも列車で五千人、中国人観光客が詰めかけたそうだ。「七・八月は毎日八千人以上も人が来て過労死したラクダもいたらしい」。さもありなん。

二〇一三年十二月十三日記

前回、姉とふたりでラクダに乗った事が思い出された。風に飛ぶ砂塵のせいか咳をしながらラクダを引いていた少年。当時少年が気の毒に思えた。が、今ではこのようにラクダビジネスがビッグになっている。あの少年は社長にでもなったのかもしれない。中国は国内観光が盛んでどこの観光地もいつでも混んでいるそうだ。人口は日本の約十二倍だから中国観光客の数も桁が違う。ラクダは諦め電気カートで月牙泉の手前まで行く。まるで月牙泉テーマパークのように二十数年前に復元された楼閣を背景にした月牙泉は絵のようであった。もっと大きかったような気がした

昔も今もラクダは観光の目玉

が？周りが整備されたせいで小さく感じるのか？どうやら本当に年々小さくなっているらしい。千年（二千年説もあり）は枯れなかった三日月型のオアシスが数十年で消えるかもしれないと心配されているのだ。大規模な観光開発のせい？それとも世界規模の環境異変のせいか？

「敦煌の反弾琵琶を弾く天女は大きくなっていくけれど月牙泉は年々小さくなってやがて消えてしまう」ような事にならないで欲しい。敦煌千数百年のミラクルがたった数十年で消えてしまわないように新しいミラクルを望む。それは発展という名目の乱開発を止めることに尽きると私は思う。

二〇一三年十二月二十三日記

余話

敦煌での最後の夜、ガイドの盛さんともっとも地元らしいお店で最後の晩餐をとった。私は良い天気と良いガイドに恵まれ、ご招待？くださった菩薩様ともゆっくり対面でき充実した時間を過ごせたことを感謝した。盛さんも明日私を空港に送り届ければ一仕事終わりとなる。ビールを飲む顔もゆるんでいる。「もう次はないかもしれない」といささか感傷的になった。朝発って四時間ほどのフライトで北京に着く。北京で羽田行きに乗り継げば夜には日本に戻れるのだ。なんと便利になったことか。ラクダに乗ってシルクロードを行く砂漠のオアシス都市のイメージは今や蜃気楼の彼方である。「今夜は日本酒と日本食」と心は日本に飛んでいた。

空港に着く。フライト情報を確認しようと電光掲示板に目をやる。無い、無いのだ私が乗るはずの飛行機が。あわてて盛さんを呼び戻す。

カウンターでのやり取りの後曰く「九月からこの便は無くなりました」。旅行社が寄越したeチケットにはしっかりと便名も表記され確認もOKとなっているのにだ。

敦煌での滞在は中国のエージェントの責任だがフライトは日本側の責任であると言う。盛さんも困惑している。す

敦煌の反弾琵琶像

ぐ日本と連絡を取ってもらったが日曜日で担当者と連絡がなかなか取れない。「振替えて今夜中に日本に戻りたい」。蘭州便は遅延しているから止めた方がいいと言う。待つこと二時間。ようやく連絡が取れ結局夜の振替便で帰ることとなった。なぜこのようなミスが起きたのか？後日分かったのだが日中間の単純な連絡ミスによるものだった。

さて、帰れるメドがたったところで今一度莫高窟へ行って見納めをしておこうと決めた。お陰で別の窟内も見られたしデッサンもできた。菩薩様が心に残る仏様の絵を描くようにと願われて私を足止めしたのだと思うことにした。合掌

※この章は二〇一一年九月～二〇一三年十二月までのブログ「１０８ｍｉｒａｃｌｅ　摩訶不思議」を加筆修正のうえ編集したものです。

二〇一三年十二月二十八日

第2章　「人は摩訶不思議」

一〇八日の船旅から二〇話

「人は摩訶不思議」一〇八日の船旅から二〇話

夫の一周忌を終えた後、自分を再生させるために長い旅に出ようと決心しました。「地球一周くらいしてくれば良いかもしれない」。そんなわけで私はまったくの偶然から一〇八日間の船旅を体験しました。なぜか一〇八日。後から考えるとそれも不思議な符合でした。その時の見聞を元に二〇のオハナシを入れることにしました。言い古された言葉ですが「事実は小説より奇なり」。実感しました。

見知らぬ人達と偶然に出会った事で「人様の煩悩」を見せてもらいました。

おかげで「煩悩の因縁」が分かりました。

私の「煩悩」は消えたりまた湧いたりしますが、因縁が分かったので今は自然体で受入れられるようになっています。

それではひととき船上のヒトとなって私のオハナシを聞いてください。

出産した人

最初の話は「生命誕生」にまつわる話からにしようと思う。さて一〇八日の長い航海もあと残すところ一日となり、いよいよ明日は横浜に入るという前日にその事を私は知ったのである。

時々船上で言葉を交わす四人組の女性たちがいた。年令的には似たり寄ったりでそれぞれが仕事に一休みをするために乗船したような事を言っていた。

「仕事をこれからも続けていくために結婚をどうすべきかよく考えたいと思って」。四人とも同じような事を言った。そんなに考えずにしたければすれば良いし、したくなければしなければと思ったが口に出しては言わなかった。今回の旅で四人部屋で同室となり友人となったとのことであった。

四人組のひとりが今回船上で出産をした人である。仮に洋子さんと呼ぶことにしよう。「いよいよ、明日でお別れね。ところで、最近洋子さん見かけないけれど具合でも悪くなったの？」と尋ねた。三人は顔を見合わせ少々困った風であったので「なにか私で出来る事があったら言ってね」と続けた。すると意を決したかのように洋子さんの船上での出産の話をしたのだった。

なんと洋子さんは妊娠していたのを隠して船に乗ったのだ。そして船上で出産。少々太めでもあったのでまわりも分からなかったのだ。「わたしたち、彼女はたんに太っているだけだと思っていたわ。寄港地ではいくつかのオプショナルツアーにも行ってたし、普通に食べて普通に過ごしていたし」。その船旅が一〇八日間の長旅だったせいもある。船で子どもを産むと出産費用もかからずかつ子どもはその船籍の国籍も持つことが出来る。その船は日本の船ではなかった。洋子さんはそれを知っていて実行したのだろうか。

かなり昔、半世紀ほど前にそういう事をやってのけて話題になった女性がいたが、まさか今もそういう事をする女性がいるとは思ってもみなかった。

しかも身近なところで起きるとは。洋子さんの相手は妻子持ちで離婚してまで彼女と結婚する気はなかった。が、洋子さんは世間的には独身であったが四〇を越しているので結婚はしなくてもどうしても子どもが欲しかったそうである。

出産予定日から逆算して長期休暇をもらいその船旅を選んだと言うから恐れ入るほかはない。無事計画出産した洋子さん、確か学校の先生だったと聞く。結婚しなくても経済力があれば子どもだけ持ちたいと願う女性がいるのだ。今日日の自立した女性たちはかように思慮深く自己中心の人生を設計していくのだろうか。どうであれ女性は強くたくましい。

帰港の一週間前が出産予定日だったそうだが、その間近になって同室の彼女たちに打ち明けたらしい。それで同室のよしみで仲良くなった女性同士、一致協力する事になったと言う。予定日通り陣痛が起り船医のところに駆け込んだと聞く。

洋子さんと赤ちゃんには会えずに船を降りたのだが「物静かで生真面目そうな洋子さん」としての印象しかない私には今もって信じられない出来事であった。

船上カメラマン

この世界一周航路は横浜を出てから中国は香港、ベトナムはダナンを寄港し、シンガポールからマラッカ海峡を通過してインド洋へと出る。ペナンに寄ったその後アフリカの東海岸に立ち寄る。アフリカ大陸を南下して喜望峰をぐるっとまわり南米大陸に向かって航海する。ブラジルのアルゼンチンに立ち寄り後、南米の最南端プンタアレナスまで航海して、さらに南下して南極の海まで近づき、その後北上してイースター島を訪れる。

その後は南太平洋のタヒチに寄りパプアニューギニアのラバウルに抜けて赤道を通り太平洋を更に北上して硫黄島、小笠原諸島から横浜へ戻ってくると言う文字通り南半球一周の旅であった。なんでも九五〇人近くがこの船旅には参加したとか。それだけの人数でしかも一〇八日の航海ともなれば日々事件が起きて当たり前。しかも航海中は閉鎖された旅の空間となるわけで、その気になれば極めて生々しい出来事とかかわることもある。人とかかわりたくないのでこの旅を選んだはずの私でさえ日を追うごとに知合う人ができたほどである。

山田一郎さんを知ったのは毎夕の甲板であった。航海中はほとんど日課のようにして甲板に出て夕陽を眺めていた。余談ではあるが、船上で見る夕陽はいつ見ても心に沁みる。終わりの美のようなものを感じて感傷的になる。

出会いはマラッカ海峡の夕陽の時だった。後甲板からぼんやりと水平線を眺めていると「すいません、そこで写真を撮りたいんですが」と声がしたので振り返ると黒いバックにカメラを首からぶら下げた中年の男性が立っていた。場所を譲ってやるとすぐカメラを構えた。大きな赤い夕陽が少しずつ洋上に落ちていく。そして一瞬ひとまわり輝いたかに見えたと思ったら、もはやその姿は消えていた。何気なく見ていると山田さんは何十回もシャッターを切っていた。プロのカメラマンなのか？「お陰でばっちり写真を撮りましたから良かったらあげますよ」と言ってくれた。夕陽の出会いから時々話をするようになった。大学を出てから勤めた会社を定年退職した事。記念に世界一周の船旅がしたかった事。奥さんを誘ったが船酔いするので一人で乗った事。「家内がお父さんは今まで頑張ってきたのだから遠慮しないでと言われましてね」とちょっと弁解する風がなんとも微笑ましかった。その山田さんが突然死んでしまったのだ。数日間、山田さんの姿を見かけないのでどうしたのかと思ってはいたのだが。まさか！

同じ夕陽ウオッチャーの仲間のひとりが教えてくれた。「掃除のため朝、部屋係が部屋を開けたところベットの上で死んでいた」とのこと。死因は急性心不全だと船医は言っていたとか。ご遺体は冷凍にして次の寄港地まで運ばれた。船には死ぬ人もいると想定してお棺をいくつか積んでいるそうだ。

旅から戻って半年ほど経った頃だったろうか。あの「マラッカ海峡の夕陽」がA新聞に大きく掲載されているのを見た。私にはその写真の上に船上で見た山田一郎さんの笑顔が浮かんで見えた。合掌。

船上のダンディスト

その男性とは偶然にディナーの席で一緒になった。船内では航海時間の経過とともに同じ船室同士、サークル活動や趣味の活動を通して知合った者同士小さなグループができてくる。日本人の中高年は律義なのか見ていると食事も自然にそういう仲間とするようになっている。せっかく知らない同士が同じ空間で知り合うのだからもっと気楽なつきあいをすればよいのにと思うが人間年を取るとどうもそうはいかないようである。

さてその男性、山本竜太郎さんと言ったが私のように彼もよく独りでダイニングルームに食事をしに来ていた。私が一人で食事を始めようとしたところ「同席させていただいてよろしいですか?」の声。紺のブレザーに白ズボン、胸に赤いチーフをのぞかせたダンディな出で立ちの男性が立っていた。それが山本さんだった。元はアメリカ船籍の客船パーサーだったと言う。「ずっとサービスをする側だったので定年後はサービスをしてもらう側になりたかったんですよ」と明るくつけ加えた。

問わず語りに語ってくれたところによると昭和二〇年の終戦直後、日本が占領期で混乱していた時代、奨学金をもらってアメリカの大学に留学したのだそうである。

留学後、日本に戻ってくればそれこそアメリカ通のエリートとしてどこの会社でも迎えられたのに彼は同級生と恋に落ち学生結婚して現地で就職したそうだ。それが船会社だった。そのままアメリカに残りクルーズビジネス一筋にキャリアアップしてきたとのこと。「だから現役は引退しても嘱託のシニアアドバイザーとして時々乗船しているんですよ」。

「船の上がビジネスの場なんですか？現役時代はさぞ奥様をさびしがらせたでしょうね。これからは仕事を兼ねて船旅がご一緒に楽しめるからいいですね」。その私の言葉に竜太郎さんは少しだけ真顔になって「女房はおらんのですよ、私のハッピーリタイアメントまで待てなかったんでしょう」と言ったのです。「さては離婚？」と思ったら「ガンで五年前に死にました」。そんな彼を慰めたのが仕事を兼ねた船旅。それも日本航路の船旅がいいと言う。仕事上白人社会で仕事をしていた彼だが、奥さんに死なれてからは特に日本と日本人に触れたくなった。「ぼくは永住権もあるけれど、やはり日本人だったんですねえ。日本が出前されているようなこうした船でずっと日本にいた日本人たちと話すのがなんとも面白くって。それに船旅だとそれこそたくさんの国の人たちと知り合えるしその国に行かなくても人を通してよく分かる。船旅は旅のナンバーワンです」と絶賛することしきり。日本には甥と姪しか身寄りがいない。しかも会ったこともない。「まあ、船上がぼくの終の棲み家」と笑った。「船上が棲み家?」その言葉に映画「船上のピアニスト」を思い出していた。言う事も格好もダンディな山本氏に「船上のピアニスト」ならぬ「船上のダンディスト」と秘かにあだ名をつけた。船には映画のワンシーンのような心ときめく出会いがあるものだと思った数日後。後ろの席からダンディストの身の上話が聞こえてきた。

老いた人

二〇代ではイギリスの豪華客船と言われた「キャンベラ」に乗った。ギリシャではエーゲ海クルーズもした。が、これほど長い船旅は初めてであった。なぜこの船旅をしようと思ったか?一番の理由はしばらく日本を離れたかったからである。それと南半球をぐるっと回り南極にもいくというコースが気に入ったからでもある。以前、飛行機でのパッケージツアーでこんな話を聞いた。「痴呆老人をショートステイ代りに旅に行かせる輩がいる」。船旅には年令制限はあるのだろうか?健康審査はするらしいが年令制限は無いそうだ。

その老人、平左衛門さんだがどうも息子さん夫婦が計画的に船旅に送りこんだらしい。当初は同行者もいるように申し込んでおき早めの段階で同行者はキャンセルし当人だけが参加するという形にする。「仕事で行けなくなってしまい父にもキャンセルしようと言ったのですが、どうしても行きたいというので」と孝行旅行を装う。「ふだん、身の回りのことは自分でしていますし、船なら年配者も多いでしょうから安心ですし」。息子さんにしてみれば一時的に介護から解放されるし、自分たちはリフレッシュ休暇を楽しめる。

船旅はまさに動くホテルである。その船はそんなごたいそうな船ではなかったが一応寝泊まりと三食は付いているうえ、部屋の掃除もしてくれる。第一医者もついている。別料金を払えば洗濯もしてくれる。

確かに平左衛門さんは常時介護が必要な老人ではなかった。が、ボケた老人であったのだ。航海中、その船は語学学習プログラムからダンス教室まで多彩な催しを行っていた。著名人による講演会なども時々ある。ボランティアで自分のセミナーを開く人もいた。年令も職業も地域もさまざまな人たちが参加していた。その意味から不思議な船旅であった。

わたしの目的は船上で人と知り合う事ではなく自分自身と向き合う事だった。それゆえ、船上での催しにもボランティアのサークル活動にもほとんど参加しなかった。それでも三度の食事時間や夕陽や夜空を眺めるために集まるデッキではあいさつを交わす顔見知りができた。するとと自然と雑談をするようになるものだ。そんな中でボケ老人の噂話が出たのだ。「船にボケ老人がいる」。平左衛門さんとは接点がなかったので事実は知らない。被害にあった若い女性達はこう言った。

「老人だからと親切にしてやったらだんだん図々しくなってきてあれしてくれ、これしてくれって」「わたしなんか触られたのよ」「えっ！」「姉ちゃん姉ちゃんって馴れ馴れしいのよ」「近くに来られると臭くって」「ろくすっぽお風呂にも入ってないんじゃない？」「あんな老人乗せる方も乗せる方」と船会社を非難した。平左衛門さんがボケ老人だったかどうかは別としても確かに若い女性達にしてみれば迷惑な老人であったようだ。この船には確かに老人が多い気がした。が、迷惑老人は平左衛門さんだけだったのだろうか？老人だから船旅を選ぶのか船旅だから老人が集まるのか。どちらにせよ平左衛門さんにとってもリフレッシュ休暇になったことだけは間違いないようだ。

老人ホームから来た人

ほんとうなのだ。その話は。その人を木村和子さんとお呼びする事にしよう。彼女は八十二歳。まったくそのお年には見えない。初対面の時、私は七〇代そこそこと思ったほどである。彼女の日本での住まいは三浦半島にある民間の老人ホームである。

老人ホームというよりケア付きマンションに入居していると言ったほうがいいだろう。

子どもがいなかったこともあって、ご主人が八〇歳で彼女が七十八の時に夫婦でそのケア付きマンションに入ったそうである。ところがご主人のほうは入居してまもなく亡くなられてしまった。身寄りが誰もいなくなってしまった彼女だがそのままそこを終の棲家としている。

「食事は三食食べられるし、趣味や運動のサークルはあるし、第一、万が一の時にはお医者様がついているから安心ですよ。もうこの年になったら自分で家事をするのが面倒になってしまってね」。なんだか同じようなセリフを誰かから聞いた気がした。老人たちにとっては船旅は旅付き短期ケアマンションみたいなものかもしれない。

年を取って大事な事は栄養バランスのとれた三度の食事が食べられることと同じ趣味の仲間が

近くにいること、そしていつでもお医者さんが駆けつけてくれるということだろうと友人の医者から聞かされていた。それが老人にとっての「三種の神器」みたいなものだと和子さんは言った。なるほど言い得て妙である。陸上であろうが船上であろうが「三種の神器」があればどこでも同じ事なのである。

住んでいるところが子どもたちと同居の住居であろうが老人ホームであろうが独りで住んでいようが船旅の申込条件とはなっていない。

「船上でデイサービスを毎日受けていると思えば良いじゃあないですか」。それに加えて「老人ホームだと同じような年令の人たちだけだけど、船旅は年寄ばかりでなく若い人たちも一緒だからなにより刺激になるのね。年寄りだからって年寄り臭くしていたら人も寄って来ないじゃない？」。道理である。

和子さんはこうも言った。「残された人生、大いに楽しんで生きようと思っているの」。ボーイフレンドも出来たようである。「その気になれば船の上で見つけられるものよ」。

さて、船が港に着いた時に降りようがそのまま船にいようが自由である。船に黙って乗っていれば次の目的地まで運んでくれる。それこそ動くホテルいや動くケア付きルームとも言える。

ところで老人とは幾つからを言うのだろうか。国で規定した後期高齢者、つまり七十五歳からが妥当なところではなかろうか。ではその年令の高齢者は現在どれくらいいるのだろうか?男女合わせて一四〇〇万人強で六十五歳から七十四歳以下の前期高齢者一五〇〇万人と合わせると、高齢者人口は日本の総人口のなんと二割強を占める。

なにより今の老人には安定した年金収入がある。暇もある。時々長い旅に出たほうが子孝行かもしれない。残り時間との兼ね合いを考えながら散財するのも国の経済に貢献することにもなるのではないか?そのうち定期的に老人対象の「ケア付き船旅」が就航するようになるかもしれない。

ダンスする女人《ヒト》

その人は自分の年令を誰にも明かそうとはしなかった。だから外見からでは彼女が何歳なのかは判断しかねた。あとになって彼女が後期高齢者であると知ってまわりは驚いた。

「信じられない!」と誰もが口々に言った。それほど彼女は外見が若かったのだ。せいぜい六〇の前半にしか見えなかった。

なにしろ朝でもきっちり化粧をしている。なによりいつも体の線を強調する服装をしていた。彼女の名を山本蓉子さんと言うことにする。「私はね、ダンスするためにこの船に乗ったのよ」と周囲に言って憚らなかった。あとでケンカ別れすることになった同室の人の話でもほんとに毎晩のように踊っていたと言う。

お相手は―若くても年を取っていても誰とでも踊る。ダンスも選ばない。社交ダンスからタンゴ、ジルバ、チャチャチャとパートナーが要るダンスならなんでもござれである。ダンスの先生をしていたのではと噂されるほど踊りもじょうずであった。ほんとうにダンスが好きで好きでたまらない女人であった。

この世界一周の旅では一人部屋・二人部屋・四人部屋とある。もちろん料金が違ってくる。一人部屋なら問題はないのだが、二人や四人部屋では同室者の間でなにかとトラブルが生じていた。相部屋の人達は「旅で知らない人と知り合うのも楽しみだし、一人部屋との差額分でお買いものがたくさんできるし」と言っていた。

が、航海が長引くにつれ、ささいな事でもトラブルになっていく。同室ではない人たち同志、数人集まっては愚知を言い合っているのをずいぶん目撃した。同室になった人達を見ていると航海の当初は仲が良かったように見えた。旅も長くなってくると打ち解けてくることも手伝って遠慮がなくなってくる。ひとつ屋根で長く暮らしている家族でも行き違いがあるのに他人同士ならなおさらだ。船上では逃げ場がないから始末が悪い。

中高年はそれぞれ生活習慣が出来上がっていて変えにくく、いったん関係がこじれると修復が難しい。移動が飛行機でのパッケージツアーでも相部屋でのトラブルはあると聞く。

そんなわけで蓉子さんの同室者は部屋変えを申し出た。「ダンスだけなら我慢できるのですが、毎晩酔っ払って部屋に戻ってくるのですよ。大金をはたいて乗った船でどうして私が酔っ払いの面倒を見なければならないの? 酒飲みだった亭主が死んでようやく解放されたのに」と私に本音を語った。事務局に「同じお年なので気が合うかと思って同室にしたのですけど」と言い訳されたそうだ。それで初めて蓉子さんの年が同じだと知り同室者の彼女も大変驚いたと言う。それにつけても山本蓉子さん、酒もタバコも達者で旅の最後まで踊りまくっていた。性根の据わった女の凄さを知った。途中で同室を止めた彼女も別々になったらストレスから解放されたせいか蓉子さんと時々食事を共にしていた。

これから船旅をしようと考えているシニアの人へ一言。

節約目的で見知らぬ人と相部屋にするのは止したほうが良いと思います。

恋を求める人

「タイタニック」ではないけれど船の上というものはいつの時代でもドラマチックな恋には格好な舞台となる。それは今も同じである。若い人たちは当然のごとく老いた人たちもそこに「恋の出会い」を求めたがる。限られた空間に三カ月にも及んで見知らぬ男女が集まる長旅なら尚更である。

この「世界一周の旅」は船会社と各寄港地でのオプショナルツアーを実施する旅行代理店と船内でのイベントを担当するＮＧＯの三者でやっている。

そもそもがアジアの若者同志の国際交流を目的とした船旅が始まりだと聞く。八〇年代では意義あるものだったろうが三〇年以上たった今日ではそのような主旨に賛同してではなく、他の船旅に比較して安い船旅だからの理由で選ぶ人たちが多いように思えた。実際乗客も六〇歳以上が七割だと聞く。私もそのひとりだった。一人部屋があり南半球を一周して南極にまで行く航路がとても魅力的に思えたからである。

語学講座を始めとして日本から同乗する著名人の講演会や寄港地の講師を呼んでの勉強会と発

足当初の考え方を残したと思えるような船内企画が盛りだくさんだった。

乗船代を無料にする代わりに通訳やオプショナルツアーの添乗員をするような交換条件で乗る契約スタッフもいる。地上で募集広告のポスターを貼ったり、売店の販売を手伝ったりすることで旅費を割り引いてもらう特典もあるように聞く。そのようにして学生やフリーターの若者たちが参加しやすいようにしているのだろう。が、時代と共に若者たちのニーズが変わってきてることも事実だ。

さて船上の恋について話を戻そう。なにかのきっかけで恋が芽生えたらどうなるのだろうか？若い、いや若くなくても健康な男女がどのようにその恋を発展させていくのだろうか？

なぜそんな事を？と思うだろう。実はある夜の出来事がきっかけで考えてみたからである。星を眺めにかなり遅い時間にデッキに出た事がある。空ばかり見てデッキを移動していたせいでなにかにつまずいてしまった。驚いて懐中電灯で照らしたらなんとそれは人が入っている寝袋であった。中でふたつの物体が蠢いていた気がした。私は見たくないものを見てしまったのだ。あちらさんにしてみれば「人の恋路を邪魔する奴はサメに喰われて死んじまえ」と思ったことだろう。

パブリックスペースでは恋の語らいも限界がある。バーもあれば居酒屋もある。ゆっくり語り合えるはずだ。さて次なる段階は?船上ではどちらかが独り部屋でない限り、密やかに二人っきりになる場所はない。映画のタイタニックでは車を拝借していたが。船が寄港地に停泊する時に外泊する人たちもいたようである。船のクルー達は別の意味でよく利用すると聞いた。船上だからといって特殊ではない。陸と同じような行動に走るのは当たり前なのだ。私は限定された空間で創意工夫する人の業を改めて知らされた。別に知りたくはなかったのだが…。

七夕の二人《ふたり》

決まった時間に決まった場所で夕陽を眺めている老カップルがいた。二人と顔見知りになった人たちはてっきり夫婦だと思っていたはずだ。わたしもそう思っていた。が、オプショナルツアーで偶然にふたりのパスポートを見てしまい、姓が違うのを知った。ふだんはお互いの名前だけで呼び合っていたのでそんな関係を想像だにしなかった。それを知ってわたしはいささか衝撃を受けた。「こんなお年の方たちが?」。そして好奇心が湧いた。一体この二人はどういう関係なのだろうか？　二人とも昭和九年生まれ。明子さんと正夫さんということにしておこう。なんでも二人が知合ったのは前回の北回りの世界一周の旅だそうである。それぞれの伴侶とも船が苦手なため夫婦同志での参加とはならず一人で参加したことがきっかけだった。

明子さんは教員で夫となった人も教員だった。二人の子どもにも恵まれごく平凡に暮らしてきた。そんな明子さんだが死ぬまでに子どもの頃に憧れていた世界一周の船旅をしたいと思っていた。

正夫さんの方はと言えば大学を出て今では日本で一、二を争う電気メーカーに入社し定年まで勤め上げた。その後子会社の役員にもなり典型的なサラリーマン生活を送ってきた。

正夫さんの夢もサラリーマン生活が終わったら世界一周の旅に出ることだった。

二人は船上での昭和一ケタ会なる集まりで知合ったのだと言う。偶然とはなんと面白い事をするものだろう。世界一周をしたいと願っていた事も同じだったが、さらに二人は誕生年ばかりでなく誕生月も日も同じだったのだ。偶然とは言えあまりにも共通する偶然が重なったことで二人はすっかり意気投合する。前回の旅はまるで夢のようだったと二人は語った。「次回の南回りも一緒に乗る」事を約束し合って横浜港でそれぞれの連れ合いが待つ家に帰って行ったそうな。

それから一年後。約束し合った通り明子さんと正夫さんは二回目の旅をしに来たというわけだ。

その必然の再会に私が出会ったのである。まさに「運命の老いらくの恋」を目撃したことになる。二人は傍目にも自然体の仲良し老カップルである。「年を取ったらああいう夫婦になりたい」。何人もの若いひとたちが憧れを交えて羨ましげに言うのを私は耳にした。それほど素敵なカップルであった。

夫婦とは一体なんだろう？どれほどの大恋愛で結ばれ何十年連れ添ってこようとも子どもを何人もうけようとも人生の終わりが見えてきた時に運命の人に出会ってしまったなら？しかもそれぞれに善良なる伴侶が健在であるなら？あなたならどうしますか？

二人はお年もお年だから長年連れ添った本物の夫婦に見られたのである。誰もが仲の良い老夫婦だと思っている。知らなくてもよい二人のヒミツを知ってしまったのがいささか後ろめたい。船を降りるまで知らないフリをしようと私は決めた。長旅もそろそろ終わりに近くなったある日、日課のようになっていた夕陽タイムにふたりに出会った。「次も船に乗る予定ですか？」。二人は顔を見合わせて微笑んだ。「私たちのどちらかが病気にならない限りはね」。

結婚を求めた人

船客同志のカップル化は航海が進むにつれて増えていく。中には乗務員と船客とが仲良くなるケースもある。北海道からひとりで参加した佐藤花子さんは今年還暦を迎えた女性だった。が、外見からは一回りは若く見えた。あけっぴろげな性格らしく初対面の人にでも自分の人生を語った。「私は十八でできちゃった婚をしてから、三人の子どもを持ったんです。ですが主人がギャンブルで多額の負債をかかえて苦労させられて。しかもその借金を置いて蒸発してしまってね。二十二の時でした。それで、離婚して水商売に飛びこんでね、必死になって子ども三人を育て上げたんですよ」。男に苦労させられたが持って生まれた強い生命力で頑張って来た女性の典型のような人だった。「子どもたちもそれぞれ所帯を持って孫も生まれ、ようやく経済的にも幸せな老後を迎えることができるようになりそれで今回参加したのです」。「一番上の長女も私と同じ年に子持ちになったので私はひ孫までいるんですよ。でもみなさん、まだまだこれからだと言ってくれるんです」と花子さんは付け加えた。「でも、今回ここでステキな出会いがあったらいいなと内心期待しているんですよ。私、独身ですからね」。こうも正直にと言うか明け透けに言われてしまうと誰もなにも言えなくなる。「いい出会いがあるといいですね」。婚活宣言をしたせいか、適齢の男性達は花子さんに近づく様子はなかった。目的が明快な花子さんは積極的に外国人の男性クルー達に近づいていったのである。

まわりの人には英語を上達したいためだと言っていたそうである。そのうちのひとり、レストランの給仕係と親密な関係になった。

ちょっと二枚目風で女性客に優しいフィリピン人であった。途中の寄港地ではふたりが歩いているところを何度も目撃されるようになった。花子さんの大胆な行動にはまわりもあっけにとられた。最初に花子さんが語った男で苦労した人生物語と恋にのぼせあがった現在の様子にあまりにもギャップがあり過ぎたからでもある。船を降りる頃にはなんと婚約までしていた。知合って三カ月で婚約。船を降りたら一度北海道に戻りその後ギリシャで暮らすのだとうれしげに私に報告してよこした。なぜ、私にか？スペイン語のクラスで一緒だったからである。船を降りる最後の夜、同じクラスの仲間を誘って彼女とフィリピン人の彼との婚約祝いの会を開いた。六〇で再び手にした幸せに花子さんは輝いていた。とても幸せそうで私は良い事をしたと思ったのだが。下船後に報告を兼ねたお礼のハガキが届いた。そこには「来週新居のギリシャに旅立ちます」と書かれていた。

その話をすっかり忘れていた頃、花子さんと親しかった語学の仲間に銀座で偶然出会った。なんと花子さんはフィリピンの彼と結婚できなかったと言うではないか。「いったいどうして？」なんでも彼にはフィリピンに妻がいたのだとか。ギリシャ行きも作り話だったそうである。花子さんの「ひと航海の恋」はかくして終わった。その後彼女からはなんの連絡もない。

船上のうれしい再会

七〇年も昔の幼友達に船上で再会するというそれは信じられない様な出来事があった。女性の名は高橋栄子さんで男性の名は浜田好男さん。ふたりは小倉生まれの小倉育ちである。家は近所で、幼稚園から始まって小学校まで一緒だった。両方の親たちも認めるほど仲良しであった。好男さんは「大きくなったら栄子ちゃんをお嫁さんにもらう」と言い栄子さんは「好男さんのお嫁さんになる」と言っていたほどだった。

家庭の環境も似ていてお父さんがサラリーマンでお母さんは専業主婦の家庭に育った。ふたりとも二人きょうだいで栄子さんにはお姉さんが、好男さんにはお兄さんがいた。ふたりは中学も地元の学校に一緒に通うはずだったのだが、好男さんのお父さんが東京に転勤になり彼も東京の学校へ行くことになってしまった。

幸せな子ども時代を共有したふたりではあったが、それ以降は離れ離れの人生を送ることとなる。東京と小倉に離れ離れになった当初は頻繁に交換日記をしたり電話し合ったりしていたのだが、それぞれが新しい環境に馴染むにつれおつきあいも疎遠になっていった。「去る者は日々に疎し」。栄子さんは地元の高校を出たあとは地元の短大に通い卒業後はやはり地元で就職をした。あれほど「好男さんのお嫁さんになるんだ」と言っていたにもかかわらず東京へ行ってまでその想いを遂げようとはしなかった。栄子さんは両親から離れたくなかったのである。

好男さんのほうは高校卒業後、東京の大学に進学した。その頃になるとふたりの縁は年賀状のやりとり程度になっていた。「幼い恋」の遠距離交際は続かなかったのである。大学卒業後、好男さんは念願の商社員となり世界中を飛びまわる多忙な毎日を送るようになっていった。ちょうど日本は高度成長期にあってなにもかもが早足で変化していった。

栄子さんも好男さんもそれぞれ良い出会いがあり結婚した。やがてふたりとも子どもができた。そして自分達が子どもだった時の親のような生活をするようになる。子どもの姿に自分たちの少年少女時代の思い出を重ねて懐かむこともあった。「栄子ちゃん、いいおかあさんになっただろうなあ」。「好男さん今は外国暮らしなのかしら？」。ふたりをつなぐ縁は切れたように思えた。

そして七〇年がたった。栄子さんの身の上にも好男さんの身の上にも数え上げればキリがないほどの出来事があったに違いない。それぞれ孫もいる年になっていた。

なんとふたりは同じ船旅で再会する事になったのだ。それもまったくの偶然からだ。たまたま船長招待のディナーがありお隣同士の席になったからである。

七〇年も経ていれば顔も変わっている。なぜお互いが分かったのか？出身地の話からだ。栄子さんが小倉と知ると好男さんは子どもの頃の思い出を話したのである。話を聞いているうちに目の前の人が好男さんのように思えた栄子さんは思い切って尋ねた。「浜田好男さん？」「栄子ちゃん？」。子ども時代に戻ってふたりは楽しい船旅を過ごした。船には粋な計らいをしてくれる神さまも乗船しているらしい。

船上のうれしくない再会

もうひとつ再会話である。会いたくない人に会いたくない場所で出会ってしまったら？それが船の上で起きたのである。男が「先生」と言われる立場で女は「船客」の立場で。親友と吹聴していた学友の死に不義理をした男が報復された話である。この話の女性を石田今日子さん、男性を山中明男さんと呼ぶことにしよう。

ふたりは高校と大学が同じであり、高校では同じクラスで同じ部活仲間でもあった。大学でも専攻が偶然にも一緒になった間柄である。だから石田さんと山中さんは十代から学友である。大学時代、学生運動にのめり込んだ山中さんは国内では就職出来ず日本を飛び出した。山中さんは日本語で発行するメキシコの新聞社に働く場を得、一方今日子さんは日本でテレビ会社に就職した。当初のうちはお互い働く分野が似ていたこともあり情報交換をしていたが、次第に疎遠になっていった。そんな中、大学が催すホームカミングデイでふたりは二十数年振りに再会した。

同じ専攻の学友で山中さんの親友であった伊藤始さんとも再会した。専攻クラスの会では激動の学生時代を懐かしんだり近況を報告しあったりした。二十数年の歳月が一挙に縮まり「これからは欠けることはあっても増えることはない」専攻クラスの会を定期的にしようということになった。幹事役は今日子さんが引き受けた。

伊藤始さんの死は突然であっけなかった。心筋梗塞であった。伊藤さんは独身で身内はいなかった。そういうわけでクラスメートたちが手分けして葬式からそのあとの始末をした。ところが、学生時代からの親友とか言っていたはずの山中明男さんに、いの一番に知らせたのに通夜から告別式、四十九日にも百日にも来なかった。今日子さんは「学生時代からの親友とか言って伊藤さんを利用していたくせになんという薄情な男だろう」と憤っていた。しかも十代からの学友でもあった自分が手伝いを頼んだにも関らず音沙汰無しなのだ。余計癪に障ったのだ。その後も連絡してもよこさない。

ところが、この船旅で乗船時にもらった講師リストに山中明男さんの名を見つけたのだ。「なにが先生だ、友達の風上にもおけない」。彼の講演時に一番前に座って脅かしてやろうと考えたのだ。そして当日。意気揚々と壇上に上った明男さん。最前列に今日子さんの姿を見つけ驚くまいことか！今日子さんがじっと睨みつけるようにしていたから余計である。疚しい気持ちがある明男さん、えらそうに話をしているうちにダンダンとしどろもどろとなってしまう。ついに壇上で倒れてしまった。講演会は中止となり部屋に運ばれていった。その姿を見て今日子さんは大いに溜飲を下げた。翌日明男さんが詫びに来た。日本に戻ったら伊藤始さんの墓参りに行くことを条件に今日子さんは明男さんの不義理を許してやることにした。船の上では逃がれようがない。「明男先生」より偉そうにしている「今日子乗客」を見て周囲は先生が奥さんを連れて乗船したと噂した。

人騒がせな人達

日本をしばらく離れていたたい。その思いはかなった船旅ではあったが如何せん一〇八日は長過ぎた。しばらくたってからの話である。船上で親しくなった人から連絡があった。東京に用事があって行くので会いたいとのこと。あの船上の時間を共有体験した人と当時を振り返ってみるのも一興である。さっそく銀座で食事をしながら語り合うことにした。

親しくなったきっかけは船上のデッキ。天体観測会で知り合った。この船旅は二〇カ所ほど寄港した。寄港地ごとに自由参加のオプショナルツアーが企画されている。途中の寄港地で下船して旅に出て次の寄港地から乗っても構わない。どこにも行かずに船に居続けても構わない。そういう点ではとても柔軟な仕組みになっていた。航行中は傍目を気にする事もなく自分の時間割で過ごせばよい。だからでもあろう、朝昼晩の食事の時が結構社交の場となる。船の上では、特に接点のない人とも隣り合わせの席になれば嫌でも話す事になる。旅も半ばほど過ぎた頃ディナーの席で船友に「明日、結婚式があるけど参加しない？」と誘われた。「えっ！こんな船で結婚式をあげる人がいるの？」と私は驚いた。なんでもふたりだけで途中の寄港地で結婚式をあげようとしていたカップルがいて、それを聞きつけた運営スタッフが船上結婚式を企画したのだとか。「あの人たちよ」。斜め後ろの席にいた初老の男性と中年の女性を目で示した。「男のほうが七〇で女のほうが四十二だそうよ」。船友はなぜか彼らの身元調査済みのようである。私にはそのふたりがどうにもこれから結婚するカップルとは見えなかった。長い航海で暇を持て余した乗船客のために企画された暇つぶしイベントであろうと思った。とにかくそんな出来事があった。私は船上のイベントの類には興味がないので参加はしなかった。当日の様子を伝える写真が人目にたつ所に張り出されたので私も知ってはいたが。

食事の席で開口一番「ほら船で結婚式を挙げたあの夫婦、覚えてるかしら？別れたんですって」。たくさんの人に集まってもらって大々的に式をしたのねえ」。それには驚いた。確か船から下りてまだ三カ月もたっていないはずだが。

彼女は人前結婚式の立会人にさせられお祝いのスピーチまでしたのだと言う。「まあ、入籍していなかったそうだからあれは結婚したとは言えないのかもしれない」と付け加えた。「イベントウエディングと思えばいいんじゃあない?」。前の船旅の時に知り合って、なんでも女性のほうが積極的だったそうだ。資産家である男の子ども達が大反対したため男は結婚をあきらめたと聞く。女も入籍できないならと別れたのだと言う。船友はずいぶん事情に詳しい。スピーチをさせられた船友には女性のほうから涙ながらの報告があったのだと言う。「あれほどの結婚式をやりながらずいぶんな男だったわ」となおもご立腹の様子。船には年令に関係なく分別を無くさせる神様も乗船しているらしい。

老人同士

人には「無くて七癖」と言われるように誰にでも癖がある。年を取れば取るほど癖も多くなる。

だから寝泊まりする船室ではトラブルが起きやすい。この船では二人部屋を希望する人たちはなるべく年令、趣味、職業、日本での居住地域などを考慮して相手を決めていると言う。しかしそこは船で初めて出会う見知らぬ他人同士、まして老人同志では結構問題が起きると聞いた。これは実際に起きた七十四と八十四の老人同士のオハナシです。

　話がそれるがふたりの二人部屋ならまだしもこれが四人ともなるとややこしい関係が生まれ、最終的に原因がなんだったのかも分からなくなるそうだ。一つ部屋の二段ベットに上下段合わせて四人が寝起きを共にするわけだから、かなりの協調性が要求される。若い人たちならいざ知らず、老人同志は生活習慣の違いもあり細かなことが引き金となるのだ。さて話を戻そう。七十四と八十四のふたりの間では一週間くらいは何事も問題は起きなかった。お互い遠慮もあってそれぞれの癖が出てこないせいもある。むしろ昔は同じような職場環境にいたことが分かって結構仲良くやっていた。その均衡が破れたのは八十四歳老人のいびきと寝言のせいである。当初七十四歳老人が八十四歳老人にやんわりといびきと寝言の件を指摘した程度であった。「そうでしたか。どうもすいません。自分では気がつかないものですから。船医にも相談してみますね」と謝ったのだが、一向に改善されない。何回お願いしても元の木阿弥となる。仕方なく七十四歳老人は運営事務局に相談した。「耳栓をして八十四歳老人より早く寝付くようにしたら」とのアドバイスをもらった。早速、実行したのだが今度はそれを意識し過ぎるせいか夜中に起きてしまうようになる。いったん、目を覚ますと今度は轟音が耳について眠れない。そんな日々が続いたある夜のこと。あまりにも大音響のいびきに起されてしまった七十四歳老人は寝ている八十四歳老人の鼻をつまみ頬を指先ではじいた。ところが、その時に限って八十四歳老人が目を覚まし「なにするんだ！」と怒鳴り返してきた。七十四歳も「どうもすいません、ちょっと静かにしてもらおうかと思って」と言い訳をした。

良い気持ちで寝ていた八十四歳老人は自分が悪いのだからそれでお終いにしておけばいいのに言い返した。それで口喧嘩となってしまった。後で柔和そうに見えた八十四歳老人がまるで別人に見えたと七十四歳老人は言っていた。翌日事務局になんとかしてもらうべく話を持ち込んだのだけれど、こういう場合どちらかが一人部屋の代金を払わない限り相部屋を解消できない。「最初の契約書にも書いてありますけど」。ふたりとも余分にお金を払いたくはないので同室のままで旅を続けるしか手がないのだ。そこで事務局スタッフの立会いのもとで就寝時間割を含めて生活のルールを決めあった。トイレとシャワーは外での共同だったので決定的にならなかっただけ幸いだった。ふたりとも分別が多少はあったのでそこで止まった。殴り合いまで発展するケースもあると聞く。

一石三鳥？

船旅ではやはり陸上の情報はどうしても疎くなる。その船が廃船寸前の老朽船だったせいもあるが、インターネットの回線も限られているし接続料も高い。見渡すと私の年令に近いひとたちはほとんど使っていない様に見えた。航海が始まったばかりの時だけ船からメールするというのがちょっと面白く思えて、私も試したが数回打っただけで飽きてしまった。どうでもいいことをメールしてどうなるわけでなしと気付いたからだ。船に乗ろうとした理由もしばらく人と日本とつながりたくなかったのだし。そんな中、ネット接続できるデスクをよく占有している同年代の男性がいた。いつも画面に集中して何事が作業をしている。「よほどネットとかが好きなんだろう」くらいに思っていたのだが。たまたま語学クラスで一緒の女性、石田ひかりさんと歩いていた時のことである。彼女が向かい側から近づいてきたその男性に目を止め「あら、上野さんじゃないの！」と驚きの声を発したのだ。知合い同士だったのか？

ふたりはどういう関係なのだろう？似たような年令であったがひかりさんのほうが上野さんより立場が上のような話し方であった。私がなんとなく妙な顔をしたのだろう、上野さんについてこう説明した。「あの人はねえ、わたしが校長をしていた易学校の生徒だったのよ。まさかここで会うとは思わなかったわ」。ひかりさんの前身は易学学校の校長さんだったのだ。それにも驚いた。その後しばらくしてロビーで上野さんの姿を見かけた。自主的な学習会を開いていた。オープンスペースでの集会ゆえ通りがかりの人間にも会話が入ってくる。「先生、この先〇×株はどう動きますか?」と質問する人の声が聞こえた。「上野さんは株の先生か?」石田さんに聞いてみた。

「うちの生徒になった時、彼は確か証券会社に勤めていたと思ったわ。なんでもそういう仕事が嫌になって易者になりたいので学校に入ったとか言っていたわねえ」。

株取引が嫌になったはずの上野さんが船上で株の先生をしているのはどうしてなのだろう?しばらくしてこんどは占いの自主的講習会をする上野さんに出会った。若い女性の手を握りながら手相を観ていた。「先生、次私お願いします」と手相見をしてもらいたい人たちが次々と名乗りを上げていた。女性達に取り囲まれて上野さんは見るからに楽しげだった。

私は不思議に思った。ひかりさんにこの話をすると笑い出した。「彼は一石三鳥のやり方を見つけたものね。船旅を楽しみながら船上で株取引のお客さんを開拓し、ついでに手相見と称して女性の手を握ってあわよくば口説くという…」。確かに船には小金持ちの老男老女も多いだろう。

リタイア後の仕事として顧客さえいれば個人投資コンサルタントは良い仕事になるはずだ。占いが好きな女性達は多い。若い女性にも近づきやすい。時々見かける上野さん学習会はどちらもいつでも人が集まっていた。上野さんがひかりさんの易学校に通っていた事は石田さんと私以外は知らない。偶然の出会いは当人同士以外にも興味深い事を教えてくれる。

老人と若い人《オンナ》

そのふたりは誰が見ても祖父と孫娘のように見えた。老人は目が悪いらしく白い杖を持っていた。そのかたわらに若い女性がいつも甲斐甲斐しく寄り添っていた。老人は八〇はとうに越しているような年に見えたし若い女性のほうは二十代の半ばのように思えた。暇を持て余している中年の女性グループの連中なぞはこのカップルを見かけるたびに孫娘に向かって褒める言葉を口にした。「偉いわねえ、おじいちゃんの世話をして。お父さん、お母さんの代わりに親孝行してやっているみたいなものねえ」。そう言われるほど老人はまったくのおじいちゃんであった。孫娘は口数少なく「当たり前の事をしているだけです」と答えた。それもまた好感が持てる理由であった。後で分かるのだが孫娘に見えた若い女性はほんとうにその通りを答えただけだったのだが…。乗船者が千人近くもいれば全員が全員知り合う訳でもない。ただ、同じような行動パターンをしていればそのうちの何割かの人とは顔見知りにはなる。船内で活発に動き回る中年のおばさんグループは孫娘を気に入って「今時の若い人にしては偉い」と祖父に付き添う彼女の話を広めた。暇な航海中はデッキのあちらこちらで見知らぬ同士暇つぶし雑談に花を咲かせて時間を過ごす。こういう話は格好の話題になるのだ。さてある日のこと。おばさんグループの一人がラウンジバーに独りでいる孫娘を目撃する。暇なおばさんが見ていると彼女、タバコを取りだしておいしそうに吸うではないか。その吸い方も堂に入っている。おばさんはなぜか孝行な孫娘像を裏切られた気になってしまう。「お祖父さんと孫娘だと思い込んでいたけれどほんとにそうなのかしら?」なぜかまた勝手に勘ぐってしまう。いったん思い付いたらおばさんは本当の関係が気になり出した。なんとおばさん、彼女の後を尾行する。孫娘が入って行った部屋がこの船では一番良いスウィートルームだったのを知って更に仰天する!おばさんは仲間にこの目撃談を広めてしまう。結果伝言ゲームのように無責任な尾ヒレがついて今度は愛人説が流れる。

さて、真相は?このおじいさんと若い女性の間柄は祖父と孫娘ではなく旅の介添えが必要な老人と彼に雇われたヘルパーさんだったのだ。

若い女性が自ら語ったところによるとおじいさんは八十七歳。目が不自由であってもどうしても人生の最後に再び世界を一周したいと願った。娘や息子たちに三カ月以上も家を空けさせられない。孫たちだってそれぞれのスケジュールがある。

そこで資産家のおじいさん、新聞の求人欄で船旅に付き添ってくれるヘルパーを募集した。ちょうど今までの仕事に疲れていたその若い女性は給料もはずんでくれて世界一周の旅ができる好条件に応募したのだと言う。相当数の応募者がいたそうだ。

彼女が採用された理由はヘルパー資格だけでなく声が一番良かったからだと聞いた。おじいさんは目が不自由であっても望み通り彼女の声を頼りに耳で旅を楽しんでいたのだ。こういう船旅もあった。

離婚旅行

航海中では気分転換も含めて食事時間が楽しみとなる。三度の食事タイムと夜のアルコールタイムには初めて会う人達との雑談の機会も多くなる。

この船には定年をきっかけに夫婦で世界一周旅行に出たというカップルが多かった。食事の席で「家内に苦労をかけたから」と照れながら言う男性とその夫の隣りで「主人に連れられて」とうれしそうに付け足す妻。「よかったですね、二度目の新婚旅行ですね」と返す事にしている。その世代の一般的な夫婦像である。が、中には型破りな夫婦もいた。二度目の新婚旅行どころではなく離婚旅行のつもりと言う夫婦と会ったのである。このふたりの名前を山川春夫さんと秋子さんとしておこう。船の食堂での席は誕生日とかパーティーとかの予約でもしない限り並んだ順に案内される。知合ったきっかけはランチタイムにふたりが座っていた四人掛けのテーブルに案内されたことからである。中年以上の男女がふたりで座っている場合はまず夫婦だと思ってしまうものだ。が、そうとも限らない場合が何度かあったので先入観を持たずにさりげない会話からふたりの関係を推し量ることにしていた。このふたりの場合は夫婦者だとすぐ分かった。三人とも同じ生まれ年と知ってさらに話が弾んだ。なにしろたくさんの乗客ゆえ時間交代制であっても食事をのんびりとはしていられない。日を改めてディナーを一緒にすることを約束した。その機会が数日後にやって来た。同じ年令同士は共通の時代を通って来ているので話が通じやすい。久し振りに会話を楽しむことができたのだが…。「良かったらラウンジで飲みましょう」。「私たち、どう見えますか？」と秋子さんが切り出した。仲の良いご夫婦にみえますけどと答えた私に「離婚するつもりで夫婦最後の旅に出ているのよ」との返事が返って来て絶句する。一見仲良しに見えるふたりがなにゆえ？春夫さんが「そうなんですよ、このへんで一遍リセットしようかと思ってね」と続けた。「子どもたちも育て上げたので別々の道を行くことにしようと思うの。これから先は長いでしょう。後は死ぬだけみたいな生き方はしたくないしね」。頷く春夫氏。だから彼が定年になったのを機会にそれぞれの夢を実現するために離婚しようと決めたのだと言う。定年後の生き方が違い過ぎるのだそうだ。夫は田舎でのんびりと畑を耕して暮らしたいのだが妻は海外でボランティア活動をしたい。それを聞いてどちらかが折り合えばよいというわけにはいかないだろうと思った。「別居という方法もあるのでは？」「お互い独身なら自由に恋愛もできるでしょう！」。人生六〇年の時代と違い今は八〇年の時代だ。確かに二毛作の人生があっても良い。ふたりとの出会いはこれからをマイナスではなくプラスにとらえて生きなくてはと思わせてくれた。思いもよらない考えを持つ人達と素直な話ができるのも海の上だからだろう。さて、航海を終えたあと彼らが本当に離婚したのかどうかは知らない。

クルーとの恋

なんでもこの航海には三割強の若い人が乗船していると聞いた。約三五〇人になる。もっとも若いと言ってもわたしの年令からしたら三〇歳くらいまでの人と言う意味である。

見知らぬ男女が船で知り合い恋に落ちてという話はよくある話だ。現に航海中に乗客同志何組かがカップルになっていく様を目のあたりにした。が、相手がクルーとなると事情が少々違ってくる。

若い花山恵子さんとは語学教室が一緒で話す機会が多かったせいもある。恵子さんは二十五歳で大学を卒業して銀行に勤めたのだが、三年で転職を決意し退職したと言った。大学院に行き臨床心理学を学んで心理カウンセラーになりたいのだとのこと。とても前向きな女性である。航海も三分の二ほど終わった頃である。朝食の席で恵子さんが「昨夜部屋に忘れ物を取りに戻ったら若いクルーがいた」と言うではないか。届け物の部屋を間違ったのだと言い訳をしてすぐ出ていったというのだ。私は驚いて運営会社のスタッフにすぐ報告するようにアドバイスした。恵子さんは二人部屋である。お節介とは思ったがルームメートの女性とも顔見知りだったので彼女から事情を聞くことにした。恵子さんは隠していたのだがルームメートはクルーとつきあうようになっていたようだ。彼女が彼に部屋番号と恵子さんがいない時間を教えてしまったのではないか？ルームメートはそのような事はしていないと言ったが、なにか思い当たることでもあるのか話の途中から黙りこくってしまった。それで私が大昔の船旅でクルーに誘われたことを話した。

「一九六〇年代の話なんだけどね。あなたが生まれていない頃の話よ。私は女の一人旅なので気をつけねばと思って若い男のように頭を刈り上げGパン姿で船に乗り込んだほど気をつけた。豪華客船でも三等乗客の船室は向かい合わせの二段ベットの四人部屋でねえ。パブリックスペースはどこもかしこも豪華に見え二十代の私には気遅れがしたほどだったわ。欧米スタイルの三度の食事も二度のお茶の時間もすべて豪勢で贅沢に思えて夢のようだった。ある日、潮風に吹かれてデッキで海を眺めていたら金髪の若い男に声をかけられたのね。その時は後ろ姿が若い男の子と間違えたからだと思ったのだけれど。そうではなかったのよね。彼は肩に星と袖に線の入った制服姿のオフィサーだった。好奇心旺盛だった私は英語の勉強にもなると思いクルーの彼とのおしゃべりを楽しんだ。その後何回もデッキで会って仲良くなった。ある日のこと、彼が自分の部屋を見せたいと言い出したのよね。その時、オフィサーの部屋なるものを覗いてみたい気持ちはとても強かった。だけど断った。若い女が相手の部屋について行くことは何を意味するか。そこでなにが起きても責任は自分にあることとくらい分かっていたから。船ではドア一枚でプライベートになる。海の上では人は特に若いと開放的になるものだしね。ユニフォーム姿の男性は三割増しでステキに見えるし。増して異国の男性はねえ…」。昔話が役に立ったかどうか分からないが以来クルーの姿は見ないとの事だった。

キャリア女性のセカンドライフ

世界一周の船旅をなんと一〇年間続けている女性に出会った。この話の人は池田良子さん。確か後期高齢者になったと言っていた。法務省の一般職員だった彼女は定年になったら長い船旅をしようと決めていたのだそうだ。いざ憧れの船に乗ってみたら公務員時代には考えられないほど毎日が変化に富んでいてすっかり船旅の虜になってしまったのだという。良子さんは大学を出てから国家公務員として仕事一筋に定年まで勤めあげた。悠々自適の年金がきっちりもらえる世代である。現役時代は「安定した仕事だったし職場環境も良くて辞める気がしなかった」と言う。結婚しなかったのはなぜかと尋ねると「ただ縁がなかっただけのこと」と率直に答えてくれた。退職して三年後父親が心臓発作で急死しそのあとを追うように母親もあの世に旅立ってしまったそうだ。「一人娘なのでいずれはふた親の介護をしなければとは思っていたけれども、なにもしなくて」。在職中は彼女が大黒柱で同居していた両親が家事万事をしてくれていたので子ども時代のまま親子三人で暮らせて楽しかったと言う。ふた親にあっけなく他界されて彼女は新たな目的を持とうと決心したそうだ。それは結婚すること。彼女がそんな思いを抱いて乗船していることは私は知らなかった。誰にでも親切なシニア女性ぐらいに思っていたのだが。船は確かに見合いの場として最適だ。ただ船に乗っているだけで陸にいるよりずっと多くの人と出会えるのだから。

彼女が婚活目的を持って乗船すること十一回目になる。「良い人と出会えるのだけれど残念ながら結婚まで至らない」のだそうだ。いつのまにか良子さんはこの船旅の最古参になっていた。乗船客の大半は初めての人達だ。彼女はビギナーにとっては豊富な船旅体験の知恵を伝授してくれる頼りがいのある先輩だ。航海当初から彼女のまわりにはいつも男の人達が集まっていたので不思議に思っていた。良子さんを中心に決まった時間に集まっては共に食事をしたりお茶を飲んだりしている光景も良く見かけた。その謎が解けた。彼女を取り巻く男性達は今までの航海で知り合った友だち以上結婚未満の間柄だったのである。「六十までは職場以外の男性とまったく縁がなかったのに船ではこうしてたくさんの男性とおつきあいができるようになって」とうれしそうだ。「毎年、今年こそと思いながら乗船するのだけれど結婚まで至らなくって」と古い世代らしく少し弁解する。「いいじゃあないですか、良子さん。そうやってまわりに男友だちがいるのだからなにも結婚にこだわることもないでしょう」。定年まできっちり働き経済基盤のしっかりした定年後はセカンドライフとして男性と対等につきあいながら好きなように暮らす。子どもを産み育てる事を選択しなければこれぞキャリアウーマンの新しい生き方のように思えた。「でもね、家族がいないこの年だからこそ最晩年で結婚したいと思っているの」。そういう目的で船旅を活用する人もいるのだ。

船だけが知っている

船旅の途中で消えてしまった人がいたとクルーから聞いた。海に落ちたのかそれとも身を投げたのかは分からなかったと言う。この船で起きた話だったのかどうかも知らない。船にはたくさんの人が乗る。一人や二人そんな事を考えている人がいてもおかしくはないかと私は思った。

人は心の奥底に一つや二つ秘め事を持っているものだ。生涯秘め事を持ち続けてあの世まで持っていく人もいる。さてこの話はある女性の生涯持ち続けるであろう秘め事の話である。高橋愛子さんは一年前の航海の時に知り合った男性と恋に落ちた。愛子さんは三十五歳で看護士をしていた。船を下りてもおつきあいは続き結婚することになったのだった。その船旅がきっかけだったこともあり、ふたりは新婚旅行を兼ねて同じ船での航海を選んだ。愛子さんは「ふたりの縁を結んでくれたこの船で新婚旅行ができるなんてなんて私たちは幸せ者なんでしょう」と喜んでいた。が、幸せの絶頂にいたふたりに突然に悲劇が襲った。出航を目前にして彼が自動車の事故に巻き込まれて死んでしまったのだ。即死だった。ふたりは結婚を決めてから直ぐこの航海を予約していた。そういう事情ならキャンセルもできるのだが、愛子さんはしなかった。いやしたくなかったのだった。不幸のどん底に突き落とされた愛子さんは予定通り旅に出た。彼女の両親は旅に出たほうが心の痛手を癒してくれるだろうと判断して快く送り出した。が、彼女は二度と戻らぬ覚悟を決めて彼の遺骨とウエディングドレスを携えて家を出た。

死んだ彼の両親も息子の嫁になるはずだった愛子さんが遺骨を連れて航海に出たいと言った時、それを快く受入れた。

予約した個室に、遺骨と一緒に入った愛子さんは思い出に浸りながら毎日海を眺めて暮らしていた。が、船旅はそれなりに面白いものだから少しずつ元気を取り戻していった。旅が始まって一カ月ほど過ぎたある日のこと。愛子さんは吐き気に襲われ気分もすぐれなくなった。さすが看護士である愛子さんは妊娠を疑い船医のもとを訪れた。やはりおめでただったのだ。彼は死んで遺骨になってしまったが、愛子さんの体には彼が生きていたことになる。

遺骨に向かって生むべきかどうか問いかけた。「赤ちゃんが出来たって。どうしよう。あなたは死んでしまったのに」。遺骨からコロコロと明るい音が聞こえたような気がして愛子さんはすぐ彼の両親に報告の電話をした。彼の両親は電話の向こうで喜びの声をあげた。そして「生んで欲しい」と頼んだ。彼は一人っ子だったのだ。愛子さんが「産みます」と答えると次の寄港地に大切な彼女と遺骨の息子を迎えに来ると言って聞かなかった。愛子さんは途中で下船することにした。寄港地に着くと愛子さんは後ろを振り返ることなく、真っすぐ彼の両親に向かってタラップを降りて行った。愛子さんが途中で消えようかと考えていた事は誰も知らない。船だけは知っている。

南極にまつわる話

旅行社の殺し文句ではないけれど「最後の秘境 南極」。同感で実感。なによりのミラクルは偶然に選んだ船旅でその秘境にまで行く事が出来たからだ。それまで南極に行ってみたいとは思っていなかった。南極と聞くと私はまずタロー、ジローの話を思い出す。中学一年生の頃である。当時ニュースは新聞で知るのが普通であった。日本初の南極越冬隊が犬ぞり用の樺太犬二十二頭を昭和基地に置き去りにしたことを新聞で知り身勝手な大人に憤慨した。その後タロー、ジローが生きていたことを知りとても嬉しかった。ちょうど我が家にも犬がいて世話をしていたせいもある。だからずっと私には南極は想像を絶する過酷な所に思えていた。そんなとんでもない秘境に生きている間に観光客として行けるなんて何と幸運な事だろう。船では南氷洋を周遊するだけだが南極に上陸するオプショナルツアーも組み込まれていた。当時で既に四万人弱、今まで（二〇一三年）まで八万人強の観光客が訪れているらしい。アルゼンチンの南端ウシュアイアから船は出た。南極大陸の突端にある半島まで二日間の航海である。その間一年中暴風状態のドレーク海峡を通らねばならない。運が良ければ食事は出るが悪ければサンドイッチだけ。良くても悪くても船酔いする人たちが続出する難所である。そこを無事通過してサウスシェトランド諸島のディセプション島へ着く。島へはゾディアックというエンジン付きゴムボートで上陸する。そこには二十世紀初頭、欧米の捕鯨漁が盛んであった時代の産業廃棄物がそのままになっていた。鯨油タンクや家屋である。そして世界最南端（？）の温泉もあった。ちょうど夏だったので日中の気温も〇℃から七℃位で東京の冬と変わらない。極寒の地を想像していたが拍子抜けしたほど暖かに感じた。南極半島の先端部分を次々と探検する真似をさせてもらう。子どもにかえってこの上なく楽しかった。南極案内人はガイドとは言わない。Expedition leader《エクスペディションリーダー》と言う。お天気が朝晩日中ともコロコロ変わる上、上陸途中でも変わる。天気は運次第だとリーダーは言う。納得。ペンギンの群れに近づかないようにしながら大地を歩き大きく空気を吸う。それだけで身震いするほどの感動が全身に走る。音の無い静寂な空間に時折バサッバサッと大きな音が響く。氷河が雪崩を起こすのだ。リーダーの話では南極も地球温暖化の影響で氷河が後退しているとのことである。動物園でしかお目にかからないペンギンがそこいら中にいてその姿が人間のように見える。アザラシ、オットセイ、クジラまで人間と同じように思えてくるから不思議だ。

南極半島のパラダイスハーバーに上陸した時のことである。時々食事の席で雑談をする同じ世代の女性がいた。一人旅であった。上陸すると防寒着から何かを取り出して空にかざしていた。「なにをしているのだろう？」。それは写真であった。誰にもいくつになっても秘めた思いがある。どういう間柄か分からないがきっと南極に一緒に来たかった人に違いない。なぜそう思ったかですか？私も連れて来たかった人の写真を持っていたからである。

第3章　「思い出は摩訶不思議」記憶の旅から二〇話

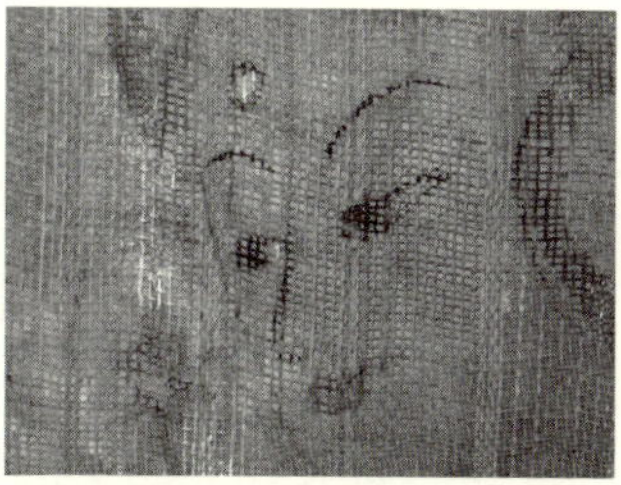

日本最北の地　利尻・礼文島

今回、最北の地に行こうと思いたったのはよく知っている旅行社から「サハリンに行きませんか」のお誘いがあったからだ。大正十二年（一九二三）に宮沢賢治も旧日本領の樺太へ一人旅をしたことがあり日本街も残っているからとのこと。賢治の目的は一年前に死んだ妹の魂を樺太に探しに行くことだったそうな。この話には大いに心が動いたが、日本がポツダム宣言受諾直前に火事場泥棒の如くソ連軍に侵攻されむごい目に会わされた人たちの事を思うと心が痛むので止めた。それより日本最北の地である稚内から利尻・礼文島を旅することにした。

三陸復興を願った朝のNHKドラマ「あまちゃん」の影響もあって「利尻と礼文でウニ三昧」をしながら北方の大自然の気を絵にしようと勝手な「絵」を描いた。

ネットで情報を検索しながらなんとか独り旅計画を立ててみた。稚内までは往復飛行機で飛び、そこからフェリーで利尻に渡ることにした。それだとその日の夕方には利尻島に着く。遠い所のイメージがあったが行く気になれば近い所なのだと気付かされる。

が、シルバー割引を使うので前日まで予定は未定状態。しかし初めてなので一泊目の宿だけはフェリー乗り場近くの旅館に直接電話して確保する。あとは行きあたりばったりの気ままな旅にしようと決めた。「日本語が通じる所ならなんとかなる」。

翌日、先ずはその日の宿の予約から。ところが間が悪いことに「北のカナリア公園」オープン行事で吉永小百合さん一行とかち合いホテルは断られてしまった。仕方がないので民宿に電話する。それが結果的には良かった。島の生れ育ちの女あるじから手厚いおもてなしを受けた。たった一日だったが心が通う時も持つ事が出来た。私の旅は全て勘と運次第の出たとこ勝負だ。見知らぬ土地で知り合った人達との出会いが次なる出会いに繋がり、その繋がりがまた次なる縁を作ってくれる。ホントの旅が味わえる。思い描いていたようにならない事だってあるけれどそれはそれ。お陰で計画通りの大満足の旅となった。

利尻も礼文も太古からの自然がそのまま残っていた。片や利尻富士が、もうひとつの花の浮島礼文には高山植物の花園が地球の歴史を語ってくれた。トレッキングをしながら楽しく絵を描いた。稚内では待望のノシャップ岬と宗谷岬を訪れた。出会った人々はみんな親切だった。

地蔵岩の名に心惹かれて礼文島の最果ての地、メノウ海岸まで行った時の事。土砂降りの雨に困っていたら「雨宿りしていけば」と声を掛けられた。店先からアイヌの人かと見紛う六〇がらみの男が手招きをした。問わず語りに語るところによると青梅出身で名前はリュウ。八歳から働き十二でテキヤ稼業に入ったと言う。今はこの店に呼ばれてアイヌ彫り土産物屋の店番兼彫師をしているのだそうだ。私の愛するフーテンの寅さんの姿と重ね合わせた。虎ならぬ竜《リュウ》さんが「最北の礼文島」旅篇に登場したというわけだ。可笑しかった。映画のワンシーンのような出会いに出来過ぎのような気もしたがホントにそんな不思議な出会いがあったのだ。

（二〇一三年夏）

日本　対馬と壱岐

旅には「行きたくて行く旅と行かねばならない旅」があるような気がする。動機はどちらであっても結果は同じ。行って良かった旅になる。その「ねばならない旅」は除籍謄本の一枚から始まった。

壱岐への旅は八年前にあの世へ旅立った夫の父方のルーツを知るためであった。彼が二歳の時亡くなった父親が壱岐生まれでご両親も壱岐の出身だとは聞いてはいた。が、それを見届けぬままに突然逝ってしまった彼の代わりをしようと思ったからである。

博多港からジェットフォイルで壱岐へ。壱岐の島はちょうど菜の花が真っ盛りだった。島全体がゆるやかな丘陵になっていて穏やかな土地柄に思えた。「ああ来て良かった！」しみじみ亡夫に感謝した。

親切な女性職員のお陰で本籍地の場所はすぐ分かった。そこは雑草の生い茂る空地だった。次に残されていた謎の法事写真を頼りにお寺探しをする。曹洞宗龍蔵寺が本家の檀那寺と分かった。時は移ろい代は変われどお墓だけはしっかりと残っていた。一族の墓にお参りをし、ご住職に追善供養をお願いして私の役目を終えた。

実際に行って見て壱岐は魏志倭人伝（三世紀末）の一岐国だと思えた。では邪馬台国はどこであったのか？九州、畿内、沖縄等色々説はあるが私は九州の上部だと思っている。さて卑弥呼だが、鬼道に通じていたからこそ百余国のトップになれたのである。鬼道は中国から入って来た道教の考え方で当時の人々を魅了した教えだ。死んだ人の魂と魄を天と地へ正しく分離誘導する術の事である。それを操る事ができたのが卑弥呼。現世の支配者、権力者達［男］も死後の世界は分からない。知らない事は恐ろしい。だからシャーマン卑弥呼にだけは従ったのだと解釈している。

ついでに対馬にも渡る事にした。

当初対馬からチェジュ（韓国済州島）にも渡るつもりだったが、あまりにも接続が悪いので断念した。フェリー乗場には溢れかえるほど隣国の人達がいた。釜山から一番近い日本であり韓国には手軽に登れる山がないこともあって対馬は人気観光地なのだ。逆に対馬を経由して韓国に渡る日本人旅行客はほとんどいないとのこと。江戸時代華やかなりし朝鮮通信使の往復ルートも今や片道ルートになってしまったようである。

さてジェットフォイルに乗って対馬へ。

穏やかな壱岐とは全く違う島だった。切立つ岩山の裾に入り組んだ泊に囲まれていて平地は少ない。至る所にハングル文字。島でありながらまさに日韓国境地帯だった。レンタカーでなければ韓国展望台まで行けない。島の下側の厳原《いずはら》港から独りで三時間近くのドライブしなければならないのだ！来たからには行かねばと覚悟を決めた。展望台からは薄っすらと霞が掛かった沖に韓国の島並みが見えた。泳いで渡れる距離を目の前にして私はこんな思いに耽った。「卑弥呼」以前から人々は朝鮮半島や中国大陸より日本海という内海を往来して物の交換や人の交流をしていただろう。神話以前の日本は大陸側の文明先進国で権力闘争に敗れたり野望が叶わなかった人達にしてみれば絶好の新天地だったに違いない。どれほど多くの人達が先進思想と技術を携え希望を持って移住してきたことだろう。数千年の歴史的な関わりを無視して歴史的には浅い国の概念で今の政府がその関係を悪化させているのは普通に考えてオカシイと思わないだろうか。

（二〇〇七年冬）

日本 沖縄県与那国島

超古代文明の謎解きに魅せられていた時期があった。一万二千年以上前の文明の足跡を辿ろうとする考え方である。とてつもない時代の話であるから諸説あってそれはそれで面白いし空想が出来て楽しい。「誰もその時代に生きていたわけではないからホントのところ分からない」。その頃ＴＶや新聞で「与那国に水没した古代遺跡発見か?」の報道がされたことがある。大学教授らによる調査も行われ特集番組でその遺跡の水中映像が流されてとても興味を持った事があった。いつかその海底遺跡を見てみたいと思った。その後、超古代から古代へと現実的?な遺跡に興味が移って行ってしまいすっかり頭の中から与那国に行きたい気持ちは消えていた。

ある時のこと、久しぶりに高校時代の友人から電話があった。彼女が都内にいた頃、親しく行き来していたのだが近隣県に移って疎遠になっていた。しばし近況を語り合った後、なぜ私がその時そんな話をしたのか覚えていないのだが近く沖縄に絵を描きに行こうと思っていると話した。すると友人がぜひ糸満に行くように勧めた。なんでも友人の僧侶がそこに新しい寺を建立したのだと言う。観音菩薩が夢見に立ったことで発起したそうだ。沖縄戦没者の供養のために三十三観音霊場を作ろうと活動しているお坊さんなのだと付け加えた。なぜ沖縄に行きたいと思ったのか?それはその前にハワイの海を潜った時に前をよぎる亀を見て与那国の海底遺跡を突然思い出したからである。六〇を過ぎてからなのだが、なんの脈絡もなく「ここに行きたい」と頭に浮かぶ事がある。行けるときに行きたい所に行かないと後になって後悔する。小さかった頃母に言われた事を今も覚えている。多分小学校に上がる前だった。「お前は猫が死んでも見に行きたがる子だ」。それほど好奇心が強い子どもであったのだろう。

これも縁だと思い海底遺跡を見に行くついでに友人の友人を訪問する予定も加えた。南西諸島の一つ与那国島は沖縄県八重山郡である。先島《さきしま》諸島（有人島十八と無人島十九から成る）の八重山列島に属している。日本の最西端にあたり石垣島と台湾との中間に位置している。台湾までは一一〇km、尖閣諸島へは一五〇kmの距離で人口は千五、六百人とのこと。

残念ながらその日の夕方から台風に襲われ翌日予定していた海底遺跡は見る事が出来なかった。が、遺跡の第一発見者と話も出来たし貴重な資料も色々見せてもらえたので私なりに「まあいいか」と納得。縁があれば再訪できるはずだからだ。同宿の若者から面白い旅の仕方を聞かされた。彼は与那国が舞台になっているパソコンゲームにハマッてしまいそれを現実に追体験する旅をしに来たと言う。ゲームに登場した部屋に泊まる事から始まりゲームに登場する場所を廻る予定だとのこと。帰りの便まで時間があったのでレンタカーでの彼の島廻りに便乗することにした。想定外の旅になったがゲームの世界から現実の旅をする今どきの若者を知って面白かった。もうひとつ大きな出会いがあった。与那国民俗資料館長の池間苗さんに会った事だ。彼女に会わなければ一一〇年前（一九〇三年廃止）まで島民に人頭税が掛けられていたという過酷な史実も知ることもなかっただろう。

（二〇一一年春）

日本 屋久島

二〇年前（一九九三年十二月）に世界自然遺産に登録された屋久島は鹿児島から六〇キロメートル先にある。面積的には東京二十三区の総面積を一回り小さくした広さで九割が森林に覆われている。温帯に位置する島なのに中央の山岳には雪も降る。日本列島の北から南まで亜熱帯から亜寒帯までの植物を見る事が出来る。島が広く知られる様になったのは七二〇〇年の樹齢とも言われる縄文杉が環境ポスターで紹介された事と映画「もののけ姫」の森のモデルだと言われた事からだろうか。

私もその情報から一度は「縄文杉」と「もののけの森」を自分の目で見たいものだと思っていた。思い願って六年目、それがかなった。屋久島に弟が定年後に住む家を建てたのである。九十九年の夏、姉達を誘い新築のお祝いがてら屋久島への旅に出掛けた。「いざ縄文杉へ」。浮き浮きと羽田を発って現地にその日に着けたまでは良かったのだが、台風のせいで翌日から家に閉じ込められてしまった。

林芙美子の『浮雲』に「月のうち三十五日は雨」と書かれたほど屋久島は雨が多い。一週間うんざりするほどの長雨に縄文杉との対面を諦めかけていたが、帰る日の前日なんとか登山が出来る天気になった。

縄文杉に会いに行くのには登山道入口まで車で上がりそこから往復で二十二キロメートル、時間にして一〇時間前後歩かねばならない。

朝四時に家を出る。弟が車で登山口まで送ってくれた。夜も明けない暗闇の小雨煙る中を私たち姉妹は歩き始めた。その矢先、見かけは立派な私のトレッキングシューズの底がペロッと剥がれてしまったのだ。「どうしよう！」。絶対に戻りたくない私は底を紐で縛り応急処置をする。靴の代わりは持ってきていないし接着剤も持っていない。靴底が無くなって裸足状態になっても歩くしかない。覚悟を決めた私は姉達に縄文杉を目指す事を宣言した。平坦なトロッコ道が続く。橋を渡りひたすら森を歩く。道が尽きた先は尾根伝いの道となる。その道を登り沢を渡り岩場を歩く。とにかく森を歩く。途中の杉木立には千年単位で数えられる木も幾本か残っていた。これ以上一歩も歩きたくない頃合いに展望お立ち台に辿りついた。濃いモヤで見えないのだが縄文杉が立つ方向から強力な気が放出されてくるのを感じた。強力なエネルギーが毛穴から体内に入ってくる。お立ち台のまわりはなんとも神々しい空気に包まれていた。推定七千二百年生き続けてきた杉の木はホンモノの神となったのか？思わず手を合わせた。不思議な事に小雨模様だった空が急に明るくなった。霧モヤに包まれて一寸先も見えなかった目の前に、太陽の光を受けて金色に輝く縄文杉が忽然と現れた。時空を超えて生き続けた杉の木は生命の源そのものに思えた。「ようやく縄文杉に会えた」。私の心は得も言われぬ幸せ感で満ちていた。さて帰り、靴底は完全に剥がれて無くなっていた。代わりに布を巻き付けたが素足に近いのだ。その状態でもと来た道を戻らねばならない。が、何事もなく無事戻る事ができた。縄文杉の気を浴びたお陰だと思っている。

（一九九七年夏）

アイルランド

六十二の時である。夫をあの世に見送ったあと旅に出かけたくなった。それも長期でしかも遠くで海外が良い。そう思ってデスクの地球儀をぐるぐる回していたら北極圏の下と同じ北緯六〇度にあるシェトランド諸島が目に止まった。その下がアイルランドとイギリス。そうだ、巨石文明の遺跡を見に行こう。そして文明の謎を知る旅に出ようと思い立ったのだ。が、心配があった。

英語力に自信が無い。なにしろ英語を使わなくなって十数年以上は経っている。日本にいれば仕事に使うのでもなければ大した英語力は必要ない。英語圏を独りで長旅をするには錆ついた英語力を先ずブラッシュアップしなければ無理だろう。それには現地で英語の先生に二週間ほど個人レッスンを受けた後旅してまわろうと考えたのだ。

我ながらグッドアイデアだと思いさっそくパソコンに向かった。ネット時代はホントに便利である。指先一つで思いつきが可能になる。アイルランドの旅行代理店へ直接メールでコンタクトした。何回ものメールと日本人担当者と電話でやり取りをした。現地エージェントは私の要望をきっちりと取り入れた詳細な旅程表を作って寄越した。事前準備は整った。一カ月半の予定でロンドン経由でアイルランドへと旅立った。大西洋西岸に近いシャノンには私の英語の先生、ミセス・ジョイストッターが出迎えてくれた。ホームステイ先のティペラリーへはそこから車で二時間、アイルランドの小さな田舎町であった。その田舎町のまたさらに奥まったところにある一軒家が私の缶詰め勉強の滞在先であった。百年以上経っているアイルランドの古民家で外観はそのままだが中は機能的に改築されたとても素敵な家だった。広い家は先生と猫と私だけ。ひたすら勉強に励むには最適の環境であった。

それから二週間、プロフェッショナルな先生のレッスンと英語漬けの毎日のお陰で英語力に多少は自信が持てるようになった。いざアイルランドの巨石文明の旅へ。独りでの観光は不便の上とても高くつく。ちょうど運よくボストンから来たアイルランド周遊ツアーと日程が合い便乗させてもらうことになった。ピッツバーグのエージェントが企画した旅で全員がアイルランドのご先祖さんを持つアメリカ人の里帰りツアーだった。アイルランドで東部のアメリカンと一緒に旅するとは思いもよらなかったが良い道連れができてそれなりに面白い体験ができた。

話を戻そう。一番のお目当ては世界遺産にもなっている巨大墳墓（太陽観測および祭祀場とも言われる）ニューグレンジを見る事。造られたのは今から五千年前の新石器時代で日本では縄文時代中期にあたり私が大好きな火焔土器の頃だ。冬至の太陽を墳墓内に取り入れるように入口の上部は設計されている。その下にある大きな石には縄文土器と同じ渦巻き模様が描かれていた。日本の東北のほうにも英語ではストーンサークルと言う環状列石の遺跡が残っている。地球時間的には同じ頃、一万キロも離れているアイルランドと日本に同じような意味合いを持つ遺跡が残されている。それはなぜなのだろうか?諸説ある。が、その渦巻き模様は人類が共通に持つ祈りのサインだと私は思っている。

北アイルランドとオークニー諸島

せっかくなので同じアイルランド島内にある北アイルランドまで足を伸ばすことにした。北アイルランドは公式にはグレートブリテンおよび北アイルランド連合王国でイギリスの四つのカントリーの一つだそうだ。異国人の私には同じ本州にある東北が日本の一部であるように北アイルランドもアイルランドの一部のように思えるのだが。首府ベルファストは想像していたよりずっとこじんまりした街だった。一九六〇年代から一九九八年の和平合意まで三〇年以上に渡りカトリック系とプロテスタント系住民の間で政治的な紛争が続いていた事は知ってはいた。なぜこんな小さな街で死者多数を出して内輪揉めを続けてきたのだろうか?今も続いているそうだが。ここで印象に残ったものが二つあった。一つはベルファストの最後の栄光を物語ると言われる市民ホール。市庁舎と思えないほど華美なルネッサンス様式の建物である。二つ目は古びた建物に書かれたＩＲＡのスローガンと国旗の落書きだった。さて異国の現代史に気を散らすことなく本来見たかった先史時代の巨石文明の旅に戻ろう。

ところで、なぜ私がアイルランドだけでなくイギリスの離島にまで行く気になったのか?日本の縄文時代中期と繋がる巨石文明の跡をこの目で見てみたいからだった。最初は四千年―四千五百年前に造られたとされるイギリスのストーンヘンジが見られればと思っていた。ところが調べていたら更にその元の巨石文明跡がアイルランドにあるらしいと知った。更に家の地球儀でシェトランド諸島が北極圏と同じ六〇度の緯度にあることを知り、ついでだから行って見たくなった。知らない遠くの国へ行くならついでにもっと遠くへ行きたいと思っただけなのだ。知った以上は行ってみたくなるのが性分だ。先ずイギリス領オークニー諸島（スコットランド行政府下）のカークウォールへと向かった。

オークニーのお目当ては何と言っても五千年前の新石器時代遺跡群である。スカラブレイ（集落）とリングオブブロッガーとヘンジ（環状列石と土塁のこと）と巨大なメンヒル（モノリス、立石とも言う）である。どのようにしてこれほど巨大な石を運んだのだろうか？一体どうやって立ち上がらせたのか？想像をかきたててくれる。そうだ、五千年前の人が今より劣悪な環境にいて能力も劣っていたと思うから不思議なのだ。今と変わらないと思えば良いのだと気付く。巨石文明に魅せられた頃はきっと意味があるに違いないと思い込んでいた。命の甦りの場として農耕のための天体観測の場として祭祀の場として。そうかも知れない。が、そうではないかも知れない。そもそも人のＤＮＡには自然環境を利用して自分の生きやすい様な環境を作るプログラムが備わっているのではないか？だからこそ地球環境の変化に応じて地球を利用して万物の霊長になり繁栄してきたのではないか？人は一万年も五千年も今も大して変っていないのではないか。変ったのは地球環境だと思えば納得がいく。

ウイークエンドにもかかわらず当日のツアーはイギリス人の老夫婦と私だけだった。私がとても熱心そうに見ている様子にガイドは日本からの学者だと勘違いしたのだろうか飛切り詳しく説明をしてくれた。悪いので聞いたフリをしていたが半分以上分からなかった。私は巨石文明の謎解きが自分なりにできれば良かったのである。

シェトランド諸島とスコットランド

七泊六日のオークニー＆シェトランドの旅は続く。シェトランドは新石器時代の遺跡群で世界遺産になっている。考古学的な興味があったわけではなかったが、土地っ子ガイドで私より三つ下のエルマに「なにを特に見たいか？」と訊ねられ「巨石文明跡が見たい」と答えた。ここでも学者と勘違いされてそれはもう詳しく説明された。とにかく早口で半分以上分からなかったが一対一の個人ガイドなので逃れようもない。彼女の地元英語による解説をBGMのつもりで聞いていた。遺跡に立って五千年前の人達の暮らしを想像するだけで私は良かったのだ。ストーンエイジに戻った気分で緑の平原に点在するスカラブレイ、リングオブブロガー、スタンディングストーンを見て廻った。日本では縄文時代中期と言われている頃で三内丸山遺跡や大湯の環状列石がある。運転しながら島の歴史からバイキングの話、神話伝説と途切れることなく懇切丁寧にガイドをしてくれる。が、今でも思い出すのはエルマの家でのおもてなしだった。元漁師だったという夫が家事をしエルマはガイドをして二人で暮らしていた。巨石文明跡を見に来たという変った日本人を彼のお手製料理でもてなしてくれた。ブイヤベースのようなスープがおいしかったこと！島の中心ラーウィックにあるシティセンターに招かれ島あげてのお茶会も開いてくれた。学者でもないのに石器時代の遺跡を見に来た酔狂な私のために。とても暖かいおもてなしを受けた。シェトランド島の人達は私を遠い国から来た［客人・稀人《まれびと》］として遇してくれたのだった。シェトランドの石巡りから次の目的地スコットランドへ。そこで奇遇と言うべき嬉しい出会いが待っていた。なんとオーストラリアの親友の娘夫婦がエディンバラの大学病院に赴任していたのである！彼らにエディンバラで会えるのだ。これをミラクルと言わずしてなんと言おう。フライトがハッキリしたところで前日に電話を入れた。電話の向こうから懐かしい声が返って来た。

馴れない英語圏の見知らぬ土地を一カ月近く独りで旅をしてきてまったくの偶然で親しい知人に会えるのだ！ホテルに出迎えてくれた二人の顔を見たらそこが異国であることも忘れ日本語が口を衝いて出た。「久しぶりね。元気だった？」。うれしさもひとしおだ。彼らに会うのも何年振りだろうか。シドニーでのふたりの結婚式以来だった。親友の娘ではあるが私にとっても娘のような存在である。赤ちゃんの時からのおつきあい？なのである。さっそく二人の案内で中華料理を囲んだ。私は海外で西洋料理に飽きたら中華料理を食べに行くことにしている。中華ならまず外れがないからだ。いや一度だけハワイのカウアイであった。チャイニーズレストランの看板を掲げていたのだが出てきた料理は得体の知れない中華とは呼べない代物だった。まずい料理を食べた時は絶対に忘れられない。

話がそれてしまった。そんなわけでお互いの国を離れて私たちは家族のようにテーブルを囲んだ。あの時ほど偶然に見せかけた必然があるものだと感じたことはなかった。

スコットランドとイングランド

さて翌日、私はお目当ての「city of the dead《死の町》」ツアーに出かけた。なんのことはない幽霊が出ると言われる墓場巡りツアーである。コベナンターの牢屋でマケンジーのポルターガイストに叩かれた人は一九九〇年からなんと一八〇人にもいて今も続いていると言う。「ぜひ、幽霊に会ってみたい」。

ロイヤルマイルに面した九〇〇年の歴史を持つゴシック様式のセントジャイルズ大聖堂前に集まる。広場に黒いマントを羽織った男がひとり佇んでいた。三〇人ほど集まる。恐いもの見たさはどこの国でも変らない。灰色の古めかしい建物に闇が迫り一層不気味な雰囲気をかもし出す。その背景を舞台に彼は語りを始めた。

観客もその芝居の片棒を担がされる。牢屋や墓場に行くのだがそこでちょっとした演出もあって広場のパフォーマンスを堪能した。このツアーは舞台装置が本物なので本当に幽霊が出てきそうな気配がする。が、残念ながら会うことは叶わなかった。私が日本人だったからだろうか?

＊ポルターガイスト＝誰もいないのに叩かれたり、引張られたりする心霊現象の一種。幽霊のいたずらと言われる。

さて、エディンバラからロンドンまでは鉄道で移動する。素晴らしいコースだと体験者から勧められたからだ。かつて私はＭＲＩ検査も受けて膠原病と診断された。薬による対症療法しかないと言われ治療を止めることにした。「アイルランドからイギリスを長く旅して来るので」と担当医に断りを入れた。すると彼が医学生時代に体験したイギリスの旅を夢見るように話してくれたのだ。よっぽど楽しかったのだろう。「エディンバラからロンドンの間はぜひ鉄道にするといいですよ」。彼の体験情報のお陰でターナーの絵のような田園風景を眼にする事が出来た。

最後のお目当てはソールズベリー平原にあるストーンヘンジである。見事な半円状の墳墓を初めて目にすれば誰もが四五〇〇年から四〇〇〇年前に出来たモノとは信じられないだろう。が、更にさかのぼること五百年〜千年以前、オークニー、シェトランド諸島にはヘンジ［土塁］やスタンディグストーン［立石］が造られていたのだ。ストーンヘンジのまわりには生者も死者もひっくるめた共同社会の遺跡もある。天体観測をもとに配置されたという遺跡を一回りしてみたら突然こんな考えが浮んだ。人にとって天と地の境が無かったように、生者と死者も区別しなかった。

だから人は天を地に移し、死者も生者に戻れると思った。つまり天地も生死も同じという考えだ。と言うより願望かもしれない。そのためにその考えを分かりやすい形にしようと思った。それで最初は手近にある石を使って生者には暮らしに便利なモノを死者には生命が再生するモノを造り続けてきた。石の次は鉄で次は青銅で。それを文明と呼ぶのではないか。人類の歴史と共に興亡を繰り返した文明は全て生者と死者両方のための社会の仕組みであると私は思う。

ところでなぜ四〇〇キロも離れたところからブルーストーンを運んで来たのだろう？なぜそれほど大変な思いをして運んで来たのだろう？雨の日だった。考えながらじっとブルーストーンを見ていたら灰色の表面が剥がれ水に濡れまさにブルーに輝き始めたのだ！見事に美しかった。私にはそれが答えのように思えた。人は本能的に美しいモノを求める生き物ではないだろうか？

（二〇〇六年春〜夏）

オーストラリアの親友

オーストラリアへは今まで七回行った。もっともそのうちの六回までがシドニーとNSW州内だけの旅である。旅と言うより出掛けたと言ったほうがよい。それは親友がいるからだ。

彼女との出会いは大学一年生の時だ。同じ学科専攻のクラスメートだった。当時四〇人ほどのクラスに女性は四人しかいなかったのですぐ意気投合し仲良くなった。私たちは男子学生と比べると真面目にすべての授業に出ていた事もあり校内で顔を合わせる機会も多かったからだ。お昼を一緒に食べに行ったりお茶を飲んだりして親しく話をする事も多かった。

青春の夢を語り合った仲間というのは幾つになっても昔のままの友である。ある意味、自分を客観的に分からせてくれる鏡のようでもあると言えるのではないか。

中でも彼女とは縁が深かったのだと思う。十八の時に知合って以来、生涯の親友となった。出会うはずもなかった境遇なのに同じ分野を志して学ぼうとした事がきっかけだった。そして今も続く六〇年以上に渡る友情の絆で結ばれている。六〇年代のキャンパスでお互いの夢を語り合ったのはたった四年間に過ぎなかったのに。下町生まれの私と山の手育ちの彼女との出会いは大学だからこそあったのだと思う。

卒業後、彼女はアメリカの大学院に留学した。ＮＹで働き、行きの船で知り合ったオーストラリア国籍の男性と結婚しカナダに移りその後オーストラリアへと渡った。誰ひとり頼る人もいないシドニーで彼女は二人の子どもを産み育てながら家事のかたわら日本語を教え始めるようになっていた。その間、お互に自分達の人生に忙しかった。遠い国に住んでいる私たちにとってはたまにエアメールで近況を知らせ合うのが精一杯の友情の証だった。アメリカ留学に旅立ってから日本に戻る事なく就職し結婚した彼女と久しぶりに再会したのは初めての子どもを連れてのお里帰りの時であった。私も赤ん坊を抱えていた。それぞれ生き方は違ってもお互い気持の上では夢を語り合った十代のままだった。

私たちはこれからについて子どもをあやしながら語り合った。「社会に貢献できる仕事がしたい。このままで終わらない」。お互い励まし合った。

子育ても仕事も家庭も一段落の時期がきた。それなりの四〇代になっていた。ふたりの友情が社会貢献という形で実ったきっかけは彼女からの一通の手紙だった。「オーストラリアで日本語教育を広めたい。大学に日本語学科を作りたくて現地の日本企業に働きかけているのだがうまくいかない。なんとか日本でスポンサーを見つけてくれないか」。私は大学のクラスメート達に呼び掛けた。当時日本は高度成長期の真っただ中にあり企業も社会貢献に理解があった。それゆえ学友だった企業戦士たちのネットワークを頼り協賛をもらうことができた。彼女も大学での日本語教育のかたわら日豪の民間交流に尽力した。私も「彼女の夢の実現」をお手伝いしたことでアボリジニアートに出会えた。それがきっかけで彼らの文化を知り、ますますアボリジニの歴史に興味を持つようになる。

オーストラリアのアボリジニ

アボリジニアートとの出会いはまったくの偶然からである。彼女の大学の総長室に飾られていた絵に惹きつけられたからなのだ。不思議な生命エネルギーが感じられた。なんの予備知識もないまま総長にその絵について質問をした。彼女はその絵が先住民であるアボリジニの画家によって描かれたものだと教えてくれた。それがきっかけでオーストラリア大陸のへそとも言われているアボリジニの聖地「エアーズロック＝ウルル」に行って見たくなった。

そこには数十万年前にひとつの地球大陸、パンゲア大陸から移動して出来たオーストラリア大陸にインドネシア、ニューギニアあたりから渡って来たアジアンモンゴロイドの部族たちが描いた岩絵が今も残っていると聞いたからだ。それをこの目で見たい。わたしは親友に飛行機便を予約してもらい独りで旅立った。

当時のエアーズロックの飛行場はなにもないブッシュの中にあった。所々雑草が生えている赤茶けた大地が延々と続いていた。そこからバスで目的地に向かった。カップルと若いバックパッカー達ばかりで私のような年の女性はいなかった。時期的にちょうど向こうの夏休みと重なっていたため普通のホテルが取れなかった。宿はベッドがお蚕棚のように並んだドミトリーだった。外では夜通しキャンプファイアを囲んで若者たちがワイルドライフを楽しんでいた。「岩絵が見られれば良い」。一晩学生に戻った。着いたその日、サンセットを見ながらディナーをするツアーに参加した。地平線に沈む大きな太陽を生まれて初めて見た。太陽があれほど美しく神々しく思えた事はなかった。朝日は序々に輝きを増して昇って行く。が、夕陽は序々に弱まりながら地平線まで辿りつくと一瞬とてつもなく真っ赤に燃えるのだ。その最後の輝きに照らされてウルルも真っ赤になる。

まるで煮えたぎる地球のマグマがむき出しでそのまま固まったかのような小山の岩を仰ぎ見

る。一、二分で太陽は地平線に落ちてしまう。ウルルもそれに歩調を合わせる様に真っ赤から濃い紫に変り黒くなっていく。やがて空一面に残影が残り次第に闇が広がって行く。まるで人の命の終りを見ているように私には思えた。

数万年前にこの光景を目にしたアボリジニ達はどう感じたのだろか？太陽を星を頼りに大陸を南下してきた先住民にしてみたら、この巨大な岩が太陽の寝所に思えたのではないか？巨大な岩が畏敬すべき存在に思えたに違いない。崇拝する太陽が休んでいる処にお願い事を描き付けて聞き届けてもらおうと考えたのではないか。狩りがうまくいってたくさんのエミューやカンガルーが捕れます様にとか、うちにたくさんの子どもが生まれます様にとか病気にならない様にとか…。

私が想像したように下の方の洞窟には狩をする人や獲物とおぼしきカンガルーやエミューの形が線画で描かれていた。しっかりと手形も残っていた。数万年前からのアボリジニたちのドリーミングタイム（神話の時代）がそこには刻まれていた。三万年であろうと今であろうと人の思いは同じなのだと教えてくれたのだった。

オーストラリアのアボリジニアート

オーストラリアでアボリジニアートを知った事はすっかり忘れていた絵への思いを呼び覚ましてくれた。子どもの頃絵を描くのが大好きだった。よく友達に頼まれて少女マンガの主人公を描いてやったこともあった。が、それを生かした職業に就くことはなかった。親達曰く「絵は道楽者がすることで絵では食べていけない」。職業人になろうとしていた私は自立して食べていくために大学の専攻を決めた。

それから半世紀。本腰を入れて絵を描くようになったのは六〇の半ばからである。それは夢に観音様が現れて仏様を描く様に告げたからである。それを口に出して言うと大半の人が複雑な笑いを浮かべる。「ホントかしら?」。今、仏様の絵を描くのはなにより楽しい。それを通して私に与えられた役目があるからだ。仏様を描く事は祈りであると思っている。

話をアボリジニに戻そう。先入知識もなく総長室で見た先住民族の絵に魅了されてしまった私だが、その時まで彼らに私たちと変わらない精神文化があるとは知らなかった。当時学校での歴史教育では「オーストラリアに石器時代の人がいる」だけだった。アボリジニがユーラシア大陸からスンダランドを経てオーストラリア古大陸に渡って来たのが五、六万年も前だとも言われる。彼らは七〇〇の部族社会と二〇〇以上の言語を持つ。後で知った事だがウルルの岩絵を描いた部族は一万年前からやってきたアナング族の末裔だとか。時期的には日本の縄文時代（一六五〇〇～三〇〇〇前）にあたる。なぜ初めて目にしたアボリジニアートに惹かれたのか?それは私が大好きな火焔土器や土偶に表されている縄文文化と同じ精神性を絵から感じ取ったからだ。

そういう縁があったからこそ親友訪問で終わるはずの旅がどうしてもアボリジニアートの実物を自分の目で見たくなり飛んで行ったというわけである。

ウルルの岩絵は最近まで描き続けてきたように思えたほど生き生きしていた。彼らにとっては祖霊にお願いをするためであり精霊にお祈りをするための祈りが絵なのだ。部族によってご先祖たちの創世神話を描いたもの、狩りのための動物たちを描いたもの、出産の無事を祈るもの、死者を弔うためのもの、砂漠での水場を示す地図絵と絵のモチーフは様々である。絵だけではない音楽というか楽器にも魅せられた。ユーカリの木の筒を振動させて流れる音「ディジェリドゥ」は地面から湧きあがり体を駆け巡る。まるで音が生きモノのように感じられる。生きている人も死んだ人も大地も動物も混然一体だった時へ連れ戻される。大好きな縄文と同じ地球時代の「ドリーミング」を二十一世紀のオーストラリアで体験したのだった。

二度目の旅は親友が教鞭を取っている大学を訪問するのが目的であったはずが絵を見た事でオーストラリア大陸の先住民の精神文化を知る旅となる。

それがきっかけとなり後日アボリジニアート絵画展を企画した女性のお手伝いをすることにもなった。目に見える繋がりに目に見えない縁がつながっていくコトに人は不思議と言うが実はすべては表と裏の如く最初から繋がっているのを知らないだけなのだ。

（一九九五年夏）

ニュージーランド（アロテアロア）の偶然

親友の次女が結婚するので式に出るためシドニーに出掛けた時の話である。良い機会なのでニュージーランドに行ってみようと思い立った。

前から息子がオークランドに仲のよい友達がいると言っていたのを思い出した事もある。ニュージーランド人の彼は売れっ子のプロカメラマンだ。が、私が行く時期はちょうど空いているので自宅に泊めて北島を車で案内してくれると言うではないか。まったく運が良い。

一度ファームステイをしたかったのでこれも息子に手配を頼んだ。ということで今回はすべて息子任せの旅行となった。

先ずは若いカップルが演出したワイナリーでのウエディングを楽しませてもらった後、シドニーから南島のクライストチャーチへ飛んだ。空港にはファームステイ先のご夫婦が出迎えてくれた。

滞在したファームはお子さんたちは独立していて中年の夫婦二人と犬とで暮らしている家だった。ファームステイとは平たく言えば農業体験付き農家宿泊のことである。私が泊まった家は農業ではなく競争馬の種馬飼育を業としている農家であった。後継者の息子はイギリスへ修業に行っていると言う。ふたりとも陽気で親切で私を家族のように遇してくれた。お陰で私は近所にホースライディングに出かけたり、クライストチャーチに遊びに出掛けたりしてのんびり過ごすことが出来た。

古き良き時代のイングランドタウンがそのまま残されているクライストチャーチ。私が訪れた直後に地震があり多くの日本人留学生が亡くなった。私も崩壊したビルに出入りし日本からの若い学生達と話をしたりしていたのでニュースを知った時は驚いた。間が悪かったとしか言いようがない。偶然は良い事も悪い事も起こすものだ。

観光用ホースライディング施設では実家が農家だと言う日本人の学生達がワーキングホリデイで働いていた。日本では決して出会う事のない彼らに出会い「日本の若者も結構やるではないか」とうれしくなった。

さて北島のオークランドでは息子の友人が迎えに来てくれた。あらかじめ息子と彼とですべて私のスケジュールは決めておいてくれたので彼の言う通りに旅すればよかった。

日本びいきの彼のために日本料理店に行った時の事である。

気がきく日本人のウェイトレスに会った。会話が弾んで個人的な話になった。日本から手伝いに来ている父親がどこにも出かけないで困っていると言う。話の流れで彼が某有名ホテルの料理長だったと分かり驚ろいた。その昔仕事で知っていた人だったからだ。翌日アメリカズカップに出たヨットクルーズに乗る予定だったので誘ったら喜んで来てくれた。遠く離れたこの地で何十年振りの再会があるとは。偶然ではなく必然だったのかもしれない。なぜなら息子の友人はその縁で彼から料理を含めて日本の事を教えてもらうようになったからだ。

アオテアロア（マオリ語で白く長い雲がたなびく土地を意味する）の国は「ロード・オブ・ザ・リング」のロケ地でもあった。それもうれしい土地との出会いだった。思いがけない出会いがたくさんあった旅であった。良い旅には良い縁があるものだ。

（二〇〇八年十一月）

ギリシャエーゲ海クルーズ

うまくいった旅は時間が経つとともに忘れてしまう。予期せぬ出来事に遭遇した旅は何十年前の事でも覚えているものだ。私にとって二度目の船旅は一九七六年春の「エーゲ海クルーズ」であった。その時に事件が起きた。あれから四〇年近くも経っているのにはっきりと覚えている。「出国時に分かったパスポート期限切れ事件」。ゴールデンウイーク時の二回目の家族旅行は念願のギリシャエーゲ海クルーズであった。私たち家族と姉と四人の旅となるはずだったのだが。出発当日空港で姉のパスポートが期限切れになっている事に気付く。こんな事ってあり?みんな一瞬固まってしまった。旅行代理店を通してエアチケット、クルーズ、ホテルの手配をしていたのに。ビザが不要だったのだろうか?とにかく姉は出国できず「後から追っかけるから待っててね」の声を後ろに私たち家族は飛び立ったのだった。

足代を安くあげるため飛行機はアエロフロートだった。モスクワで乗り継ぎブルガリアのソフイア経由でギリシャのアテネに入った。モスクワでの乗り継ぎ時間が悪くて彼の地で泊まりとなった。収容施設と言ったほうが的確な寒々として暗いホテルであった。一九九一年十二月二十五日のソヴィエト崩壊の十五年前、未だ米ソ冷戦が続いていた七〇年代の話である。目つきの鋭い中年女性が大きな輪っかに沢山の鍵をジャラつかせながら無表情で部屋に案内してくれた。眠れなかった。翌朝迎えの車に乗り空港に戻れた時はホッとした。空港では銃を持つ若い兵士の姿を見かけ緊張した。帰りの時、入国審査時に幼い息子がトイレに行きたがったので連れて行こうとしたらニキビ顔の少年兵士に止められた。トイレのあるところはどうも出国側らしかった。「幼児のトイレくらい行かせてくれればいいだろう」と言いたかったがロシア語がしゃべれない。態度で示しても相手も子どもだから分からない。通りがかった年かさの女性兵士にゼスチャアで頼みながら安いナイロンストッキングを手渡したら態度がコロリと変った。お陰で子どもは無事用を足せた。

当時ソ連ではそれがチップ代わりに喜ばれると聞いていたからだ。女性兵士はなぜか食券をくれた。よっぽどうれしかったのだろうか。

話がそれた。無事ソフィア経由でギリシャに着いた時には一つ旅が終わったような気分だった。翌日の夕方に船に乗り込んだ。いよいよエーゲ海クルーズの始まりと連れ合いと喜び合っていたら息子がその夜熱を出してしまった。日本から持ってきた薬が効いて翌日熱も下がり安堵する。日本を出てたった二日間なのにとてつもなく長い旅をしてきたような気持ちになった。ピレウス港を出港した船はミコノス―クレタ―ロードス―サントリーニと島巡りをしてピレウスに戻るクルーズである。碧い海と青い空と島。まさにギリシャ神話の世界だ。ここに来るまで予期せぬ出来事があり過ぎたせいで姉の事を忘れかけていた。が、クルーズ三日目、なんとロードスに入港したとき港に姉が待っていたのだ！ほとんど英語も使えないはずの姉が一人でロードスまで追いかけて来たのだ。これこそミラクル。それから四人で楽しく旅をしたことは言うまでもない。なぜならそこから先が思い出せないからである。

（一九七六年春）

エジプトのアブ・シンベル神殿

自分の目で見たいと思った最初の世界文化遺産がアブ・シンベル神殿であった。きっかけは新聞が世論を引張っていた時代、一九六五年の話である。父とは幼い時から二十過ぎまで一緒に出掛けた事は無かった。それが突然「上野の博物館に行こう」と言い出したのだ。内心父と一緒に出かけるのは嫌だと思ったが私も見たいと思っていた展示会だったので同行することにした。それがA新聞社主催の「ツタンカーメン展」。父は明治四〇年生まれであった。子ども心に恐い存在だった。口もろくすっぽ利いたことが無かった。そういう父も私が大学生になった時分からは距離が近くなってきてはいた。が、それでも一緒に出かける事は無かった。

会場は大変な混雑だった。特に分厚いガラスケースに覆われたツタンカーメンの黄金のマスクは、ほんの一目しか見る事ができなくて心残りだったが燦然と輝くマスクは文明の歴史への興味を大いに掻き立ててくれた。「大人になったらエジプトに行って見たい」。後年思いは叶いエジプト博物館でマスクをじっくりと見る事ができた。この時、展示会会場でアスワン・ハイダム建設で水没してしまうアブ・シンベル神殿を救うためのユネスコによるキャンペーンが大々的に行われていた。

人込みの中をなんとか見終わった時、出口に置かれたその募金箱に父はかなりな金額を黙って入れていた。帰り道「俺は歴史が好きで上の学校に行きたかったが長男で家業を継がなければならなかったから」とポツリと言った。初めて自分の話をしたのだった。それからも相変わらず口も利かずなにも打解け話もしなかったが、以来父をひとりの大人として見られるようになり遠い存在だった父が身近になった。いつか父をそこに連れていってやろうと思っていたが手遅れのガンで一九八〇年にこの世を旅立った。七十二歳だった。

ずっと忘れていたのだが父の十三回忌に思い出した。「エジプトに行こう」。その名も「ワールドヘリテージツアー」でカイロから始まりルクソール、アブ・シンベルからアスワン・ハイダムと廻りアレキサンドリアにも立ち寄った。ハトシェプスト神殿もコム・オンボ神殿やホルス神殿も行った。エジプト文明をダイジェストでたどる遺跡巡りは楽しかった。もちろんピラミッドとスフィンクスにも行った。が、今回最も見たかったモノは二つ。黄金の「ツタンカーメン」と水没を免れて移築されたアブ・シンベル神殿である。アブ・シンベルを訪れた時の出来事である。見学中に一筋の光が洞窟の奥におかれているラムセス二世の顔を射抜くように射した。光を受けて石の像があたかも生身の姿に見えた。そこに父の顔が重なった。父を連れて来てやりたかった思いが幻影になって見えたのだろうか?「孝行をしたい時には親は無し」。この遺跡巡りが世界遺産への旅の始まりだった。以来文明の跡地を巡る旅を続けるようになる。瓦礫にしか見えない宮殿跡、柱だけの神殿、砂と埃にまみれた市場跡に立つとかつてそこで生きたであろう人々がそこに蘇って見えてくる。歴史の面白さが肌で感じられる。私の歴史好きは父からの遺伝によるものだろうと思っている。

(一九九四年夏)

アメリカ・アメリカ・アメリカ　その一

なにを隠そう、戦後物心つく頃から私はアメリカ文化に憧れた。なにより食べ物。その次が映画そして音楽でどっぷりとアメリカに浸って育った。そのルーツは実家の家業にある。外洋船で働いていた明治七年生まれの祖父がこの地でヨットとボートを取入れた船宿を開業していたからである。戦後GHQが日比谷の第一生命館にあった時代、将校連中がよく鴨射ちやヨット遊びに生家に来ていた。日比谷からまっすぐ晴海通りを走れば十分ほどで着く距離でもあり、彼らにしてみれば手軽な息抜きの場だったのだと思う。今では超高層のマンション・ビル群が所狭しと林立し今また東京五輪に向けて町は工事だらけ。生まれ育ち暮らしている私でも前がどうだったのか思い出せない。が、大分老いて痩せ細ったものの家業を支えてくれた運河は健在である。

前置きが長くなった。私のアメリカ行きは遅く初めての旅は七三年だった。それも向こうの会社からのご招待によるものである。前に手掛けた仕事での功績が認められどうしても記念行事に出てもらいたからとの公式招待で行ったのだ。当時息子は未だ三カ月。断るつもりだった。が「こういうチャンスは二度とないから」と連れ合いと母が後押しをしてくれた。一緒にご招待された人達からの要望もあって決心した。

ロスとルイビルとニューヨークと帰りにワイキキに寄って帰って来るコース。初めてのアメリカ旅行は賓客扱いの招待旅行だった。現地では接待係付きで夢のような旅であった。

公式行事先はアメリカ中東部ルイビル。ケンタッキー・ブルーグラスと呼ばれる牧草地が広がる風景にこれもアメリカなのだと知らされた。例えるならばNYのアメリカ人が北海道に行ってここも日本だと知る様なものである。近くに軍が管理しているフォートノックスという金の貯蔵所に連れて行かれ当時世界の金の半分があるという話を聞かされた。アメリカは本当にお金持ちの国なのだと感心したことも忘れられない。

初めてのアメリカ本土ではあったが、物には親しんでいたので昼は本場のハンバーガーでコーラを飲み、夜はブルーグラスの演奏を聞きながらチキンでバーボンを飲んだ。そして、さすが本場だと感じ入った。アメリカ流成果主義の恩恵に与かった訳である。当時日本には一、二年遅れ位でアメリカの流行が入ってきていた。西海岸のロスではビルの建築ラッシュが目に付き活気があるように見えた。が、東部のＮＹは街のゴミとホームレスが目立った。二度目のワイキキはリタイアメントのアメリカ人で溢れていた。

その時まで物からしか知らなかったアメリカだったが、実際に行って見て刺激を受けた。その後アメリカには何度行った事か。幼かった頃不思議に思った事があった。年寄りの祖父が楽しそうにシーホース（Seahorse）と呼んでいた二枚帆のヨットを巧みに操っているのを目撃した事がある。今にして思うに祖父は海外でヨットを体験しその楽しさに目覚めて「東京の江の島」だった時代に「船宿」業に取り入れたのではなかろうか。アメリカとの縁があったのは祖父からの遺伝によるものだと思っている。

（一九七三年夏）

アメリカ・アメリカ・アメリカ　その二

子ども心には見えないココロより見えるモノが欲しかった。「三つ子の魂百」の例えもあるように未だ忘れられない思い出がある。四、五歳の頃だったと思う。クリスマスには進駐軍の慰問団が保育園に来てプレゼントをくれた。子ども心に「プレゼント」がとてもうれしかった。ところがその時、園児代表として英語の歌を歌いお礼を言う役をやらされたのだ。カナが振ってあるのでそのまま棒暗記すればよいのだが嫌で嫌で仕方なかった。そのため晩御飯の前に家族の前で毎日暗唱させられた。母としては娘の晴れ舞台？に恥をかかないよう精一杯努力してくれたのだと思うのだけれど。不思議だが歌わされた歌は忘れたがビング・クロスビーの「ホワイトクリスマス」は覚えているのである。子どもだった私はディズニー映画の虜になった。初めて見たのが「白雪姫」次が「ピノキオ」「ファンタジア」「ダンボ」だった。が、アメリカではこれらの作品はなんと戦前の一九三七年―一九四〇年に上映されていたのである。白黒ニュースとチャンバラの日本映画とは次元の違う素晴らしい夢の世界。画面を見ているだけでわくわく楽しいディズニー映画はまさに子ども時代の憧れだった。手塚治虫の「鉄腕アトム」「ジャングル大帝」「リボンの騎士」の漫画にも夢中になっていた。いつの時代どこの国でも子どもは夢や冒険物語が大好きなのだ。大人になっても同じではなかろうか？幾つになっても夢や冒険に憧れる。

さて、一九五五年にアナハイムにディズニー映画の主人公達が飛び出してきたような遊園地が出来たというニュースを知った時、大人になったらいつか必ず行きたいと願った。

それから約二〇年後になるのだが息子をダシにして家族で行く事が出来た。息子より喜んだのは私と連れ合いだったような気がする。

当時息子は三歳。願えばいつかは叶う！ちょうど三回目の家族旅行だった。ディズニーランドを訪れた日、偶然にもその日が彼の誕生日だった。入口の入ったところでちょうどタイミングよく歓迎のバンド演奏をしていた。それでミッキーの格好をした指揮者に「Happy Birthday《ハッピー　バースディ》」を演奏してくれるように頼んでみた。いとも気軽に引き受けてくれた。息子の名前も呼んでくれたうえメンバー全員が彼にお祝いの言葉を掛けてくれた。あの時ほどアメリカという国と人がみな良く見えた事はなかった。

八年後の一九八三年に東京ディズニーが出来た。（去年二〇一三年）開園してから三〇年経つという。出来立ての頃は何回か子どもを連れて行ったものだったが。

八〇年代には仕事を兼ねて何回もロスからサンフランシスコ、ラスベガスにも出掛けた。NY

にも行った。当時のアメリカは仕事も関係していたこともあって若かった私たちには刺激的で楽しい時代であった。私も連れ合いもアメリカ文化から少なからず影響と恩恵を受けたクチである。アメリカという国は仕事的にははっきりしていて分かりやすい相手だと思った。

九一年に息子が東部の大学に進んだ事もあり、ふたりで大学を見に行きながら東部を旅をすることにした。


（一九七五年五月）

アメリカ・アメリカ・アメリカ　その三

それは九一年バブル経済崩壊から半年後の旅だった。そんな時期に私と連れ合いはアメリカ東部を五〇日間も旅をしていた。が、私たち家族にとっては幸運な年だった。日本全体がバブル経済に浮かれた時期は一九八六年十二月―一九九一年二月の間と言われている。

古希を迎え身辺整理をしていたら偶然その旅の日記が出てきた。真っただ中にいた時は気付かないが後になって分かる事がよくあるものだ。二十数年経ってその日記が教えてくれた。

幼い時には食べ物に憧れ長じては映画や音楽やファッションのアメリカ文化に憧れた。それはすべてアメリカのモノにであった。が、本当の意味でアメリカを知ったのはこの旅以降だと思う。

旅日記には治安の悪さとNYの荒んでいる町の光景の記述が多い。【先ず着いたばかりのケネディ空港で武装した警官が至る所にいるではないか！空港内で三人射殺され犯人は未だ空港内にいるからとタクシードライバー。ここは日本ではない！NYの地下鉄に乗ったが熱くて臭くて汚い。おまけに物売りと物乞いも寄って来る。これが世界のNYか？地下鉄内で私服刑事に手錠をかけられた二人組を目撃。黒いゴミ袋が道に放置され道の至る所にホームレスの姿。友人の店は三重の鍵でガードされていた。二十年前はこうでなかった！NYは病んでいる！】。

従業員の接客についてこんな事が書かれてあった。【ハーレムのシルビアレストランで名物のチキンウイングを頼んだらウエイトレスがそれは九時からだと拒否。すると横からオーナーらしき紳士が出してやるように指示したら彼女、上司に抗議する。で、彼女にチップをやった途端お愛想笑いをしながら持ってきた。ハイアニスのモーターインで。土地っ子のマネジャーは日本人に初めて会ったと言いしばしおしゃべり。地元人御用達のレストランを紹介してくれ親切だった。伝統的なアメリカ料理を食す。とてもおいしかった。】

一方公営の文化施設については手放しで褒めている。【その素晴らしい事！外見ではなく中身がである。見て楽しく分かりやすい。博物館、美術館、水族館にいたるまで見る側に立った演出に感動した。美術館では模写さえ出来るのだ。日本の文化担当の役所は見習うべき！】

アメリカンスピリッツについても【プリマスで《メイフラワー号二世》に乗る。オールドスタービレッジで入植時代を体験する。少しだけアメリカの原点が分かったような気になった。】と陽気で楽しいアメリカ人との出会いがいくつも書かれていた。

さて五〇日もの長い間には大きな事件もあった。八・一九の出来事である。「マサチューセッツ州ハリケーンボブで大被害」同じくらいビックニュースが「ソ連でクーデターが起きゴルバチョフ逮捕」。そんな事ってありなのか？八・二六には…コニーアイランドに隣接しているロシア人町、ブライトンで《ゴルバチョフ無事モスクワに戻る》のニュースを聞く。町中喜びに包まれていた。NYにあるロシアタウン。ずらりと露店が並び貧弱な物を売っていた。手に持って立売りする人もいた。【彼らにとって国とはふるさととは何なのだろうか？平和ボケ日本に住む私たちは考えたことがあるだろうか？】

（一九九一年夏）

スペイン子連れ旅

結婚した時に約束し合った事がある。当時ふたりともそれぞれ仕事を持ち忙しかった。が、共通の趣味が旅と食と酒。お金を貯めて年に一回海外に行ってその三つを楽しもう。子どもが生まれたら子ども連れで出掛けよう。ふたりとも長い休みが取れるのはゴールデンウィークか年末年始だけだった。有給休暇でも自分勝手には取れない時代であった。当時連れ合いは会社員だったので実行日の半年前くらいから職場の調整していたほどまわりに気を遣っていた。

子連れ旅行を実行に移したのが七五年の四月末から五月にかけてのスペインへの旅だった。子どもが二歳になる直前であった。出発日が二歳未満なら飛行機代が一〇%で済んだからである。スペインの旅と言ってもバルセロナからアルハンブラに行きマヨルカ島でリゾートをしようという計画だった。なにせ約二歳の子連れである。無理は出来ない。

当時スペインはフランコ独裁軍事政権だったが、七三年に暗殺に遭っていた。亡くなったのは七五年十一月だから私たちが訪れた時はもはや末期ではあった。モンペリエからの国際特急「カタランタルゴ」で入ったバルセロナの街がとても暗かったのを覚えている。フランスからだったせいかもしれないが。公園では昼間から日向ぼっこをする働き盛りの男たちの姿が目に付き、街ゆく女たちは化粧っ気もなく服装も野暮ったかった。が、二〇年後に同じところを再び訪れた時は違っていた。街は賑やかで活気にあふれ女性はお洒落をしていたし、男たちは忙しそうにしていた。かつてのように公園でのんびりしている人達の姿は老人でさえも見かけなかった。

さて初めての子連れの旅、行く前は多少不安だったが案ずるは易し。海外旅行ともなると大人は緊張するものだが子どもはまったくの自然体なのだ。日本にいる時と同じサイクルで食事をし昼寝し夜もぐっすり寝てくれた。現地の食べ物にもすぐ馴染んだ。なにより子連れの旅のお陰で現地の人たちとすぐ打ち解けられた。町中では英語が通じなくても、スペイン語がほとんど分からなくても誰もが親切にしてくれた。乗物に乗るとおばさん達が息子にアメをくれたりあやしたりしてくれる。店ではおじさん達が話かけてくる。子どもはすぐ「オラ（こんにちは）」を覚えた。アルハンブラの坂道を歩いていた時の事。停車中のドアが急に開き私の足にぶつかった。中からあわてて男性が降りて来てしゃがみ込んだ私を抱え込むようにして目の前の店へ連れていった。その店のオーナーであったのだ。お詫びの印にとシエスタだったのだが特別な料理とワインをご馳走してくれた。こちらが子連れだったせいもあったのではないか。マヨルカ島行きのフェリーでもまわりの人達は親切にしてくれた。滞在したホテルでも子連れのお陰で待遇が良かったような気がした。なんでもヨーロッパでは子連れで旅行出来るのはそれなりの家庭だと見られるのだと聞いた。家族で旅をすると見えてくるモノ感じるモノが違ってくる。もっともそう思ったのは親の私たちだけであって息子は「記憶に無い」らしい。

（一九七五年春）

イベリア半島レンタカーの旅

旅も年代によって目的が変ってくる。二〇代の独り旅は「私の夢探し」で始り三〇代の子連れ旅は「家族で楽しむ」事が第一だった。四〇代は「リゾートの旅」で五〇代は「暮らすように旅をする」。六〇代は「人類の謎を知る」。これからは、行ける時に行きたい所で絵を描こうと思っている。

さて、二回目のスペインは時間的にもゆとりが持てるようになった五〇代だった。九六年秋の話である。連れ合いの「その土地に暮らすような旅をしたい」の願いを実現するべくバルセロナを出て地中海沿岸からぐるりとイベリア半島を周遊してマドリッドまで三〇日間の旅をした。トラベルエージェントには往復の飛行機チケットだけ頼み現地でレンタカーを借り、宿は着いたところで探した。

「その土地に暮らす様な旅をする事」が目的だったので一応ドライブコースは決めてはいたが、気分次第の気ままな旅にしようと思っていた。着いた先が気に入れば何日もいるし気に入らなければすぐ移動する浮草のような旅に憧れた。

地図を見ながら異国の初めての道を走るのはかなりの冒険だった。が、荷物を持って旅して廻るのは大変だが車ならどんな辺鄙なところへでも足を伸ばせた。

立ち寄った先を思い出すままに挙げてみる。マラガ・バレンシア・アリカンテ・カタルヘナ・ドン・キホーテで有名なカンポ・デ・クリプターナにも寄った。風車が廻っていた。コルドバ・セビリア・サマランカ・アビラ・コインブラと続く。内陸部はオリーブとブドウ畑の景色しか目に留まらなかったが、どこでも強固な石作りの城と教会が立派なのには目を瞠った。スペイン、ポルトガルがカトリックの国であることを実感した。ふたつの国には元お城や僧院に泊まれる国営ホテルがある。ポルトガルでは七不思議（七つの古い城などを言う）のひとつオビドスのポウサーダに運良く泊まることが出来た。泊まれる部屋はたった九部屋しかない。一三世紀からこの丘の上に立つ可愛らしい城に世界中から泊まり客がやって来る。だから年中満室状態で滅多な事では泊まれない。ところが奇跡的に一部屋空いていて泊まれたのだ。それもかのイザベル王妃のお部屋！夜半にお出ましいただけないかと期待していたが残念ながらそれは叶わなかった。日本人だったからか？絵のような中世ヨーロッパのお城を体験できた一夜であった。

もうひとつ。車を走らせて偶然見つけた城壁に囲まれた中世の館を改装したホテルでの出来事である。確かリスボンの近郊だったと思う。日本からのゲストと知ってオーナーマネジャーが自分のセラーから五〇年物と一〇〇年物のトゥニーポートワインの栓を惜しげもなく開けくれた。東洋の珍客と共に飲み比べをしたいと言う。黄金色のえも言われぬ香りとトロリとした甘味。彼のおもてなしに中世のロードはかくやと思った。飲んで喋って酔い痴れたあの一夜は忘れられない思い出だ。

もうひとつ。忘れられない思い出の景色がある。夜、眩い光に包まれたイギリス領のジブラルタル側から見たアフリカ大陸の姿だ。灯りの無い平べったい黒い台地が無限の闇のように手を広げていた。その地に足を踏み入れたら飲み込まれてしまいそうな恐怖を感じた。近くに見えるアフリカが遠い別の星の国に見えてならなかった。

（一九九六年秋）

インカ文明の跡

九五年夏に行ったペルーの遺跡巡りでたまたま同室になった人の命を救う経験をした。その旅は「世界遺産とペルーの旅」。世界遺産を売物にしたツアーだった。一五三三年スペインによって滅ぼされたインカ帝国の遺跡を辿るというのが魅力的で参加することにした。世界遺産巡りを始めた当初はツアーで一緒になる人たちとの出会いも面白く思えた。何より部屋代が節約できるメリットもあった。この旅は内容の割には旅行代が安かったせいで相当ハードなスケジュールだった。

一泊目ロスのホテルで数時間だけの仮眠でリマに飛ぶ。ルームシェアの相手と自己紹介し合ったのが二泊目のホテルであった。「一月の阪神淡路大震災の時、わたし奇跡的に助かったんです」。それ以来精神的に落ち着かなくなりこの旅に出ることにしたのだと彼女は言った。沿岸のリマから標高三六〇〇メートルのクスコへ着いた時には私でも空気が薄く息苦しさを感じた。時々深呼吸したりコカ茶を飲んだりしてなんとか体を馴らすようにした。

事件はその晩に起こった。強行な移動で疲れていた私はぐっすり寝込んでいたはずなのだが隣から聞こえくるうめき声で目を覚ました。電気を点けてみると彼女が苦しそうにもがいているではないか。慌ててフロントに電話をして酸素吸入をしてもらった。高山病に罹ったのだ。ホテルには吸入器が常備されている。

幸い早く気付いたので翌日は元気になった。この事でふたりの距離はいっぺんに縮まった。クスコでは剃刀一枚入らないと言われるほど精巧に積み上げられたサクサイワマンの石積みを見る。石積みはインカの精神世界を形にしたもので単なる土木工事ではない。インカの首都だったクスコにはケンコー、プカプカラ、タンボマチャイなどの遺跡もある。

インカ文明を築いたケチュア族は石を使った建築に優れた技術を持っていた。翌日ウルバンバへと飛ぶ。標高二八〇〇《メートル》なので体が楽になる。体が馴れたところで二三〇〇《メートル》の五〇〇年前に造られた都市跡「マチュピチュ」へ。当時ガイドからは若い女性を太陽神に捧げる宗教都市との説明を受けた。現在では太陽観測所説が有力らしい。が、王侯貴族の別荘地だという説もある。いずれにせよ太陽と月を信仰する精神世界を元に造られた町であることは確かだ。住居跡でベットと思しきくり抜かれた石に横たわって天空を眺め見る。青空が広がり良い気分だった。蒸し暑い八月の下界とは大違い。まるで高原避暑地のようだ。

遺跡は眼で見て解説を聞いた時には分かった気にはなる。が、考えると疑問だらけになる。深く知ろうとすればするほど分からなくなる。見たい遺跡はほとんど見たが私の根本的な疑問は未だ解決していない。その文明を創った人が「どこからやってきてどこへ行ってしまったのだろう?」。ひとつ見るとその元を見たくなる。その元に行くとまだその先があるのを知る。文明遺跡巡りの旅は終わりのない謎解きゲームみたいなものだ。

「知ってどうする?」。ただ知りたいのだ。運良く人としてこの世に生れたのだから生きている間に「人の歴史」を知りたいのだ。ひとつでも多く「人の不思議」を知りたいのだ。

旅して知って、知って旅しての繰返しはなんだか人の一生と同じような気がしてならない。

さて、次はどこへ旅に出かけよう?!

（一九九五年夏）

Live together《ともにいきて》

ロンドン・パリ間の走行が約二時間に縮まったばかりのユーロスターで、私はパリに向かっていた。セント・パンクラス駅からロンドン市内を数分で抜けると、車窓から見えるのは畑だけになる。イギリスの初夏の午後六時は真昼のように明るく、艶っぽい光が畑を鮮やかな緑色に照らしている。時おり列をなして現れる送電塔が、太陽を反射させてきらりと光った。

もうじき最高の夕焼けがやってくる、と私には分かっていた。去年のあの日の夕方と、空の様子が似ている。四十年前の、あの初夏の夕方とも。

「お腹空かない？　さっき買ったサンドイッチがあるよ」

隣りの女性が、通路を挟んで向こうに座っている子供たちに英語で言った。私はバッグを探る彼女の手首に目を止める。彼女は黄色のリストバンドをはめていた。「LIVE STRONG《つよくいきて》」と刻印の入った、懐かしいリストバンドを。

話しかけようとしたとき、轟音とともにユーロスターがトンネルに入った。

Live together《ともにいきて》

栗生凛句　翻案

原作『いきてかえりし魂の愛物語』

アメリカ
メキシコ
グアテマラ
マヤ・チチカステナンゴ
ペルー
インカ
イースター島
南極大陸

1

日本人が初めて自由に海外旅行をできるようになった年の四月、私は憧れていた大学のキャンパスで、学生として歩ける嬉しさを身体いっぱいに感じながら、第一日目の授業に向かっていた。時計台のある大きな講堂も、鼠色をした背の高い校舎も、歩いている学生や道で演説している学生も何もかもが新鮮で、世界は今できたばかりのようにピカピカに輝いて見えた。

政治経済学部の校舎へ曲がろうとすると、桜の花びらが肩に落ちかかった。花びらを指でつまみながら、ふと、初めて見るこの光景をかつて一度見たことがあるような気がした。

校舎への階段を上がっていく。入口のドアを開けたとき、出てきた学生とぶつかった。

「痛いじゃない！」

叫んだ私は見下ろしたのは、髪をリーゼントでかためて、細身のズボンに先のとがった靴をはいた男子学生だった。彼はすぐに謝ってきた。

「ごめん」

私は少しだけ睨む。「気をつけてね」

校舎に入って、ジャーナリズム学科の一限目、「マスコミ概論」の教室を探す。それは、迷路のような廊下をずいぶん奥に入ったところにあった。

教室の入口で中を見渡すと、どういう近道をしたのか、さっきの男子学生が窓際で手を振っていた。

「さっきの……」

「君もこのクラスなの？　さっきはごめん」彼はまた謝った。

私が首を振ると、彼は隣りに座ってきた。

「平昭雄だよ。君は？」

何人かが、私たちをちらちらと見た。昭雄は、彼らの視線に構わず話しつづける。私も他愛なくおしゃべりを続けた。ずっと男女共学だった私は、昭雄のことを男子だから特別だとは思わず、一人の友として受け入れていた。

次の日からの授業でも、昭雄は隣りに座ってきた。

彼は初日からずっと髪も服装も流行のスタイルで決め、教科書も持たずに教室に入ってくる。が、クラスのみんなが次第に打ち解けていく中で、昭雄くんってちょっと不良《ワル》っぽい、なんてことを呆れ顔で言っていた女子たちにも、昭雄は冗談を言い、困っているときには手を差し伸べ、誰とでも仲良くなっていった。

彼は中学から男子校だったのだという。

「それにしては、女性に馴れ馴れし過ぎるわよね」私は、けん制する。

昭雄は笑って言い返した。「俺の家は女の園だからね。きたえられてるんだ」

授業の前後の軽いやり取りのたびに、私と昭雄の心が、かするようにわずかに触れあう。私は授業の時間が楽しみになった。

彼はますます馴れ馴れしくなっていった。

「おい和ちゃん、ノート貸せ」

「しょうがないわね」

「お礼にさ。お茶行こうぜ」

私たちは、喫茶店でも一緒に時間を過ごすようになった。昭雄が案内した南門の近くにある喫茶店は、芝生の庭に向かって一面ガラス張りで、花壇や植え込みの向こうに講堂の時計台と、高い空が見える。夜になったら満天の星も見えそうだ。駅の方向とも正門の方向とも違うので、学生がほとんどいない。そもそも客がほとんどいない。いつもジャズがかかっていて、私たちは一番奥のソファ席に座った。

「週末、クラスのやつらと、横浜にできたマリンタワーに行ってきたんだけどさ、――」

「和ちゃん、知ってる？　このあいだ、ソ連の宇宙船が地球を一周してね、――」

私は紅茶をゆっくりと飲み、残った紅茶が乾いてカップに張りついてしまっても、まだ彼の話に飽きず、引き込まれて笑ったり冗談を言い返したりしていた。

私は、未来の計画についても話した。

「やっぱり、自分で稼いで生きていきたいじゃない。そうでないと自由にできないしね。新聞記者ならぴったりでしょ。私、もの書くの好きだし。だからジャーナリズム学科に入ったの」

中学を出てすぐ就職する人が、半数近かった時代だ。大学に行けば、周囲から「エリート候補」という目で見られた。学生の方もほとんどが、いい意味でのエリート意識を持ち、良い会社に入れば社会的に活躍できると信じてそれぞれ野心や目標を持っていた。

「ところで和ちゃん。絵は？　がんばってる？」

私は大学に行きながら、絵を勉強するためにデッサンの学校にも通っていた。

「小さいときから好きだったし、ずっと触れていたいとは思ってるの。でも今は、絵で食べられるとは信じられないわ。手塚治虫くらい描ければ別だけれど。あの人の『リボンの騎士』って読んだことある？　主人公の子が可愛いくて強くて、とても素敵なの」

「和ちゃんみたいじゃないか。君はどんな絵を描くの？　見たいなあ。和ちゃんは多才だね」

「そんなことないわ」

私は何となく紅茶のカップを上げ、何分も前に飲み干しているのを思い出して、また置いた。

「ねえ、昭雄くんは自分のこと話さないけれど。将来何になりたいの？」

彼は、具体的な夢はないと言った。

「いま具体的にしちまうのは、何となくもったいないかな」彼は言った。「東京は、というより日本は、どんどん変わって行って、一年前になかったものが今はまわりにたくさんあるじゃない。これからもっともっと、夢とか希望が現実になっていくよ。日本は、ハリウッド映画の世界みたいになる。だから俺の可能性も、今は見えないところにあるかもしれないでしょ。あの空の高すぎるところみたいにさ」

「そうね」私は笑った。「私もそうかもしれないし」

「そうだな、和ちゃんは男と同じくらい仕事ができそうだ。それに、そういう時代になっていくよ」

「じゃ昭雄くんは、今の時点では全然なりたいものとかないの？」

「そうなるかな」

「来週の競馬で、どの馬が勝つかとかの方が気になるんでしょ」

昭雄は少し笑って言った。「そうだなあ。みんなも、俺自身も、一緒に楽しい時間を過ごせる仕事がいいかな……」

そのうちに前期試験が終わり、夏休みが近づいてきた。三限目の授業が休講になったある日、クラスメートの一人が、銀座へジャズを聴きに行かないかと言いだす。私たちは都電を乗りつぎ、銀座四丁目で降りた。

和光の時計台が真上から差す太陽を白く反射していた。新橋へ続く道の上にも、初夏の陽が踊るように白く瞬いている。

私たちは六丁目まで歩き、定食屋さんで簡単にランチをとってから、ジャズ喫茶「スターダスト」へ着いた。

十人の仲間の誰も、ジャズに詳しくはなかった。

「結局さ、ジャズって、どういう曲のことなの?」山田が階段を下りながら言った。

「なんだお前、俺たちを誘っておきながら知らないのか」昭雄が笑う。

「いや、一応ジャズくらいは押さえておかないとってさあ」

「まあな。和ちゃんはどう? 詳しいのかな」

「山田くんと昭雄が教えてくれるのかと思ってたし」

私たちはふざけあいながら、地下一階の扉を開けた。

煙草の煙とアルコールの香りが漂う中で、ベースとドラムスの低い音が、私に巻きつくようにして響いていた。私たちはステージの近くに座る。友人たちに何か話しかけようとしたが、ジャズの音に負けない大声を出すのは憚られた。私たちは、ひそひそとオーダーをし、黙ってジャズを聴く。

そのライブは落ち着いた曲目が続き、次第に私は何もかもわきまえている大人になったような気がしてきた。隣りの昭雄が子供っぽく見えるんじゃないかと横を見ると、昭雄も大人のような顔をして座っている。音が身体の芯まで浸透してくると、自分でない自分になっている感じもしたし、いつもより自分らしい自分をジャズが掘り出してくれている感じもした。

コーヒーを持ってきたウェイターが私のそばを通ったとき、昭雄から、大人の男性の匂いがした。良い匂いでも悪い匂いでもない、皮膚や心の年輪が醸す匂いだ。私はその匂いに覚えがあった。何十年か後の未来の昭雄が、時間の流れを逆流して、過去の記憶のように現れたのかもしれないとぼんやり思った。

「いやあ、よかった。いいよなあ、やっぱりジャズは」

「山田はほとんど寝てたけどな！」

「『この素晴らしき世界』だっけ。あのときは起きてたぞ。俺もこの世界が素晴らしく見えてきて、どうしようかと思った」

「お前、本当か？」

「ルイ・アームストロングは話し声もジャズだったんだって。有名なピアニストが言ってたらしいわね」

二時間を過ごしてジャズ喫茶を出ると、明るい銀座の歩道でみんなは伸びをしたり、大声を出したり、笑ったりした。神妙だった顔つきが、普段の彼らしく戻っていく。新橋まで散歩して解散にしよう、ということになった。

新橋の手前にある高架の向こうで、夕焼けがはじまっていた。みんなを振り返ろうとしたとき、横に昭雄が来ていたのに気付いた。後ろからは、大学の教室にいるように冗談やふざけ合う声が聞こえている。しかし昭雄はまだ、ジャズ喫茶にいたときの顔つきをしていた。

「昭雄くん、ジャズの――」

「和ちゃん」

昭雄は、ギターやサックスの演奏を邪魔しないようにするみたいに、低い声でそっと私を呼んだ。

「なに、昭雄くん」

「君を好きだ」

「えっ？」

昭雄は私の目を見て、続けた。「僕と付き合ってほしい」

「えっ、……。今でも付き合ってるじゃない」

「真剣に付き合ってほしいんだ。君が好きだ、愛してるんだ」

さっきジャズ喫茶で、歌手が何度もそんなことを歌っていた。その歌詞は私の心をしびれさせた。しかしいま昭雄の口から聞くと、とても遠いところで私と関係なく響いているようだった。

彼は、まだ現実に戻ってきていないような表情をしている。私もそうなのかもしれない。

「お友達で……いましょうよ」私はやっと言った。

昭雄は私から目をそらし、黙った。私たちは何も言わずに、人の増えてきた銀座通りを歩いた。

「おおい、お二人さん」山田が、後ろから昭雄の肩をたたいた。「なんか深刻じゃん。別れ話でもしてんの？」

夕陽は新橋の高架の上で、ラベンダー色の細い光を残すだけになっていた。まだネオンは灯らない。銀座の街は薄闇に陰っていた。

翌日、昭雄は教室に入ってくると、いつものように私の隣りに座った。しかし私たちは重い声で挨拶をしたきり、それぞれ別の友人と話しだした。昭雄は私に、以前のような軽口をたたかなくなった。そのうちに、私たちは離れて座るようになっていった。

誰かと話している昭雄の明るい声が聞こえてきて、ぞくりと寂しい気分になることもあった。後戻りできるポイントは過ぎてしまっていた。それに、後戻りしたところでどうしようもなかった。私は本当にいい友達でいたいと思っていたけれど、彼に友達でいたいと言えば、こんな風に友達ではいられなくなってしまうのだ。

夏休みが明け、秋の匂いが漂いはじめた。「和ちゃん、ノート貸せ」という彼の声に答えていたのは、大昔のことのように思えた。一度、彼と行っていた喫茶店に寄ろうとしたが、結局行かなかった。もしあの告白がなかったら、私たちはますます仲良くなって、今でもあの芝生の庭の見える奥のソファで笑い合っていたのかもしれない。

木枯らしが吹き、肌寒くなってくると、教室で昭雄を見かけなくなった。学年末の試験のころには、昭雄は学校に来なくなっていた。

「あいつ、家を出たらしいね」

試験の後の打ち上げでクラスメートのみんなと集まっているときに、山田が教えてくれた。

「えっ、家を?」

「和ちゃん知らなかったかい?」

「……。昭雄くん、家を出てどこにいるの?」

「さあなあ。耳に入ったら教えるよ」

しかし、山田が昭雄のその後を知らせてくることはなかった。

私はずっと、昭雄に悪いことをした気がしていた。といっても、謝るのもおかしい。もう一度だけ、昭雄と私の間に流れていた暖かい空気を味わいたかったが、そんな空気は私の記憶の中でもぼやけてきていた。いつか、もともとなかったように消えていくのかもしれない。

三年生の春休みになって、テレビ局でキャスターをやらないかというお誘いがあった。ゼミの先生の教え子に報道番組のプロデューサーがいて、三月で今のキャスターが降板するので後任を探していた。女子学生がやるってのも面白い趣向だろ、いい子を探してたんだよ。と言うその若いプロデューサーは、私のことを気に入ってくれた。四月から、私は学生キャスターとして働きはじめた。

私が自分の青春の道を進むごとに、昭雄と一緒に見ていた風景は後ろへ置き去りになっていった。昭雄も同じように、昭雄自身の道を歩いているだろう。私たちの道は、ジャズ喫茶の夕方から分かれ、進めば進むほど二つの道同士の距離は広がった。私たちは結局、お互いが見えないほど別々の場所で青春を送ることになった。

2

「母さん、ちょっと数学の宿題教えてくれる?」

「数学なら父さんに訊いて。もうすぐ帰ってくるから。さあ、ご飯出来たわよ」

私はキッチンからダイニングに行き、中学三年生になったばかりの息子、翔の前にサラダとシチューを置く。一息つこうと、彼の隣りに座りかけたとき、電話が鳴った。

「和ちゃん、久しぶりだね。大学で一緒だった山田だよ。覚えてる?」

明るい、懐かしい声だ。私は自然に微笑む。「あら、山田くん? 久しぶりね。元気?」

「ああ。和ちゃんも元気そうだな。あのさ、今年で卒業して二十年だろ。クラス会しないかって話が出てるんだよ」

学部の校舎や、クラスのみんなの声や、交わした会話が思い出される。同時に、リーゼントの髪とイタリアンカットの靴が、頭をよぎった。

「そうなのね、……誰が来るの？」

「これから誘うところなんだ。今のところ確実なのは、大嶋と斉藤とチカかな。それから田辺。教室でいつも騒いで、先生に怒られてたやつな」

電話口から、二十年前の空気を呼吸している気分になる。私は青春時代に会いに行きたいと思った。

「行くわ。いつなの？」

クラス会の日、久しぶりに都電の終点、大学の最寄駅で降りた。整備された大通りは交通量が増え、店も立ち並んで、私が毎日使っていたころとは別の駅みたいだ。

新しくいくつかのビルが建ったせいで、駅から大学の校舎は見えなくなっていた。講堂の時計台だけがかろうじて見える。私は講堂の裏手へ歩いた。

ホテルに着き、五階まで上がる。エレベーターホールの横には床から天井までの窓があり、大学の敷地を見下ろすことができた。講堂から政治経済学部までの道には、二十年前と同じように桜が咲き、学生が行き来している。やがて風が吹き、桜吹雪が舞い、私はふと、今あそこに降りて行って花びらをくぐりながら校舎に入ろうとしたら、またマンボズボンをはいた昭雄に会える気がした。

「和ちゃん！」

振り返ると、頭の薄くなりはじめている男が、笑顔で私に近づいてきていた。

「ええと……山田くん？」

「そうそう。久しぶりだなあ。元気かい。和ちゃんは変わらないね」

「そう？」

「そこ、懐かしい風景が見えるだろ」山田は私に笑いかけた。「でも会場入ったら、何倍も懐かしい顔ぶれがそろってるぜ。早く来いよ」

山田は背を向けて歩き出してから、付け足した。「昭雄も待ってるからさ」

「…………。え？　ああ、昭雄くんも来てるの」私は何気ない声で答えた。

彼は背を向けたまま言った。「あいつ、仕事優秀みたいですずいぶん活躍してるよ。いまだに独身だけどね」

「……」

山田は、私たちのクラスの名前が書いてある扉の前まで来ると、振り返った。

「学生気分に戻って楽しもうな」

山田と一緒に会場に入る。数人が私に気付き、その後また何人かが気付いて、私に近寄ってきた。

「和ちゃん、久しぶりね。私のこと分かる？」

「分かるわよ。チカちゃん、相変わらずきれいよ」

「成見さん……あっ、結婚したんだっけ。今は何て名前？」

「今も成見でいいわ。仕事をしてるから名前は変えてないの」

「そうそう！　会社やってるんだってね？　どんな商売やってるんだい？」

「あれー、社長さんなの？」

会話が途切れたところで、会場を見渡した。五十五人いたクラスメートのほとんどが来ている。様子が変わって誰なのか分からない人もいれば、すぐに分かる人もいる。でも、どのクラスメートも学生時代と同じような表情や声の調子で、話したり笑ったりしているみたいだった。

奥の円卓テーブルまで見渡すと、私は目を止めた。すぐに彼も私に気付き、軽く手を上げる。髪はリーゼントではないし、マンボズボンもはいていない。しかし、彼は間違いなく昭雄だった。

昭雄はまわりの人たちと話しながらも、立ち上がろうとした。私も話していた友人たちの輪から抜けようとした。

「えー、そろそろ乾杯をしたいと思います」

幹事のアナウンスが入る。昭雄は座りなおし、私は輪に戻った。

「再会を祝し、乾杯！」

まわりにいるみんなや、近くのテーブルに座っていたみんなとグラスを合わせると、私は部屋の端にあるブュッフェテーブルへ行って並んだ。後ろに、昭雄がやってきた。

「成見さん。久しぶりだね。俺のこと覚えてるかな？」

昭雄は、遠目では雰囲気が変わっていない気がしたが、近くで見ると別人のようだった。髪や洋服のスタイルが違うだけではない。突っ張った不良《ワル》の面影は、どこにも残っていない。落ち着いた目と、芯のある自信に満ちた表情をして、どんな場所にも適応できるエリートそのものだった。

「えっ。ああ、昭雄くん」

「あれ。忘れちゃってた？」

「いいえ、覚えてるわよ」

昭雄はゆっくり頷いた。

「和ちゃんは、変わらないね」

「そうでもないわ。ぐっと成長したわ」

「ふふ。そうかい」

「昭雄くんは、いま何やってるの？」

「俺はね、テレビ局に勤めてるんだ」

「テレビ局？」

昭雄は、東京キー局の名前を言った。

「プロデューサーをやっているんだよ」

食べ物を取り、昭雄と一緒にテーブルにつく。すぐ山田たちがやってきた。

「昭雄、久しぶりだな」

「おう。元気だった？」

「お前、久しぶりすぎだよ。山田、よくこいつの連絡先を突き止めたな」大嶋が言う。

「たまたま俺の後輩が、彼の会社の子会社にいてね。俺もずっと昭雄がどうしてるか知らなくてさ。あの後、大学戻ったんだって？」

「みんなより一年遅れで卒業したんだ」昭雄は言った。「だから大学紛争には加わらなかったたんだけど。大変だったらしいね？」

「最後は機動隊が入ってきてな、俺たち卒業式もなかったんだぜ。特に女子とか、だいぶショック受けた人多かったよ」

「結局、ジャーナリズム学科は廃止になっちゃったしな」

卒業前、最後に見たキャンパスでは、大学当局が呼んだ機動隊が私たちのつくったバリケードを壊し、仲間たちは次々に戦いを諦めていった。そして無防備だった大学の正面に、門ができた。以来、私はずっと大学に行っていなかった。

しかしさっき、講堂からの道には桜が咲いて、学生たちは弾むように歩いていた。そして私の仲間たちはみんな、生き生きと社会で活躍している。

「二十年たったんだな」昭雄が言った。「会えてよかったよ」

「もちろん。今日は飲もうぜ」

一次会が終わると、銀座へ移動して二次会になった。深夜近くになり、三次会がはじまって何時間たっても、私たちはまだ話し足りなかった。二十年の間に私たちが歩んだ道、いま考えていることや悩んでいること、それから昔の意外な打ち明け話……。

「これからは年に一回くらい集まろうな」

三次会がお開きになるころ、山田が言った。

「じゃあ、幹事は数少ない貴重な元女子学生、和ちゃんってことで」田辺が大声で言う。

「そうだな、俺たちは何かと忙しいし」

「頼むよ、和ちゃん」

「いいわ」私は言った。

「おお、素直だなあ、ありがとう」大嶋が言う。

「いいのよ。私も社会人として二十年過ごして、勝手な言い分も勘弁できるようになってきたみたい」

「いやいや、俺たちは本当に忙しいんだって」

「仕事ができる人間は、忙しいなんて言わないものよ」

私は学生時代の口調で切り返す。昭雄は押し殺したような声でいつまでも笑っていた。

3

三次会が終わって店を出ると、銀座の街は薄っすらと明るくなっていた。私たちは新橋へ向かう。三次会の最後まで残っていたのは、以前、ジャズ喫茶へ行ったのと同じメンバーだった。もっともジャズ喫茶のあったビルは新しくなり、地下は懐石レストランになっていた。

「和ちゃん」

いつの間にか横に来ていた昭雄が、静かな声で私を呼んだ。ふと私の鼻を、大人の昭雄の匂いがかすめる。行かれるはずのなかった場所へ、次元を超えてやってきた気がした。

何か言わなければと顔を上げる。昭雄と目が合った瞬間、彼の目に膜がかかった。見たくない事実から自分を守るように。それから、現実の私ではなく何か他のものを映そうとするみたいに、虚ろな目になった。しかしそれはほんの一瞬。すぐに昔と同じ、内側から発光しているように鮮やかな目で、にっこりと私に笑いかけた。何ごともなかったように。

「和ちゃん」普段通りの昭雄の声で、もう一度私を呼ぶ。

「なに、昭雄くん」今度は私もすぐに答えた。

昭雄は微笑み続ける。「仕事は忙しい？　家庭もあるのに仕事をしていくのは大変だろうね」

「あっ、うん、そうね。でも、新卒で入った外資のアパレルの会社も忙しかったしね。それに自分で事業をはじめたんだから、忙しいのは当然だわ」

「自分の会社を経営してるなんてすごいことだよ。子供服の販売っていうアイデアも、なかなかいい。やっぱり和ちゃんは才能があるね」

「昭雄くんこそ、テレビのプロデューサーなんてオシャレなお仕事ね」

「そう見えるかな」

「ずっと前、みんなと自分が楽しくなるお仕事がしたいって言ってたわね。夢かなった？」

「まあ、ね。今度、俺が作った番組見てくれると嬉しいよ」

昭雄はスポーツ報道を中心に仕事をしていると言った。次のオリンピック報道では、局の総括責任者をやるらしい。一方で、二年前には健康被害を出している車の部品を検証する番組を作って、大きな賞を取ったという。

「大活躍ね」

「どうかな。和ちゃん、絵は続けてるの？」

「うーん、忙しくてちょっとやってないわね。卒業してからは旅行が趣味になって、世界中いろんなところに行ったの。ほとんどの世界遺産をまわったのよ」

「いつかその話も聞かせてほしいな」

「うん。……絵のことは、そのうち人生のどこかで、やることになってるんじゃないかと思うの」

「そうだね。絵は、和ちゃんの一番素晴らしい部分を引き出すかもしれないよ」

高架の向こうの空は明るくなり、闇はもうなくなっていた。夜明けが近い。歩道脇の花の色まで分かるようになってきていた。

「昭雄くんは今もお母様と住んでるの？」

「ああ。俺は結婚しなかったんだ。自由に気楽にやってるよ。和ちゃんは忙しいんだろうけど、でも――」

「そうね、また」私は昭雄の言葉を継ぐように言う。

昭雄はにっこりとして頷く。昭雄の歩んでいる道が、ちらりと見えた気がした。

山田が、日の出桟橋にでも行って日の出を見ないかと、みんなに提案する。

「芝浦には、終夜営業のジャズ喫茶もたくさんあるぜ。今風に言うとジャズバーな」

「山田お前、ジャズは二十年前に懲りたんじゃなかったのかよ」

「何言ってんだ、今度うちの出版社から、俺のジャズ評論の本を出そうかって話があるくらいだぞ。出たら買ってくれよ?」

「うっ……まあね………」

4

昭雄と私は二、三か月に一度、連絡を取るようになった。ほとんどは手紙か電話だけで、半年空くこともあったが、昭雄はいつも優しくそれは楽しい交流だった。息子の翔が高校生になると、三人で食事をした。

「昭雄さんと母さんは、本当にいい友達って感じだね」食事の後、帰りの電車の中で、翔は私に言った。

「そうよ。いい関係でしょ」

「どうだろ」翔は目をそらした。

「まあ、母さんにとってはいい関係だろうね」

「昭雄くんにとっても、悪くはないと思うわよ」

「うん。悪くはないだろうさ。もちろんね」翔はそう言うと、笑った。

「俺、昭雄さん好きだよ」

「でしょ。とっても、いい人よ」

「いい人、かあ……」

昭雄は私たちの家にも来るようになった。何度となく一緒に夕食を食べるうちに、夫の武とも時々ゴルフへ出かけるようになっていった。

昭雄は、翔を自分の子供のように可愛がった。翔がアメリカの大学に入ってからも、昭雄はアメリカ出張のたびに会いに行った。翔が三年生になった夏、大学の寮から行方不明になったときも、たまたま出張中だった昭雄が様子を見に行ってくれた。

「翔は元気だったよ」昭雄は、アメリカから国際電話をかけてきて言った。

「ちゃんとお母さんに連絡しろと言っておいたから、心配するなよ」

「翔はなんて?」

「俺の学生時代を思えば、彼はきちんと考えてる方だよ。和ちゃんは安心して大丈夫だ」

その後、翔が就職で迷った時や、結婚を考えはじめた時も、昭雄は親身になってアドバイスをしたらしい。

翔が就職して間もなく、夫の武が脳溢血で倒れた。入院して三日目の明け方、私が病院からオフィスに寄り、集中して仕事をしていると、カラスの鳴き声がひとつ聞こえた。甲高く、サイレンのように。顔をあげて仕事から現実に戻った私は、窓もドアも開いていないことを思い出した。

空耳かとパソコンに向かいなおすと、携帯電話が鳴った。武が息を引き取ったという連絡だった。

たくさんの計画や約束が、武と一緒に消えた。しかし、死は偶然ではない。もともとその計画も約束も、この世に現れる運命ではなかったのだ。私は霊安室で、冷たくなった武を見つめた。三日前の武は、自分の死のことを少しでも考えていただろうか。生と死は、とても近いところにあるのかもしれない。生はいつも死を含んでいる。

告別式が終わり、納骨が終わり、遺品の整理をしてしまうと、私は家に一人きりになった。

数日の間、広くなったリビングのソファに座ってぼんやりと過ごしたが、仕事を再開しないといけない。私は先月のままになっていたカレンダーを破り、いつものように、たまった書類を眺めながらキッチンでシチューを作りはじめた。

しかし、書類をめくりながらシチューを煮込むコトコトという規則的な音を聞くうちに、疲れているときに手間のかかる料理をつくる必要はなかったのだ、と気付いた。もう家族のために生きる必要はない。これからは自分のためか、差し伸べてくれる手が必要な誰かのために生きればいい。自分のリズムで。

一周忌の後、私は会社の権利を共同経営していた友人に売り、会社に関わる一切を処分した。一方で、出版社の友人のツテから、ライターの仕事をするようになった。

物を書く仕事をはじめると、心の中にたまっていたエネルギーが快い音を立てて身体中をめぐりだすのが分かった。それは、さらなる行き場を求めているみたいにも見えた。エネルギーが高まるにつれて、街を歩いても本屋に入っても、絵に関連する情報ばかりが目につくようになった。

しかし私は、絵を描かなかった。描きはじめれば、三十年近く封印していた情熱が解き放たれて絵に没頭しすぎてしまうに違いないと思った。そのころの私はまだ、自分が絵だけに集中することを許していなかったのだ。

武が亡くなった翌々年、昭雄の母親が亡くなった。昭雄は、長年母親と住んでいた家を引き払い、成城に新しくできたケアマンションに入居した。

淡いベージュ色のアーチをくぐり、広い芝生の前庭を通って、私はそのケアマンションに昭雄を訪ねて行った。建物に入ると広いレセプションに濃い紫色のソファが並んでいて、高級ホテルのようだった。

「ミニシアターや、広いカラオケルームなんかもあるんだよ。陶芸や絵や、社交ダンスの教室もあってね」

昭雄はその施設を私に紹介して歩き、五階のレストランに案内した。

「食事はここでするんだ」

大きな窓から庭の芝生と、成城駅につづく並木道が見える。私たちは奥の席に座り、食事をした。

昭雄は母親を亡くす少し前に会社を定年退職して、番組を制作するグループ会社の社長に就任していた。社長になっても忙しさは変わらないね、と昭雄は笑っていた。

「和ちゃん。俺ね、大腸ガンになったみたいなんだ」

食後のコーヒーを飲み終わる頃、昭雄が言った。それまでと変わらない声だった。私は驚いて叫びそうになるのを抑え、なるべく平静な声で答えた。

「そうだったの。大丈夫？　どんな具合なのかしら？」

「早い発見だったからな。早めに切れば、何てことないらしいよ。ガンとは共生するつもりでいるんだ」

「共生って……」

「心配しないで。ちょっと俺に荷物が増えるってことを、和ちゃんに知ってほしかっただけなんだ」

「ちょっと、なの？」

「ちょっとだよ」

昭雄はそれから二回の手術を受けた。回復すると会社に戻り、これまで通りに仕事をした。彼は騒いだりせず、飄々としていたが、ガンはガンだ。敵と共生しながら、忙しく仕事をこなすのは大変だろうと、私はメールや電話で気遣った。

時おり、私の視界の届かないところで、不吉な何かが動き出したような不安に襲われた。でも末期ガンと言われ余命を宣告されてからも、何十年も生き続ける人がいる。昭雄は、会社員なりのストレスはあるだろうが、私生活は気ままにしていられるし、小さいことを深刻に考え込むタイプでもない。ガンになっても生き残る種類の人間ではないか？

私は、昭雄がガンとできるだけ穏やかに共生していかれるよう、応援していくつもりだった。

5

「もしもし。成見和子さんですか」

よく晴れた秋のある日、家でライターの仕事をしていると、知らない女性から電話がかかってきた。

「平さんから言付けがございまして、お電話申し上げております」

「平……昭雄さんから？　あなたはどなたですか」

「平さんの秘書をしております篠田と申します」女性は言った。

「実は、平さんが入院なさいまして」

「えっ、そうなんですか」

昭雄とは一か月前に電話で話したばかりだった。一年前に二回目の手術をして以来、身体のことは特に何も言っていなかった。

「どのような具合なんでしょうか」私は訊ねた。

「ひとまずは元気ですけれど。昼間は眠らせないようにとお医者さんはおっしゃっています」

私は、身体のまわりの空気が冷えたように感じた。

「明日、お見舞いに行くと伝えてください」

病院の名前を聞き、電話を切った。ふと、小さな虫の這うような音が聞こえた気がした。振り返ったが、床にもソファの陰にも何もいない。仕事に戻ってからも、私は何度か耳をすました。私が目を離すと姿を現し、少しずつ後ろから近づいてくる薄暗いものの気配を、私ははっきりと感じていた。

翌日、病院に行った。開いていた昭雄の病室のドアから一歩入った私は、そのまま足を止めた。後ずさりしそうになる。

四人の見舞い客が囲むベッドで、昭雄は酸素吸入のマスクをして横たわっていた。布団の中から、五本のチューブがベッドの脇にあるいくつかの機械に繋がっている。昭雄は見たことのない恐ろしい形相をして、肩で荒い息をしていた。

「昭雄くん！　いったいどうしたの……」

私の声に、見舞い客たちが振り返った。

昭雄は血走った目で、私をじっと見る。私はどうしていいのかわからず、もう一度叫んだ。

「昭雄くん！　昭雄くん……！」

昭雄の口は、大きな酸素マスクが覆っている。声を出すことはできない。見舞い客の一人が、五十音が書いてある文字盤ボードを彼に向けた。昭雄は震える手で細長い木の棒を持ち、ボードの文字をひとつひとつ指していく。四人の見舞い客と私は、注意深く棒の動きを追った。が、彼の指す文字は単語にならなかった。

「すみません、何のことか分からないです……」スーツを着た見舞い客の男性が、申し訳なさそうに言った。

「もう一度、お願いできますか」別のスーツの男性が言った。

彼は何かを言いたがっている。伝えようとして、棒で一文字ずつ指す。私たちは、彼の棒が届きやすいようにボードを支え、集中して彼の思いを探る。こういうことか、ああいうことかと、彼の言葉を推測して訊ねる。しかし、彼が言いたいことは誰にも分からなかった。

昭雄は木の棒を布団の上に置く。頬が紅潮し、目尻から涙が垂れた。私は、不良《ワル》のスタイルでオシャレをしていた学生時代の昭雄を思い出す。それから、洒落たエリートに成長した昭雄。何があっても強い目をして微笑んでいた彼。私も涙が出そうになり、また来るわと言って、病室を出た。

駅まで歩く間に、今までの色々な場面での昭雄が思い浮かんだ。どの昭雄も余裕があって、自信に輝いている。そして病にボロボロにされた今日の昭雄も、声が出ない中で懸命にボードを指し、輝くような意志の強さを見せていた。

私にできることは何だろう?

彼はすさまじい形相をしていた。あんな顔をして必死で戦っても、苦しみはひいて行かないのだ。いつの間にガンと共生しようとしていた段階を通り過ぎてしまったのだろう。

考えても余計に落ち着かなくなるので、私は目についた駅前の喫茶店に入り、紅茶でも飲んで体勢を立て直すことにした。オーダーをして間もなく、病室にいた見舞い客たちが入ってきた。

彼らは私の隣りのテーブルに座った。

「先ほどはどうも。私たちは、彼と同じ会社の者なんですよ」スーツの男は、私を頭から足もとまで調べるように見ながら言った。

「失礼ですが、あなたは?」

「学生時代からの友人です」私は答えた。

「なるほど、そうでしたか」

「平さんですが、彼は急に悪くなったんですか?」

「ええ。私たちは、親戚の方から連絡をいただいて駆けつけたんですが。先月の半ばに一度検査入院をなさいましたよね。退院後、急に容態が悪化したそうです」スーツの女性が説明した。

「平さんは、成見さんに身体のことは？」

私は首を振った。「先月、十月になったら久しぶりに会おうかって言ってたんです。でもそれ以来メールの返信がなくて、変だとは思っていたんですけれど」

「彼が以前大腸ガンになったことは、ご存知ですよね」女性は言いにくそうに言った。「どうも再発……そして肺に転移してしまったみたいです。昨日、平さんが会っておきたい方の一人として成見さんの名前を挙げて、それで私からお電話を――」

それ以上細かいことを聞く気にはなれなかった。私は飲みかけの紅茶を置いて、喫茶店を出た。帰宅後、前回の電話で昭雄から頼まれていた件を何も話さずに帰ってきてしまったのに気付いた。数日して私は再び、昭雄に会いに行った。

病室に入ると、私より若い静かな物腰の女性がいて、私に会釈してきた。彼女は昭雄の布団をかけなおしているところだった。

昭雄は酸素マスクをしていなかった。代わりにキャスターに乗った白い機械から繋がっている太いチューブが、彼の喉に通っていた。喉を切開したらしかった。

彼は前回よりもさらに苦しそうだった。そして、もう恐ろしい形相ではなく、悲しそうな顔をしていた。私はベッドの脇に座り、前に言ってた銀座の歴史をたどる番組の件だけど、戦前から銀座で商売をしている古老が三人、取材を受けてもいいと言ってるわと伝えたが、その後は、なるべく無邪気な話をした。最近笑った出来ごと、昨年生まれた翔の娘の成長ぶり、学生時代の仲間たちの近況、噂話――。女性は私の話を聞いて時に笑ったりしたが、昭雄は文字盤ボードを指そうともせず、ただじっと私を見ていた。

「じゃ、そろそろ帰るわね。またね、昭雄くん」

《タスケテ　カズチャン》

「……え？」

私はドアへ歩きかけた足を止め、振り返った。「昭雄くん……？」

昭雄は相変わらず私をじっと見ていた。彼の喉にはチューブを通す穴が開いている。私は昭雄に頷き、彼の横に戻った。

「昭雄くん。これ」私は自分のブレスレットを外し、昭雄の腕にはめた。服の袖をまくると、予想以上に細くなった彼の腕が見えた。「このブレスレット、数珠玉でできてるのよ。チベットのお坊さんからもらったの。私のお守り。ねえ昭雄くん。がんばってね。心を強く持って。また来るからね」

一語一語、思いを込めて語りかける。昭雄は頷いたように見えた。

女性が明るい声で言った。「大丈夫ですよ、成見さん。平さんは前に入院したときも、大好きな林檎のすりおろしを毎日食べてたら、あっという間に元気になったんですよ。メロンのすりおろしもお好きですね。すごく生命力が強いし、がんばりやさんだから、またすぐ良くなります」

すぐ良くなるようにはまるで見えなかった。でも、私も明るい声で言った。

「私もそう思います」

病室を出て、エレベーターに乗る。階数表示が昭雄の階から遠ざかっていくのを眺めながら、私は、しばらくお見舞いに行くのはやめようと考えた。また来るからね、と言ったばかりだ。でも、あまりにも気の毒な姿だった。見ていると罪悪感すら覚えてきた。

彼には、甲斐甲斐しく付き添う女性もいるようだ。独り身だと言ってはいたが、彼は華々しい仕事をしていて、面倒見もいい、男らしい思いやりもある。学生時代もモテていた。

会社の人は頻繁に見舞いに来ているようだし、親戚の人もよく来ると聞いた。彼の身の回りの世話は、さっきの女性がすべてやっているみたいだ。私はただの友人だ。たびたび見舞いに行くようなことは遠慮しよう。私は心のざわめきを抑えてそう決めた。

翌日、学生時代の仲間たちに昭雄が入院したことを知らせ、見舞いに行くよう誘った。

6

それからの私は、昭雄の回復を毎日祈りつつも、自分の生活に集中するようにした。彼のことを考えると迷いが出る。昼は仕事をし、夜は仕事関係やプライベートの友人と時間を過ごし、頭が暇になる時間を作らないようにした。

しかし一週間もたたないうちに、彼の秘書の篠田さんから電話が来た。私はその前日に友人と飲み過ぎて、午後になってようやくベッドから出たばかりだった。

「もしもし……」

「成見さんですか。篠田です。今すぐ来ていただきたいんですが」

「今すぐ?」私の頭を色々な可能性が廻った。

「もしかして……」

「彼の容態は変わりません」彼女は言った。「平さんが、どうしても成見和子さんに今すぐ来てほしいとおっしゃっていまして」

「なぜでしょう?」

「私にも分かりません。とにかくいらしてくださいませんか」

私はなおもどういうことなのかと問いつめたが、篠田さんは来てくださいという一点張りだ。

私は二日酔いの頭を切り替え、昭雄の世界へ戻っていくことにした。

道すがら、昭雄が急いで私を呼び出す理由を考えたが、見当のつかないまま病院に着いた。

エレベーターを降りたところに篠田さんと、昭雄の世話をしていた女性が待っていた。

「成見さん、平さんがお待ちです」篠田さんが言う。

「あなた方は――」

「私たちは出ているように言われましたので」昭雄の世話をしていた女性が言った。「その間、私はお洗濯でもしていようかしら」

「お世話かけます」篠田さんは女性に軽く頭を下げてから、私に言った。「こちらの森さんは、プロの介護士さんなんです。前回入院したときも、平さんのことをお願いしたらしいですよ」

「ああ……介護士さん？　そうでしたか」私は何となく笑顔になり、森さんに挨拶をした。

「どうぞよろしくお願いします」

昭雄の病室に見舞い客は誰もいなかった。秋の黄金色の夕陽が窓から差して、昭雄の顔を明るく照らしていた。私が近寄ると、昭雄は木の棒を手にした。さっそく文字盤ボードを指しはじめる。

《コ・セ》

私はボードを覗き込む。昭雄の手首で、数珠玉のブレスレットが揺れている。

《キ・ジ・ョ・ウ》

昭雄はひとつ文字を指すたびに、私を見つめる。私も、ボードと昭雄の顔を交互に見た。

《ケ・ッ・コ》

昭雄は何度も練習したかのように、スムーズに棒を進める。

《ン・シ・テ・ホ・シ・イ》

昭雄が棒を置いた。私もボードを置くと、夕陽が反射して文字の上を滑り落ちた。一区切りついたようだ。私は深呼吸をし、彼が指した文字を頭の中でつなげる。

コセキ、ジョウ、ケッコン、シテホシイ。

……？　「戸籍上、結婚してほしい」？

「えええっ！」私は絶叫した。口を開けたまま呆然とする。

どうかな、と言うように、昭雄は私を見ていた。彼の目には懐かしい悪戯めいた色が浮かんでいた。そしてその奥には彼の意志が、深い年輪を持った大木のように構えていた。

「いいわ」私は一息に答えた。

昭雄の目から、ふわりと力が抜けた。彼はいそいそと棒を持ち直し、丁寧にボードを指す。

《アリガトウ》

「ううん。でも、プロポーズにしては何だか味気なかったわね。事務的な感じだし」私は少し考え、続けた。

「ねえ、昭雄くん。愛してるって言って。そうでないと嫌よ」

昭雄は棒を持ち直した。

《アイシテル》

彼は迷わずに指し、それからボードを二回たたいた。《カズチャン・ヲ》と私には聞こえた。

「今の、愛の告白、よね？　私のことを、本当にそんなに？」私は言う。

昭雄は微笑んだように見えた。

私は、彼の腕から出ているチューブを動かさないように気をつけながら、昭雄の手を握った。

昭雄も握り返してきた。

四十年以上前、夕暮れの銀座で若い私たちがこんな風にしっかりと手を握り合う道もあったのだろう。しかし今はじまるのが、私たちにとって一番自然なのだという気がした——死が漂いはじめた病室で。

《アリガトウ》

昭雄はもう一度、ボードを指した。

「こちらこそ」私は言った。

昭雄はまた私の手を握り、ボードを指した。

《ヤクショニ　トドケヲ　ダシニイッテ　デモ　ミンナニイウナ》

「役所ね、いいわ。でも今日はまだ仕事が残ってるの。明日でいいでしょ?」私は言った。

「みんなには言わないわ。でも、廊下で待ってくれてる彼女たちには言わないとね。そうだ、婚姻届を出すなら証人が必要よね。どなたにする?」

看護師さんが入ってきた。「こんにちは。変わったことはないですか?」

点滴を取り換える彼女に、私は言った。

「今、彼が私にプロポーズしたんですよ。私を愛してるって。看護師さん、証人になってくれませんか」

「あらあら。平さん、よかったわねえ」看護師さんは簡潔にそう言い、てきぱきと仕事を終わらせて病室を出て行った。

私も病室を出て、エレベーターホールに行った。

「篠田さん、森さん」

二人は、どんな話をしたのか、何かあったのかと訊ねてくる。

「彼から結婚してくれって言われて、結婚することにしました」私はさらりと言い、微笑んだ。

二人は息をのみ、黙っている。

「あの。……本当に？」森さんがやっと口を開いた。

「ええ。本当です」

「結婚、っておっしゃったのですよね？」

「結婚です」私は言った。

「よかったらお二人に、婚姻届の証人になっていただきたいんですけれど」

「いえ、それよりその……」森さんは、篠田さんをちらちらと見ながら口ごもった。

「あの……大変なことをなさいましたね」

「本当ですね」私は頷いた。「私もさっきまで、まさか自分が結婚するなんて思わなかったですよ」

「はあ」

「人の運命は先が分からないものですね。特に自分の運命はね」

結局、森さんと篠田さんは証人になることを了解せず、考えてみるとだけ言った。昭雄の病状は深刻だ。彼女たちは急な展開に驚いたのだろう。私もそれ以上頼まなかった。

帰り道、そして家に帰ってからもずっと、私の耳に「愛してる」という言葉が響いていた。文字ではなく、昭雄の声で。それは今の昭雄の声になったり、学生時代の昭雄の声になったりした。心のどこかに残っているあの頃の私も、今の私と同じように、幸せに心を震わせているに違いなかった。

7

翌日、昭雄と相談して、婚姻届の証人はお互いに一人ずつ出そうと決めた。

「昨日、篠田さんには話したけれど。誰か会社の人で頼めそうな人いない？」

昭雄は文字盤を指す。《ミノ　ヲ　ヨンデクレ》

「御法川《みのりかわ》さんを?」

昭雄の上司として、ずっと彼が一緒に仕事をしてきた人だった。今は会長職についている。

「御法川さんが、証人になってくれるかしら」

《ナラナクテモ　ヨンデ　ハナシタイ》

私は昭雄の携帯電話から、御法川さんに連絡を取る。彼はすぐ出て、今日の夕方は時間があるから寄りますね、と約束してくれた。

《アリガトウ　キミノ　ショウニンハ》昭雄が訊ねる。

「もう決めてるわ。いまから訊いてみるわね」私は携帯電話を取り、短縮番号からかける。長いコールの後、繋がった。

「母さん?　何かあったの」

翔は仕事中なのか、落ち着かない様子だ。私は言った。

「母さん、平さんと結婚することにしたわ」

一瞬、間があり、翔の穏やかな声が聞こえてきた。

「そうか。それはおめでとう」

「あら、驚かないのね」

「ふふ。だって、あの人はずっと母さんのこと好きだったじゃないか」

「えっ。そうなの？　そんなこと、よく見てるわねえ」翔に男女の機微を教えてもらうとは思わなかった。

翔は証人になることを快く承諾し、明日病院に行くよと言ってくれた。

電話を切って、昭雄に翔のことを話していると、洗濯ものを抱えた森さんが病室に入ってきた。

「あ、成見さん、こんにちは。昨日のお話、本当だったみたいですね」

「そうよ。そう言ったでしょ」

「いや大変でしょうね、いろいろ」

「まあね。でも、平さんも私も独り身で自由だし。いい歳でそれなりの社会経験も積んでるし。二人の意志が一致すれば、それで充分じゃない？」

「はあそうですね。ただ、病院で結婚というのは、ちょっと新しいというか……。昭雄さんの会社の方々とは、お話を？」

「篠田さんとだけね」

「篠田さん、驚いておられました」森さんは控えめな声で言った。「いま結婚どころではないのに……って」

「まあ確かにそれはね」

「さっき、実は会社から相川さんもおいでになりました。成見さんとお二人でお話がしたいそうで、廊下で待たれてますよ」

廊下に出ると長椅子に、喫茶店で最初に話しかけてきた男が座っていた。私を見て会釈をする。

「聞きましたよ、結婚のこと」相川は落ち着かなげに何度も手を組みかえながら言った。

「ええ、そうですか」

私は淡々と答えたが、相川はお世辞にも好意的とは言えない、冷ややかな声で続けた。

「篠田はびっくりしていました。急に婚姻届がどうのなんておっしゃるから」

「そうですか」

「彼女は、個人的には証人になってあげたいと申してましたよ、けれど、会社的にできませんと、伝えてほしいそうです」

「会社的に、ですか」

相川はそこで私を、病室から離れた場所に誘った。

「平さんは、うちの大事な社長なんです」相川は廊下の端まで行き、壁にもたれて立った。

「そんな彼が急にあんな容態になった。病院からは、いつ危篤になるか分からないと言われた。

そりゃ慌てます。」

彼は独身でケアマンションに一人暮らしですからね、私たちは何があってもいいように、社員を交代で病室に詰めさせることにした。こんなことを言うのは何ですが、あるいはまあ亡くなる日、そういう日の準備もしていた。そんな中、あなたはいきなり結婚の証人になってくれとうちの社員に頼んだんですよ。我々がどんなに驚いたか」

「そうだったろうと思います」私は言った。「ただ私は明日の午前中に婚姻届を出すために、証人になってくださる方がいないかと……」

「私をということなら、できません」相川は、きっぱり言った。「明日の午前中は大事な会議が入っています。ちなみに平さんは昨日何人もの名前をあげられましたが、どの人間も明日は来られそうにないです」

「はあ……」

外で少し煙草を吸ってくるという相川と別れ、病室に戻った。森さんはいなくなっていた。私は昭雄のそばに座って名前を呼んだ。

「昭雄くん」

彼は宙を見つめていた。

「残念だけれど、会社のみなさんは私たちの結婚に好意的ってわけじゃないみたいね。あなたがこんなに具合悪いのに病院で結婚なんて、って言われたわ。でもそういうのは関係ないわよねえ。幸せになるための道って、人によって違うと思うの。私たちはこの道を行くのが自然なのよ。私たちにとっては、今が愛し合うタイミングだから。そうよね」

昭雄は宙を見たまま、棒を取ろうとしなかった。彼は迷っていないと私は直感した。迷いがないから、特に答えることがないのだ。

相川がやってきて、帰っていき、他には誰も見舞い客が来ないまま、夕方になる少し前に病室のドアをノックする音がした。御法川さんだった。

彼は、週に一度は見舞いに訪れていたらしい。私に挨拶をして、昭雄のそばに行った。

昭雄はまず、アリガトウと指す。それから、ケッコン、と指しかけると、御法川さんは、聞いたよと微笑んだ。そして私の方を向き、成見さんの話を聞かせてくれませんかと言った。

私は、昭雄と学生時代に同じクラスで出会ったこと、二十年後に再会したこと、そして私自身のことを話した。御法川さんは、私の呼吸に合わせるようにして相槌を打ち、質問をする。彼の相槌は、私の話す過去をすべて受け入れ、肯定しているように聞こえた。

「また絵を描くとしたら、どんな絵を描かれますか?」御法川さんが訊ねた。

私はすぐに答える。「渦巻きの絵、でしょうか」

「渦巻き？」

私は頷いた。「渦巻き。螺旋です。輪廻転生を私は信じています。生まれ変わるということは、自分に還るようでいて、実は螺旋のように今世から来世へ登っていくことじゃないでしょうか。天に向かって。あるいは逆に、宇宙の奥底へ深く潜っていくことなのかもしれません。その螺旋の途中で、私は平さんに何度も会っている気がするんです。おそらく、これからも会うでしょう。だから私たちの結びつきは自然だし、来世より先では、一緒に地球を癒すような活動をやっていく予感もしているんです。もっとも、平さんはそんなこと全然考えていないでしょうけれど」

私は笑ったが、御法川さんは笑わなかった。私に頷き、昭雄に話しかけた。

「平、結婚のことだが」御法川さんは言った。「成見さんは立派な方だ。彼女に迷惑がかかることがあってはいけない。大事なことだから、君が軽々しい思いつきでやるわけはないが、それでもちゃんと考えて進めてくれ」

昭雄は《ワカッタ》と指し、微笑んだ。御法川さんも微笑み、また来ますと言って出て行った。御法川さんを送って戻ってくると、夕陽が昭雄の顔をほんのりと染めていた。私は昭雄の布団を直した。

「御法川さんを呼んでくれてありがとう。私も話せてよかったわ。御法川さんは、彼なりに分かってくださった気がする。でも結局、証人のことは頼めなかったわね。そういう空気じゃなかったし。明日の朝に婚姻届を持っていくのは、無理かしらね」

昭雄は布団から手を出して、木の棒を取った。私は文字盤ボードを支える。

《ヤマダ……》

昭雄は文字を差した。

「山田？　ああ、山田くん？　……そうか、証人ね！　訊いてみるわ」

私は昭雄の手をぎゅっと握り、走るようにして部屋の隅に置いたバッグのところへ行き、手帳を出して学生時代の友達のページを開いた。窓の奥に見える高層ビルの間で、夕陽が赤く輝いていた。

翌朝、山田と翔が病室にやってきた。山田は二日前に見舞いに来たばかりだという。

「いやあ、お前らここに来るまで、長かったなあ。こっちは感慨もひとしおだよ。おめでとう！」

山田は病院だというのに、大声で祝ってくれた。

「ありがとう山田くん。平日なのに」

「俺のとこは出版社だから、融通きくんだ。大嶋たちも来たかったみたいだけど、あいつらは堅い仕事だからな」

私はサインしてきた婚姻届を、山田と翔に見せた。

「昭雄くんは後でサインするって。先にお願いできる？」

「もちろん」

私は婚姻届を昭雄にも見せる。

「戸籍上の結婚なんて、私、本当はどっちでもいいのよ」私は昭雄に言った。

「それより、私がちゃんと承諾したこと、分かってね」

昭雄はリョウカイ、とボードを指した。それから翔と山田に、アリガトウと示した。

「いえいえ。おめでとうございます。結婚はお二人の問題ですからね。僕は、昭雄さんとオフクロが幸せなのが一番だと思ってます」翔はそう言って、サインをした。

続いて山田もサインをする。

「おめでとな、お二人さん。ところで、昭雄よう、弁護士のあれはどうなった？　お前の本当の気持ち、伝えておいた方がいいんじゃないのか」

「弁護士さんって？　私たちの結婚に関係あること？」私は訊ねた。

山田は答えず、促すように昭雄を見る。昭雄は私に文字を指した。

《コンヤ　ココニ　キテクレルカ》

「えっ、今夜？　いいわよ、来るけど……」

昭雄はそれ以上は何も指さず、棒を置いた。

「和ちゃん。俺も来る予定なんだよ」山田が言った。「実はね、昭雄は独身だっただろ。財産処分をどうするか、遺言書を弁護士に作ってもらってたんだ」

「そうだったの。どなたが相続することになってるの？」

「従兄の修さんという人だよ。今の時点では」山田は答えた。

「今の時点って？」

「まだ遺言書を変えてないからな。弁護士が話を聞きたいと言ってきてるらしい」

「どうして遺言書を変えるの？」

「そりゃ、和ちゃんのためにさ」

「……えっ？」

8

その夜、昭雄の病室にやってきたのは十人だった。弁護士、篠田さんや相川といった会社の人たち、親戚たち、友人知人たち、そして山田と私。私にとっては、ほとんどが初対面の人だった。相続人の従兄が誰なのかも分からなかった。

「成見さん。平さんとご結婚なさるそうですが」一通りの挨拶が終わると、弁護士がいきなり私に言った。

山田が励ますように私を見る。私は頷いた。

「その通りです」

「平さんから昨日、今まで準備してきた遺言書を破棄したいという申し出をいただきました」

弁護士は言った。

「ええ」

「そうなると、我々も今まで準備してきたことがね、いろいろと変わってきます」

私は一呼吸おいてから言った。

「結婚したいと言ったのは彼です。私は、婚姻届は出さなくてもいいと思っていました。相続のことも、今朝そちらにいる山田さんに聞くまで考えもしませんでした。ただ私は、平さんの望むようにしたいと思っています。彼の魂が少しでも救われるなら」

「なるほど」弁護士は言った。

「しかし正直に申し上げて、こちらのみなさんの中には、平さんが正常な判断力をなくしてるんじゃないかと考えている方もおられます。私もまったく疑っていないと言えば、嘘になるでしょう」

「それは――」

「成見さん」山田が私を止めた。彼は鞄を探り、封筒を出して弁護士に渡した。「先生、こちらをご確認いただけますか。平くんの主治医、岩沢先生の診断書です」

弁護士は受け取った診断書に目を通した。「平さんには、正常な判断能力がある、と書いてありますね」

弁護士は、親戚や会社の人たちにも診断書を見せた。

「この場で、平くんに意志を訊いてはどうでしょう」山田が言った。

弁護士は診断書をもう一度見てから、昭雄に届みこんだ。私は、昭雄に向けてボードを持った。

「平さん。お答えください」弁護士は言った。

「成見さんと結婚したいということで、間違いありませんか」

昭雄はすぐにボードを指した。《ハイ》

「戸籍上、正式に？」

《ハイ》

「すでに作成した遺言書を破棄して作り直したい、そうですか」

《ハイ　ソウデス》

二十三時近くになっていた。昭雄は普段なら眠っている時間だ。彼は苦しそうな表情をしていたが、しっかりと木の棒を持ち、弁護士からの細かい質問にもすべて答えきった。

やり取りを終えると、弁護士は全員を見渡した。

「お聞きになった通りです。私は、平さんの新しい遺言書を作ることになりそうです」

親戚の女性が、もう遺言書ができてるのに今からそんな……とつぶやいたが、他には誰も何も言わなかった。私は彼らの方は見ず、昭雄に目をやった。昭雄は私の視線を待っていたように、棒を動かした。

《サイン》

「サイン?」私は訊きかえす。

「婚姻届のサインじゃないか。そうだろ、昭雄?」山田が言った。

昭雄は棒を置き、チューブのついた右手をサイドテーブルに伸ばす。私はバッグにしまっていた婚姻届を取り出し、サイドテーブルに乗せた。

「あの、婚姻届と言えば、証人はどうなりましたか」篠田さんが言った。

「別の方に頼みました。あのときはいきなりで、すみませんでした」私は答えた。

山田は自分のペンを、昭雄の震えている手に握らせようとする。昭雄はペンを落としたが、また山田が握らせた。

「昭雄、大丈夫だな。書けるな?」

彼は昭雄の細くなった腕を支え、右手を持って、夫の署名欄のところへ導いた。

「ちょ、ちょっと待って!」

親戚の女性が叫ぶように言った。

「はい」山田が答える。

「本当に……本当に結婚するの? いえ、遺産のことが気になってるんじゃないのよ。だって、昭雄さんはもう身体が――」

彼女は私を見た。

「ねえ、あなた。いいの？　病院の中なんかで、病人と結婚なんて、本気なの？」

私は静かに答えた。「私も、昭雄さんと結婚したいと心から望んでいるんです」

ボールペンが紙を滑る音がした。昭雄が手の震えを抑えながら、ゆっくりと婚姻届に自分の名前を書いていた。

「どうして……」なおも女性が言う。

「私は彼を守ってやりたいんです。そう決めたんです」

ペンがテーブルにぶつかる音がした。山田が、そっと昭雄の腕を布団の中に戻した。

私は婚姻届を手に取った。夫欄に「平昭雄」とある。妻欄には「成見和子」。それから、翔と山田の署名。

昭雄と私は、病院で「結婚式を挙げた。」

9

翌朝、私は区役所へ婚姻届を出しに行った。その足で病院へ向かう。

「昭雄くん！」

私はもらったばかりの婚姻受理証明書を振りながら、病室に入っていく。昭雄はそれを受け取ると、うれしそうに胸に抱きしめた。

《アリガトウ　カズチャン》

「こちらこそありがとう」私もにっこり笑った。「あっ、そうだわ。これからは、何て呼べばいいかな。昭雄くん？　それとも、あなた、とか？」

昭雄は《アナタ》と指す。

「分かったわ。あなた」

昭雄は頷いた。土気色の顔に窓から陽が差し、頬に艶が出ているように見えた。

病院内で私たちのことが噂になったらしい。様子を見に来た主治医の岩沢先生や看護師さんたちがお祝いを言い、廊下ですれ違った入院患者さんたちまで、よかったわねえと言ってくれた。

昼になり、いつものように森さんが現れた。

「おめでとうございます、和子さん」

森さんは花束を持ってきてくれた。サーモンピンクのバラや、白いスイートピーのまわりを、優しいグリーンの葉が囲む花束。森さんは花瓶も用意してきて、病室に飾ってくれた。

「私、もともと昭雄さんのことは、彼の御親戚の方から頼まれていたんですけれど。さっきお電話があって、明日からこちらに来るのは週に一回でいいって言われました」森さんは言った。

「どうして?」

「和子さんが奥さまになったから、昭雄さんの世話はすべて和子さんに任せてくださいい、って」

「そうね。それはそうだけれど……。でもすべてなんて、急にできるかしら」

金属の鳴る音がした。昭雄が棒でベッドの枠をたたいていた。何か言いたいことがあるのかと、私はボードを向ける。

《ダイジョウブ　キミナラ　ヤレルヨ》

昭雄はそう指して、私の手を握った。

夕方までに、森さんから昭雄の身の回りの世話についてのあれこれを引き継いだ。一通り把握し、昭雄の言うとおり私ならできるかもしれないと自信をつけて一息つこうとしたとき、岩沢先生が病室に入ってきた。

「成見さん……あ、ごめんなさい平さんですね、あらためて、平さん。ご主人様のことでお話があるのですけれど、お時間よろしいですか？」

私は岩沢先生と病室を出た。

先生は私を応接室に案内する。インターンの研修医にお茶を持ってきてもらった後、昭雄の肺のレントゲン写真をスライドに映した。

「和子さんは、もうご主人様の病状についてはご存じだと思うのですが――」

「いいえ。実は全然知らないんです」私は言った。

「ガンだということは聞いています。それから、もしかしたら、かなり危ないのかもしれないというのも何となく分かります。あんなに身体じゅうにコードがあるから……」

「そうですね」

岩沢先生はレントゲン写真を見ながら、昭雄のガン細胞は両肺にまで広がっていること、もうこうなってしまっては手の施しようがないこと、肺はほとんど機能しておらず人工呼吸器なしではまったく呼吸ができないことを説明した。

「そんなに……それじゃあ」私はレントゲン写真を見ていられなくなって、窓に目をそらした。

「本当に彼は……」

「ええ。和子さんがおっしゃっていたようにかなり危ないのではなく、とても危ない状態だと、ご認識いただきたいんです」

私は、窓の外を見たまま言った。「平は、このことを知っているのですか」

「はい。告知してあります」

空が茜色に染まりはじめる時間帯だったが、ビルの上には雲が広がり、ブルーグレイからダークグレイへ変わっていく冷たいグラデーションが西の空を覆っていた。どこか別の世界では、今日も暖かい夕焼けが見られるのかもしれない。しかし私の魂は、その別の世界ではなく、この世界を選んだ。昭雄の病室の窓からも、この同じ空が見えているだろう。

「分かりました」私は言った。

「和子さん」岩沢先生は申し訳なさそうに下を向いた。「急にこんなお話をして、驚かれましたでしょう。恐縮です」

「いいえ、伺ってよかったです。平の決意が、分かりました。私は彼の強さを間近で見ることができて、幸せです」

「ええ」岩沢先生は微笑んだ。「平さんも、夢をかなえられて幸せだと思いますよ」

「夢？　何のことでしょうか」

「こんなに状態が悪くなる少し前、平さんがセラピストと話しているのが聞こえてしまったんです」

「セラピスト？」

「もしかしたら最期が近づいているかもしれないという方には、精神的サポートが必要です。セラピストと話をする時間を設けているんです」先生は言った。

「こんなこと、和子さんご本人に話していいのかとも思いますけれど、でもご本人だからこそお話してしまうと、……セラピストは平さんに、生きている間にやっておきたいことを、好きなだけ挙げてくださいと言ったんです。平さんは、やり残したことは一つしかないっておっしゃいました」

「ゴルフかしら？」私は言った。

岩沢先生は笑う。

「それも、もしかしたらあるかもしれません。でも、そのときに平さんが答えたのは、『大事な人に、本当のことを伝えたい』」

「大事な人？」

「はい」先生は言った。「平さんは、ずっと以前からそう考えていて、その通りになさったんだと思います。病気になられてからも自分の人生の舵をきちんと取る、意志の強い方ですよ」

私は窓の外から先生に目を戻し、言った。

「あの、大事な人って……」

「和子さんのことでしょう。私の考えでは」

私は首をかしげた。「彼は、私の顔を見て急に青春時代を思い出して、それで結婚を言いだしたのかと思っていましたけれど。人生で一度くらい誰かにプロポーズをしておいてもいいかな、というくらいの感じで」

「さあ。どうでしょう。でもきっと平さんのようなタイプの方には、安心して心を任せられる女性はお母様と、あとはもう一人くらいしか現れないような気がします。だから、お母様と同じくらい信頼できる方に会ってしまったら、何年たっても忘れられないのでは」

「……」

「どうでしょうか」

「……私、彼に何でもしてあげるつもりでいます。安心して過ごせるように」

「ええ」先生は微笑んだ。「存分に尽くされてください」

10

彼のために何でもしてあげよう——。しかし彼の世話をはじめた当初の数日間は、失敗ばかりだった。

森さんの花を生けていた花瓶を落として割り、さらに翌日、看護師さんが貸してくれた病院の備品の花瓶も割ってしまった。昭雄の身体じゅうに張り巡らせたコードをよけようとして、人工呼吸器のディスプレイにぶつかり、画面を砂嵐にしてしまったこともある。

せめて彼の身体の負担を軽くする仕事はしっかりやろうと、チューブのついた彼の喉に痰がたまるたびに、慌ててナースステーションまで「看護師さあーん」と走った。が、十回くらい繰り返した末に、ベテランの看護師さんが苦笑いをして言った。

「あの、よかったら直接おいでにならず、ナースコールボタンを押してくださいね」

私は半笑いで頷く。看護師さんが出ていくと、昭雄の横に座った。

「ナースコールボタン、ですって。これ、介添えの初歩じゃない？　私、こんなことも知らないなんて」

昭雄も苦笑いをしているように見える。

「あなたのために何でもしたいって思ってるのに、こんなことばっかり。私、ダメな妻よね。看護人失格って気がするわ」

昭雄は木の棒で空中に大きく○を描き、片目をつぶった。

《キミハ　ムカシカラ　オッチョコチョイダカラ　キニシナイデ　サキハナガイヨ　キミノシゴトハ　ベツニアル》

「別に？　どんな仕事？」

昭雄は棒を動かさず、悪戯めいた目をして笑っていた。昭雄は昔からこんな風に笑う。元の昭雄らしさが戻ってきていた。この病室で最初に昭雄に会った時の阿修羅のような形相は、あれ以来見ていない。

あなた、私がいるわ。一緒に戦いましょうね。私は心の中でそう言って、昭雄の肩に手を置いた。二人ならきっともっと気が楽よ。昭雄はよろしくというように、私の手をぎゅっと握った。

一週間たち、昭雄のまわりの物事の流れが分かってくると、多少ゆとりが出てきた。

昭雄の日々の世話は、病院の看護チームが完全看護の下に手際よくやってくれる。点滴の取り換え、痰の吸引、体位変え、身体拭き、下の世話、着替え、顔拭き、歯磨き、髭剃り、洗髪――。

私の仕事は、着替えの洗濯、見舞い客の応対、文字盤ボードを指すコミュニケーションのサポート、それから病室の雰囲気を心地よく保つことだった。夜は、昭雄が寝つくまでそばで見守った。病室は個室だが、いつ容態が急変するか分からないので、ドアは二十四時間開けたままにしておく。はじめのうちこそ、いつ見舞い客や医師や看護師さんが来るか分からないその状況が落ち着かなかったが、病院内のスケジュールが分かってくると気にならなくなった。夜には、落ち着いて二人だけの時間を過ごせることも分かった。

病院内の時間も、普通の家と同じように、朝起きてから夜寝るまで決まったローテーションで流れる。過ごすのがベッドの中というだけだ。

昭雄は、昼間はほとんど眠らなかった。病院のスケジュールに従ってテレビを見たり、見舞い客の訪問を受けたり、定期的に人工呼吸器のディスプレイに出ている数値をチェックしたりしていた。

日に何度も、岩沢先生が回診に来る。

「平さん、調子はいかがですか」

彼女は、いつも優しく声をかけながら病室に入ってくる。昭雄はボードを一文字一文字順番に指して、自分の状態を説明し、質問をし、要望を伝える。先生も彼本人も、一つ会話が終わるたびにため息が漏れることもしばしばだ。しかし全身を機械に繋がれている彼がコミュニケーションを取るには、文字ボードを指すか、表情を変えるか、眼で示すか、調子のいい時には短い文字を書くか、そのいずれかしかなかった。

結婚して十日たった朝、岩沢先生が朝一番の回診に来ると、彼女が口を開くのも待たずに昭雄は木の棒を持った。彼は、私が支えたボードを強く押すようにして文字を指していった。

《コキュウキハ　イツ　ハズセマスカ》

昭雄は瞬きもせず、岩沢先生を見た。岩沢先生は、昭雄が置いた棒を持ってボードを指した。

《マダ　イケマセン》

岩沢先生は木の棒をゆっくりと昭雄の手に返す。そして首を振った。

「きっと今思いついたのではなく、ずっと考えていらしたことなんでしょうね。でも、リスクがとても高いです」

《ワカッテイマス》と昭雄。

《カケノヨウナコトハ　デキナイ》と岩沢先生。

《デモ　カケテミタイ》

《デキマセン》

何度かやり取りをした後、ついに岩沢先生はため息をついた。

「分かりました。体調を見たうえで決めましょうか」

昭雄は私に片目をつぶって見せる。私もため息をついた。

「岩沢先生、よろしいんですか」

岩沢先生はにっこりした。「平さんはこの十日で、かなり気力を取り戻されましたよね。看護チームからも、『平さんが、なるべく自力で動けるようにしたいとおっしゃってました』と報告を受けてるんです。やっぱりすごいですね。愛の力って」

「えっ。ええ……」

「私も何だか嬉しいです。幸せのおすそ分けをしていただいているみたいで」

「いえいえ、あの、ええと。もし呼吸器を外せたら、もしですけれど、退院も見えてくるんでしょうか」

「そうですね」岩沢先生は頷いたが、どこを見ているともいえない上の空のような目つきになっていた。

私はほとんど病院に寝泊りするようになり、病院が家のようになった。私は妻の愛のサインよと言って、毎日昭雄の左手を「アイシテル」と握る。昭雄も《アイシテル》と私の手を強く握り返す。私は大きな昭雄の手を握って、「右は仕事の手、左は妻だけの手」と笑う。

この幸せな時間は、本来は存在しなかった時間なのかもしれない。昭雄は本当は会ったときのあの様子のまま、死の彼岸へ歩きつづけ、彼岸の縁へ上がるはずだったのではないか。しかし私は彼岸の手前まで彼を探しに行って、捕まえた。昭雄は私と一緒に生きるために、彼岸へ上がろうとしていた足を止めた。

彼岸の手前、中空のような場所で私たちは貴重な一秒一秒を過ごしていた。その不思議な場所は、青春時代の私たちにも繋がっているに違いなかった。また、どこかで観た深い恋愛映画の世界にも繋がっていたかもしれない。時間を問わず、あらゆる場所から祝福が来ているのを私は感じていた。そして私たちも、あらゆる場所へ感謝を送った。そこは前世や来世とも繋がっていたと思っている。

11

「平さん、ご結婚なさったそうですね！」

昭雄を担当している医療チームの医師やスタッフたちが入ってくると、そのたびに昭雄は《ツマノ　カズコ》と私を紹介する。

結婚して二週間がたち、私は昭雄と夫婦でいる状態に馴染んできた。何十年も繰り返してきたように毎朝おはようと言い、誰かが来ればボードを支え、夜になると手を握っておやすみと言う。

昭雄は目に見えて顔色が良くなり、表情も穏やかになった。ボードを指すコミュニケーションもスムーズになり、今では誰でも昭雄の言いたいことを理解できる。さらに昭雄はコードに囲まれた右手で、短い筆談までやれるようになった。私は日々良い兆しを探し、また良い兆しは毎日のように現れた。

昭雄が苦しそうな顔をすることは少なくなっていたが、ある朝、以前と同じくらい何度も苦しそうに顔をしかめた。

私は、回診にやって来た岩沢先生に相談する。

「今日は彼がとても苦しそうなんです」

「そうですか？」岩沢先生は昭雄を見ながら答えた。

「昨日までは調子がよかったのに」

「いろいろ気になるとは思いますが」岩沢先生が言った。「回復するにしても一直線に良くなるわけではなくて、良くなったり悪くなったりと波を描きながら良くなっていくのが普通ですよね」

「そうなんですか……。容態が急変したのかと心配してしまって、今夜は泊まろうかと思っていましたが――」

昭雄がすぐにメモ帳を引き寄せ、ボールペンを手にした。

《そっちの方が心配》

「えっ？」

昭雄も、えっ？　という顔をして笑っている。

「私が泊まった方が心配ですって？　ふふん、あなたずいぶん元気になったじゃないの」

《おかげさまで》

昭雄はにやりとして片目をつぶる。私たちの間を、ジャーナリズム学科の教室の机にしみついていた古い木の匂いがかすめていった気がした。

昭雄の中で一時的に眠らされていたユーモアセンスは、どうやらまた活動していいらしいと気付いたらしい。昭雄は入院前と同じくらい頻繁に冗談を言うようになり、笑いが戻ってきた。

公私ともに付き合いが広かった昭雄にはもともと見舞い客が多かったが、彼の状態がよくなったと知って、今まで遠慮していた人たちもやってくるようになった。彼らは一様に、予想していたより元気な昭雄に驚いた。昭雄は逆に彼らを気遣う言葉をかけ、時には冗談も飛ばす。見舞い客の何人かは、喉にあけた穴からチューブを通している昭雄の姿を何かの間違いじゃないかという目で見ながら、次は声が出せるようになるといいですねと言って帰っていった。

笑顔と笑い声の絶えない日が続き、見舞い客が帰った後も昭雄と二人で話していると、岩沢先生が回診にやってきた。

「こんばんは。和子さんの笑い声が廊下まで……」

「あらっ……」

「平さんはますます元気になられましたね」

気付かない間に外は暗くなっていた。私はカーテンを閉めようと、窓辺へ行った。

「……ちょっとまだ難しいかもしれないですね」

岩沢先生の硬い声が聞こえてくる。私は振り返った。

「リスクが高すぎるので」岩沢先生はさらに硬い声で続けた。昭雄はボールペンを持ったまま、岩沢先生を見つめている。メモ帳には、《人工呼吸器から離れる訓練をしたい》と書いてあった。

「先生、私もリスクが高いと思います」私は言った。

「そうなんですよ」岩沢先生はほっとしたように微笑んだ。「今はまだ早いでしょう?」

「でも」私は続けた。「彼もそれを承知した上で、前に進もうとしているのでしょう。私は妻として、彼の挑戦を応援したいと思いはじめています」

「……。そうですか……」

岩沢先生の視線がさまよった。レントゲン写真で昭雄の肺を埋め尽くしていたガンの影のわずかな隙間に、少しでも希望がなかったかと探しているように。

「やった後でどうなるかは、まったく予想がつきません」岩沢先生は下を向いたまま言った。「それでも――」

昭雄はすぐにボードを指した。

《ソレデモ　ヤリタイ》

「……分かりました。患者さんが希望されることを、私が止めることはできません」岩沢先生は言った。「体調を見て、来週になったらやりましょう」

昭雄は重々しくうなずき、カレンダーをちらりと見た。人工呼吸器を外す目標ができた昭雄は、来週までにもっと回復するだろう。

12

「あなた……やったわね！」

結婚して三週目の朝、昭雄は人工呼吸器のモードを「自発呼吸」に切り替えた。五分がたち、十分がたった。それでも昭雄は苦しそうな顔をしなかった。時おり、私へ嬉しそうに微笑んでくる。

しかし十五分がたったころ、喉から異様な音が漏れはじめた。

「ここまでにしておきましょう」

岩沢先生が、人工呼吸器を「強制モード」に戻す。異様な音は消え、再び機械の低い音がはじまった。

昭雄は棒を手に取った。

《ツギハ　イツ?》

「ひとまずはよかったです。何ごともなくて」岩沢先生は昭雄の肩に手を乗せた。「無理は禁物ですよ」

先生は「次」を約束しなかった。それから昭雄は何度となく、《ハヤク　ツギヲ》と私に言ってきた。

私は昭雄の手を撫でる。「十五分も自力呼吸ができたなんてすごいわ。今は体力を蓄えておいてね。次は、きっともっと長くできるよ」

《ズット　ジリキコキュウ》

「ええ。人工呼吸器から離れる日も来るわよ」

昭雄は頷き、しばらく黙る。それから、あれ?　というように目を室内に動かした。

《アカリ、フヤシタカ?》

私は天井を見る。照明の数が変わったわけはない。昭雄は、具合がよくなったせいで視界がはっきりしてきたのだ。あるいは私たちの心に灯った希望が、実際に病室を明るく照らしていたのかもしれない。

私は、病室を模様替えしようと思い立った。

「希望を持ちつづけていられるように、心地よい空間にしたいんです」

私の考えを聞いて、岩沢先生は模様替えを了解してくれた。

いま私たちの病室は、黒や灰色のコードが何本も伸びる機械と、モニターと、殺風景な壁と、神経質に響く機械音と、消毒液の匂いと、――。私は目を閉じて、家のようにくつろげる空間にいると想像する。そこは優しい香りがしていて、落ち着いた色の家具があり、テレビがあり、オーディオセットがあり、昭雄の好きなCDが並んでいる棚もある。壁には絵や写真が掛かっているかもしれない。

絵や写真……と考えると、観音菩薩の模写絵が頭に浮かんだ。敦煌を訪れたとき、私は莫高窟《ばっこうくつ》の五十七窟に描《か》いてあった観音菩薩を長い間見ていた。それは私だけに、何ごとかを語りかけていた。昭雄にも何か語りかけてくるかもしれない。

しかし観音菩薩の模写絵を貼ったとしても、絵が一枚では殺風景な壁を覆えない。どうしようと思案しながら、模様替えを手伝ってもらうために息子の翔へメールを書こうとして、パソコンの壁紙に目を止めた。夕陽を受けて薄紅色に染まるシリアのペトラ遺跡――

「これなんて、どうかしら……?」

パソコンの中から、世界中を旅したときに撮った写真が入っているフォルダを開いて、昭雄のそばへ行った。

「あなた、こんな風景の中で暮らしてみたいと思わない?」

昭雄は時間をかけてすべての写真を見た後、嬉しそうに笑って、空中に大きく○を描いた。

次の日曜日、翔と一緒に病室の模様替えを進めた。樫の板をはった焦げ茶色の加湿器が届き、小さな音で深い響きが出るオーディオセットが届き、棚には昭雄の好きな宗次郎のＣＤがそろう。それから私は、リラックス効果のあるラベンダーのポプリを昭雄の枕元に置いた。

壁には観音菩薩の仏画と、大きく引き伸ばした旅の写真を貼っていった。ペトラ遺跡、パルミラ、ポタラ宮遺跡、デプン寺の大タンカ、ボロブドゥールの寺院、赤いワディラム砂漠――。病室を一周すると、ちょっとした世界遺産めぐりをした気分になる。

「どうだい、昭雄さん」その日の模様替えが終わると、翔は言った。「かなり変わっただろ」

昭雄は礼を言った。

「どれが一番気に入った?」翔が訊ねる。

昭雄は顔だけ少し横に向け、観音菩薩の仏画を穏やかな目で見た。観音菩薩は、見る角度によっては、昭雄の母に似ている気もした。

「ああ、それか」翔が言う。

《スコシ　ミニクイ》

昭雄は自分で身体を横に向けることができない。

「でも正面の壁に貼っても、身体起こしたときしか見えないよね。どうするか……あっそうだ」

翔は仏画を壁からはがした。

「取っちゃうの?」私が訊ねる。

「いつも見られるところに貼りかえるよ。昭雄さん、ちょっといいかな」

翔は、椅子を伝ってサイドテーブルに上ると、昭雄の真上、天井に仏画を貼った。

「これでどうだい?」

昭雄はよく見えるという風に、空中に○を描いた。

「これ、母さんが部屋に飾ってた絵だよね? なんだか家にいるみたいだな」翔が笑いながら言う。昭雄は翔が帰ってからも、いつまでも仏画を見つめていた。

見舞い客たちは、天井の仏画にはなかなか気付かなかったが、壁の写真にはすぐ気付き、どこで撮ったのかだの、この建物は何かだのと質問をしてきた。相川は、病室を写真展会場のようにして何ごとかと驚いたが、昭雄は嬉しそうに言った。

《カズコノ　マヨケ　ゲンキノモト》

介護士の森さんは、二度目に来たときに透明のガムテープを持ってきてくれ、同じようにガムテープを持ってきた山田とばったり会い、二人ではがれかけた写真を丁寧に貼り直してくれた。

私は見舞い客たちが帰ると、宗次郎のＣＤをかける。オカリナの奥行きのある音が、遠い外国の写真の中から響いているように聞こえてくる。

「あなた、ここが私たちの家なのよ」私は昭雄に言う。「気に入った？」

《ナニヨリ　キミガイルカラネ》昭雄は私の手を握った。

私にとっても、病室は以前よりリラックスできる場所になった。ある夜、まだ昭雄が寝つく前に、初めて我慢できないほどの眠気が襲ってきた。

「私、疲れちゃってるのかな。ちょっと休ませてね。用があったら、棒でベッドの枠をたたいてね」

ソファに横になるとすぐ私は眠りに落ちた。やがて誰かが布団をかけてくれる気配で目を覚ます。看護師さんだった。彼女は言った。

「ご主人が、布団をかけてやってくれですって。優しいんですね」

昭雄を見ると照れ笑いをしている。私も照れながら、ありがとうと言った。しかし、消灯から三時間も過ぎていた。

「あなた、もしかしてずっと起きてたの？」

昭雄は答えない。

「眠れないことがあるのかしら？　先生に相談して睡眠剤を変えてもらう？」

《オト》昭雄がボードを指した。

「音？」私は昭雄のまわりを見る。「もしかして、機械の音？」

《ソウ　ウルサイ》

生命維持のための機械のことだった。彼とコードでつながっているそれらは、二十四時間ずっと地の底から湧いてくるような低い音を立てている。

私は言った。「位置を変えてもらうように頼んでみるわ。少しは違うかもしれないから」

翌日私は、看護師さんの作業はやりにくくなってしまうかもしれませんがと謝ったうえで、機械を移動していただけませんかと頼んだ。昭雄が眠れない事情を話すと、岩沢先生も看護師さんたちも快く了承してくれた。

夕方、看護チームの男性たちがやってきて、機械を昭雄の右脇から左奥へと動かした。

「いかがですか?」

昭雄は大丈夫だ、というように頷いた。そして機械がなくなった右側を見る。私に右手を上げてみせた。

「あれ? あなた、……」

今までは機械のコードが囲んでいて、右腕を思うように動かせなかった。もうコードはない。

昭雄は楽に右腕を動かし、メモ帳に書く。

《長文でも書けそうだね》

「嬉しい!」私は言った。

《君のおかげ。ありがとう》

昭雄は、はっきりした字で書いた。私はもっと昭雄の言葉を読みたかった。

「ねえ。ラブレターがほしいな」私は昭雄の左手を握った。「私を愛しているって、書いてちょうだい」

昭雄はスラスラと書いた。

《貴女を心から愛してる! I love Kazu-chan. これからもよろしくネ!》

昭雄はペンを置き、私に微笑む。私はそのラブレターを手にとり、何度も読み、胸に抱きしめた。

「ありがとう。私も……愛してるわ」

私はラブレターを握りしめ、そっと昭雄の頬に口づけをする。昭雄は右手で私の背中を優しく撫で、それから力強く抱き寄せた。大きな厚い手から伝わる昭雄の温もりが、私の背中から細胞の奥まで染み渡っていく。同時に昭雄の魂も私の中に入ってきて、私の魂と溶け合っているような気がした。

「きっとよくなってね。信じてるわ」

昭雄は私の顔に触れ、感触を確かめるように何度も撫でる。窓の外では夕焼けがはじまり、空がラベンダー色に染まりつつあった。

昭雄の容態はますますよくなっていった。見舞い客はますます増え、昼間はほんのちょっと話すこともできない。しかし夜になると、彼が睡眠剤を入れて寝つくまで、二人だけの時間をゆっくりと楽しめた。

毎晩、私は昭雄の手を握りながら今までの旅の話をした。話の途中で時おり、昭雄はぼんやりと遠くを見る。

「そろそろやめる?」

《ツヅケテ》

静かな病室で、私の声だけが響いていた。声を失った昭雄にどう聞こえているのかとも考えたが、何より昭雄を元気づけたかった。できるだけ愉快に、面白く話をすることに私は集中した。

「何だか私、シェヘラザードの気分よ」私はふざける。

《ボクハ　オウカ》

「そうですわ、王様。このシェヘラザードめが毎晩語る千夜一夜で、元気千倍でございますよ」

昭雄は笑って、二重○を空中に描いた。

彼は旅行の冒険談の一つ一つに、目や手でリアクションを返す。私は彼が何を言いたいのか、だいたい分かるつもりだった。《なんて危険なことをするんだ》《それは気が利いてるね》《俺も行ってみたいよ》――

「王様、私めの物語、退屈しのぎになっていますかしら」話の合間に、私は言ってみる。

《ソレイジョウ》

「あら」

《イチバン　ミジカナ　キキテ　ウレシイ》

「私も、あなたが聞いてくれて嬉しいわ」

《ボクノシラナイ　カズチャンモ　トテモミリョクテキ　キヅイタ》

遠い国の旅の話を続けながら、我々が今いる場所はどこなのだろうと思うことがあった。三週間前、彼岸の縁に上がろうとしていた昭雄を私が引き止めてから、私たちは一緒に彼岸を離れ、この世――此岸に向かって歩いている気がしていた。しかし昭雄と眺めている此岸の風景は時おり、川越しに見ているみたいにぼんやりと霞む。

窓の外では、まだ明かりがともっているビルと、真っ暗な空との境界で、真っ赤な航空障害灯が警告するようにいくつも光っていた。

13

次の日曜日も翔が手伝いにやってきて、病室に大型のプラズマテレビと、パソコンが入った。

「これで、模様替えもついに完成？」翔が言う。

昭雄の横に加湿器、サイドテーブルの上にパソコン、正面にプラズマテレビ。オーディオからは宗次郎のオカリナが聞こえている。それらを旅の写真が囲み、上からは観音菩薩が昭雄を見守っている。

深呼吸をすると、枕元から漂うラベンダーの香りに、人が生活している場所の匂いが混じっているのを感じた。

「だいたいよさそうね」私は言った。

「すみません」

病室の入口で、看護師長が室内を見回していた。

「はい。何でしょう?」

「あの、電圧のことがありますので、これ以上は電化製品の持ち込みをご遠慮いただけたらと思うんですが」

私はあわてて謝り、昭雄と翔は顔を見合わせて笑った。

模様替えの仕上げにと、テレビの横に花を飾る。そして昭雄の両親の写真を置いた。

「これで完成」私は言った。

翔が拍手をし、昭雄もにっこりする。昭雄は模様替えに励む私を、いつも嬉しそうに見ていた。

二人の住居が完成するにつれて、彼の目は穏やかに優しくなっていった。

「完成祝いに二人へプレゼントがあるんだ」

翔はシリコンでできた黄色い輪を、私たちそれぞれに渡した。

「リストバンドだけど」翔は言った。「表面に刻印があるだろ」

文字が彫ってあった。「『LIVE《つよく》 STRONG《いきて》』……？」

翔は頷く。「ランス・アームストロングが、ガンの撲滅運動の資金を集めるために作った団体の名前なんだ」

「ランス・アームストロングって？」

「自転車レースの選手。彼は、ちょうど活躍しはじめたころに精巣ガンが見つかってね。まだ二十五歳の時だよ。肺と脳にも転移していて、もうだめだと言われたんだけれど、何と生還して、その三年後からツール・ド・フランスを七連覇したんだ。世界で一番有名な自転車レースを七連覇だよ？　ドーピングしたなんて話も出たけれど、それはないと思うね。彼は本物だよ」

翔はポケットからもう一つリストバンドを出して、自分の腕にはめた。

「昭雄さんと母さんもつけないかい？　これをつけることは、『LIVE STRONG』を自分に約束することでもあるんだよ。僕は、あなたたちはガンを乗り越えて行けると思ってる」

私はリストバンドをはめ、昭雄にもはめてあげた。

《ニアウカ》

「ええ」

《カズチャンモ》

昭雄はリストバンドと数珠玉のブレスレットを、左手で握る。私はその手を握った。体調はよくなっているのに、彼の手が前より細くなった気がした。ひやりと、身体に風穴があいた心地になる。私はもう一方の手で、彼の数珠玉を握りしめた。

「こんにちはー！」

病室の入口に、医療チームのスタッフや看護師さんたちが集まっていた。さっき注意をしに来た看護師長もにこにこしている。

「どうかなさいました？」私は訊ねた。

「ジャーン！」若い看護師さんの一人が、後ろに隠していた手を前に回し、カメラを見せる。

「写真を撮りに来ました。せっかくここでご結婚されたんですから、記念にぜひ！」

もう一人の若い看護師さんは千代紙の大きなハートと花、また別の看護師さんは千羽鶴を持っている。彼らは病室に入り、ベッドの脇のテーブルを整理する。

「嬉しい心遣いだね。なあ、母さん」翔が言った。

「写真……って、私たちの？」

「バックが病室だと味気ないからって、みんなで飾りつけ考えたんです」千羽鶴の看護師さんが言った。それから病室を見回す。「でも飾る必要なかったかなあ、なんて」

看護士さんたちはテーブルの上に花を飾り、枕元に千羽鶴を垂らす。そして、私をベッドサイドに呼んだ。

「半分は平さん、半分は和子さんが持ってくださいね」

私たちは大きなハートを半分ずつ持った。顔が紅潮してくるのが分かり、昭雄を見る。彼は微笑んで、私にもっと近づくようにと手招きをした。

「撮りますー」

正面で看護師さんがカメラを構える。翔や看護師さんたちや医師たちがまわりにやってきて、私は押される形で昭雄にぴったりくっついた。

「チーズ！」

撮り終わると、全員が拍手をしてくれた。

「思いがけないサプライズで、とても嬉しかったです。どうもありがとうございます」

私はお礼を言いながら、ご近所の人たちにお披露目をしている気分だった。祝ってくれる人の分だけ、私たちの愛は強く根をはっていくだろう。プリントアウトしてもらった写真を千羽鶴の横に貼って、私はその夜も病院に泊まった。

深夜、昭雄がベッドの枠をたたく音がした。私は起き上がり、昭雄の前にボードを持っていく。

《トレ》昭雄は喉を指した。

人工呼吸器を外す話は、あれ以来、岩沢先生から出ていなかった。私は首を振った。

「いけないわ。あなたの頼みは何でも聞いてあげたいけれど」

《トレ》

「できない、無理よ。今は我慢して。明日先生に相談してみましょう」

昭雄は少し笑って、もう一度ボードを指した。

《タンヲ》

「あっ。ああ、……痰を取れ、ね」

私も笑い、管を口の中に入れて痰を吸引した。

昭雄は人工呼吸器で呼吸しているので、時々痰を取らないと気道がつまる。痰の吸引は痛そうで、見ている和子まで喉が痛くなるが、日に数度やれば充分で、夜中に頼んでくることはめったになかった。

しかしその夜、昭雄は何度もベッドの枠を叩いた。夜が明けて昭雄が目を覚ましてからも、それは続いた。

吸引は看護チームに任せることもできるが、それから数日間は私もできるだけ手伝った。日に日に回数が増え、私の寝不足を見かねた森さんが、交代するから一度家に帰ってくださいと言い張るまで。

遠くに建ち並ぶ高層ビルを眺めながら駅まで歩く間、私はつい数日前の結婚記念写真を撮ったときの昭雄と、いまの昭雄を比べた。はっきりした変化はない。たびたびの吸引で体力を消耗していたが、見舞い客に冗談を言ったりはするし、顔色にも大きな変化はない。

ただ、ずっと昭雄を見ていると、たまに彼の後ろに黒い影が動くのに気付いた。彼自身の影ではない。光が射してくる窓際の方で動くからだ。私はそれを観察するうちに、私たちが本当はいまどこにいて、どちら側を向いているのか分かった気がした。

14

「ごめん、遅くなっちゃった」

翌日の朝、病院へ行くと、すでに昭雄は目を覚ましていてじっと天井を見つめていた。私は顔をふいて口をすすいでやる。彼はベッドを起こしてくれと言った。

「どうしたの。何かあった?」私はボードを支える。

《イエヲヒッコセ》

「え? あなたの家を? どこに?」

《キミノイエニ》

「えええっ」

今まで暮らしていたケアマンションを引き払って、私の家に引っ越したいのだと昭雄は言った。

「そんないきなり。またどうして?」

《コレカラノコト カンガエテ キメタ カズチャンニ セイリシテホシイ》

「もちろん何でもするわ。あなたが退院したら、うちで一緒に住むってことよね?」私は念を押した。

昭雄は曖昧に笑う。《タイインシタラ　ネ　ソノトオリ》

「分かったわ。さっそくケアマンションに連絡するね。あなたの荷物全部を家に入れるのは無理だから、倉庫でも借りて保管してもらいましょうか」

《ブッダンダケハ　キミノイエ》

「いいわ、そうするわね」

私は三日後の週末を引っ越しの日に決めて、業者を手配し、倉庫を借り、彼の荷物を整理した。その三日間は、電車の中で立ったまま寝てしまうほど忙しかった。病室に行っても一度ベッドの枠によりかかると、次の瞬間には眠ってしまった。森さんによれば、もう死にそうと寝言まで言っていたそうだ。

『身体は大丈夫かい？』

引っ越しの前日、私が病室に入っていくと、昭雄はあらかじめ書いてあったメモを見せた。

私は下を向く。「大丈夫よ。ごめんなさい。これくらいのことで心配かけるなんてね。あなたの方がずっと大変なのに」

《ヨク　ヤッテクレテルヨ　アリガトウ》昭雄は空中に、大きな○を描いた。

「そうかしら。元気が出るわ」

私はやっておきたかったことのすべてをこなして、引っ越しの日を迎えることができた。引っ越しが終わると和菓子を買って、リビングに置いた昭雄の両親の仏壇に供え、手を合わせた。

夜、昭雄に引っ越しの報告をした。リビングの写真を見せる。正面の仏壇では、彼の両親の遺影が笑いかけていた。

「ここが新居よ、あなた」私は言った。

《アリガトウ》昭雄は写真を見て何度も頷いた。

翌日、新居の写真を引き伸ばしてもらい、結婚記念写真の隣りに貼っていると、昭雄がベッドの枠をたたいた。

私は振り返る。「痰?」

昭雄は首を振り、メモ帳を見せた。

《銀行を呼んでほしい》

「銀行?」

昭雄はメモ帳のページをめくる。《貸金庫に、俺の財産がすべて保管してある。取り出してくれるかい。今のうちに知っておいてほしいんだ。取り出したら弁護士を呼んで》

「何もそんな……今のうちにって……」私は言い淀む。

《キミガ　コマラナイヨウニ　シタイカラ》昭雄はボードを指した。

私はメモ帳に書いてある長文に目を落とす。昭雄は震える手でペンを何度も落としながら、これを書いたのだろう。昭雄はまっすぐに私を見ていた。自分の時間がどこを向いて進んでいるのか、目的地までどれくらいなのか、昭雄はすでに飲み込んでいるようだった。私は黙って頷いた。

銀行の担当者が病室にやってきて、昭雄の意思をボードで確認した。彼は昭雄の代理人として私を認めると、銀行の貸金庫に案内した。私は昭雄の貸金庫を開け、不動産の登記書や、貴金属、彼の母からの相続目録を取り出した。

病室に戻ると、弁護士が来ていた。

「遅くなりまして」私は挨拶をする。

「私もいま着いたところです」弁護士はそう言いながら、昭雄にペンを渡した。

昭雄はサイドテーブルに置いた紙へ、腕を持っていこうとする。私は彼のそばに行って、腕を支えた。

「何を書こうとしているの？」私は訊ねた。

弁護士が私を見る。「もちろん遺言書です」

「遺言……？」

昭雄はすでに「遺言書」を書きはじめていた。

《私の財産は、全て妻の――》

「待って！」

私は叫んだ。昭雄の腕が、テーブルとベッドの間にがくんと落ちた。

「待って。こんなのまだ早いわ。だって……」

「いえ、決して早くないと平さんは判断なさいました」弁護士は言った。「前回、遺言書を破棄なさった段階では、まだ時間があると考えておられたのでしょう。でもいよいよ――」

「……。私、先のことで彼を煩わせたくないです。気遣いは嬉しいけれど、そこまでは……それにまだ彼は……」

「平さんは、ご自身の意志を貫くには今しかないとおっしゃっています。尊重なさってください」

弁護士は言った。

ベッドの脇に垂れた昭雄の手から、ペンが床に落ちた。昭雄は私を見る。

私は言った。「一応……書いておくってことよね。何ごとも前もって……そうよね？」

昭雄はペンを指す。私は重ねて言った。

「ねえ、あなた……昭雄くん……。財産よりも……」

昭雄は書きかけの遺言書に目をやった。その紙からは、私がこの病室からひたすらに遠ざけようとしてきた匂いが漂っていた。昭雄はまたペンを指す。私はペンを拾い、昭雄に持たせ、彼の腕をテーブルに乗せた。

昭雄は再び、私が支える右手で書きはじめた。

《私の財産は、全て妻の和子に相続させる。

二〇××年十一月××日　平昭雄》

昭雄の目が潤んでいた。私は彼の目尻から垂れた涙をハンカチで拭き、そのまま洗面所に駆け込んだ。

戻ってくると、弁護士は帰っていた。昭雄が手招きをする。

《サッキハ　アリガトウ　モウヒトツ　オネガイ》

私はハンカチをしまって言った。「いいわ、何でもやるわ。でももう遺言書みたいなのは……」

《ユイゴンショハ　アレデオワリ》

「そうよね。もう充分よね。じゃあなに？」

昭雄は、私の目の色を確かめるように覗き込み、言った。《ソウシキ》

「葬式？　お葬式？　な、何それ」
《ジュンビハ　スベテボクノテデ　キミニ　タクシタイ》
何の準備よと言いかけてやめた。
《カズチャンモ　ワカッテルヨネ》
昭雄は天井を見た。観音菩薩はいつもと同じように、私たちを慈愛で包みこむような表情をしていた。ふと、身体中がボロボロになっている中でも、覚悟を決めて自分の意志を完璧に貫こうとする昭雄を通して、観音菩薩は私に人間の美しさを見せたいのかもしれないという気がした。
「分かってるわ」私は答えた。「すべて頼まれた通りにするから。安心してね。お葬式のこと、聞かせて」
昭雄はメモ帳を見せた。
《僕は寒いのが嫌いだから、春になったら墓に入れてほしい。そこに、両親の墓も移してくれるかな》
私はそうすると答えた。
その夜の昭雄は何度も苦しそうにしていた。私は眠らないように気をつけながら、数十分おきに痰を吸引する手伝いをした。

カーテンの隙間が仄明るくなってきた頃、昭雄は辛そうな顔をしたまま、口を開けなくなった。

「あなた……?」

もういい、このままにしてくれという彼の声が聞こえたように思った。私は吸引器を置く。彼の顔や頭や手を、時間をかけて撫でていった。

「私が代わってあげられればいいのに……。でも、ずっとそばにいるからね」

昭雄はとろんとした目をしていた。子守唄を聴いている赤ん坊のように、意識が曖昧なようにも見えた。私は胸が詰まり、天井を見た。まだ時間はありますよね、と観音菩薩に訊ねる。彼が結婚してよかったと思えるように、心地よく過ごせるように、もっと私にできることがあったら教えてください。……。

カーテンを開けた。夜は明けていたが、濃い鼠色の厚い雲が空を覆い、太陽の光は見えなかった。

昭雄が動く気配がして振り返ると、棒を持っていた。

《ツカレタヨ　ハヤク　ツギノセカイニ　イキタイ》

15

その翌日から昭雄の具合は、誰が見ても分かるほど急速に悪化して行った。

昭雄はただベッドに横たわり、看護チームが寝返りをうたせるとき以外は身動き一つしなくなった。骨とわずかな皮ばかりの昭雄の太腿はさらに痩せ、手足の指の皮がぼろぼろと剥がれ落ちる。

鎮痛剤が効かなくなり、激しい痛みが昭雄を襲いだした。昭雄は岩沢先生にモルヒネを使ってほしいと頼む。

「モルヒネのことはご存知ですね」岩沢先生は言った。「ずっと夢を見ているような状態になります」

昭雄は頷く。続けて岩沢先生にメモを見せた。

《延命治療はしないでください》

岩沢先生が、さっと私の反応をうかがった。私も初めて見るメモだ。はっきりした普通の筆跡で、入院前に書いたのかもしれないとも思った。彼は充分にがんばり、これ以上がんばっても先が見えないというところまで来ていた。私は岩沢先生に、お願いしますと頭を下げた。

昭雄は体力だけでなく気力も衰えていった。笑わなくなり、何にも反応をしなくなり、焦点の合わない目をしていることが増えた。眠れない夜が続いて真夜中に私を起こす。睡眠剤も効かなくなっていた。毎晩、私は昭雄の手を撫でながら、廊下から漏れる明かりの中で観音菩薩を見上げた。救いの糸が垂れてくるのを待つように。

モルヒネの投与がはじまると、昭雄はほとんど一日中眠り、私はただ、看護チームが彼の身体の位置を変え、身体や顔をふき、着替えをさせ、シーツ交換をしていくのを見守った。

一週間後、彼は日常的なケアを一切やめてくれと身振りで示した。そうして、着替えもせず身体も動かさないまま、何もかもを拒むように目を固く閉じて一日を過ごすようになった。

夜になると私は今まで通り、昭雄の左手を「アイシテル」と握った。昭雄はもう握り返してはこなかった。時おり目を開けても、私と目を合わせようとしなかった。

「いつまでも、いつまでもあなたのそばにいるから」

目を開けなくても、聞こえてはいるはずだ。私は彼の負担にならない範囲で話しかけ、彼が見ていなくても病室では笑顔でいるようにした。

さらに一週間たった朝、昭雄が久しぶりに棒へ手を伸ばした。私は少し躊躇してからボードを支えた。昭雄の言葉が見られるのは嬉しいが、一週間も黙ったまま耐えていた昭雄の中に何が積もったのかを思うと、知るのが恐ろしい気もした。

《ダレニモ　アイタクナイ》

昭雄はそう指して、棒を置いた。

「……そうよね。分かったわ」私は答えた。

私は医療チームに、今後は面会を断りたいんですがと頼み、病室の入口に面会謝絶の札を下げてもらった。

病室に戻ろうとしたとき、向かいの病室に年配の女性と中年の女性が急いで入っていき、医師や看護婦さんたち四人が続いた。そのドアにはもう半月近く面会謝絶の札がかかっていた。

深夜、たくさんの足音と悲鳴のような叫び声が聞こえた。

「先生！　お願い、父を助けて」

「あなた、死なないで！」

「父さん！！」

私は昭雄を覗き込んだ。彼はぐっすりと眠っていた。叫び声にはすすり泣きが混じりだし、やがてぴたりと静かになった。

「ご臨終です」

甲高い泣き声が私たちの病室まで響き渡った。ドアを閉めることはできない。私は昭雄の手を握り、心電図のモニターが規則的に波打っているのを見つめた。

翌朝、歯を磨きながら廊下を見る。面会謝絶の札はなくなり、向かいの病室には誰もいないようだった。ベッドの脇に行くと、昭雄が棒を手にして私を待っていた。

《シンダノカ》

「向かいの方？　そうみたいね」

私は何気ない声で答えた。

それ以来、昭雄はまったく目を開けなくなった。完全に身体を彼岸に向けた彼を、私はもう引きとめなかった。

この頃にはナースステーションのほかにもう一か所、病室の近くの廊下にも彼の心電図モニターと脈拍測定器が置かれ、看護師さんたちが二十四時間彼を看視していた。

誰も来なくなった部屋で、昭雄の容態が一歩ずつ悪くなるのを見守るうちに、クリスマスイブの前日になった。夜、翔から電話が来る。

「明日のイブ、母さんの誕生日だろ。レストラン予約したよ。少しでも出かけられないかい？」

「ありがとう。訊いてみるわ」

私は昭雄に言った。

「あなた、翔が私の誕生日を祝ってくれるんですって。明日の夜、出ていいかしら」

昭雄は久しぶりに薄っすら目を開け、頷いたように見えた。《イッテオイデ》と。

病院の近くにあるそのイタリアンレストランは、有名なシェフの店なのだという。料理はおいしく、翔も私も食事とワインを楽しんだ。

「昭雄さん、グルメだもんな。彼の分まで食べてやれよ、母さん」

酔いのさめないまま病室に戻ると、私は昭雄の手を握り、思いつくままにおしゃべりをした。青春時代の二人の思い出――キャンパスの桜並木や、薄暗い教室や、山田たちと行った銀座のジャズバー、二人で時間を過ごした芝生の庭がある喫茶店……。

昭雄は目を開け、時にはかすかに頷く。黄疸のせいで顔色は悪いが、穏やかな目をして、いつもの優しい表情が今にも広がりそうだ。私は、あのときの彼ともう一度青春の日を楽しんでいる気分になっていた。実際よりももっと親密に話し、心を通わせ、笑いあう私たちが見える。

酔いがさめてきて話を終えながら、私は彼にありがとうと言った。素敵な誕生日プレゼントを、ありがとう。――

16

翌日、昭雄はいつもに増して身体の方々を痛がり、岩沢先生がモルヒネの量を追加した。睡眠剤の量も増え、昭雄は一日中目を覚まさなくなった。痰を取るときだけ意識が戻る。その間、彼は天井の観音菩薩を眺めていた。

もう彼は、この世の側に身体を向けることもできないのだと私には分かった。片足はすでに彼岸に置いたように見える。重心はまだ中空に残っていたが、それも、不安定な天秤のように彼岸へ傾いたり中空へ戻ったりしているようだった。

彼が目を開け中空にいるときに、私は言った。

「あなた、私はずっとあなたのそばにいるから。その時が来たら明るい光の方に行ってね」

どんな生命にも終わりがある。終わりの時は誰でも一人だ。しかし人には、死期を悟った象が一人で赴くという象の墓場のように密やかな場所はない。自分の死に際を晒して、始末を誰かに頼まなければならない。昭雄の魂は、時間の許す限りこの世との結び目をひとつひとつ丁寧にほどいて、自分らしく飛び立とうとしていた。

夕方遅くに携帯電話が鳴り、私は廊下に出た。山田だった。

「和ちゃん？　元気かい」

「山田くん……」

私はふっと緊張が解け、その場に座り込みそうになったが、そのまま廊下を歩き、ナースステーション前の長椅子に座った。病室にこもっていて気付かなかったが、ナースステーションはクリスマスのリースやオーナメントで飾りつけしてあり、その脇では大きなクリスマスツリーが色とりどりのイルミネーションを輝かせていた。

「昭雄の具合はどう？」

「正直に言うと、秒読みという感じがするわ」私は答えた。

「……そうか。大変だな。延命治療はしないんだったね」

「もう彼の魂を解放してあげないと」

「そうだな」山田は言った。「今の時点でも、あいつはいろいろなものから解放されてるだろうけどな。君のおかげで」

「私のおかげ？　何から解放されたの？」

「一番大切なものを手に入れたことで、あいつは、何が本当に大切なのか気づいたんだよ。だから、たくさんのしがらみから自由になれた。まあ短い時間だったけどな」

「……」

「あいつは昔は恰好つけだったから、君に死に際を晒しているのは不本意だろうけどね。そこも乗り越えたのかな。まあ昭雄のことだから、もしものときの準備もぬかりないんだろ。和ちゃん、きついだろうけど、よろしくね」

「ありがとう、山田くん。山田くんも身体気を付けて」

電話を切ると、ナースステーションから看護師さんが声をかけてきた。

「和子さん、お部屋に戻られます？　そろそろキャンドルサービスがはじまりますよ」

「え？」

「クリスマスのイベントです」彼女はにっこりした。

「メリー・クリスマス」

病室に戻ると、キャンドルを手にした看護師さんたちがやってきた。一人が電気を消し、キャンドルの光が列になって病室の中を流れる。私は眠っている昭雄の手を取って、その光を眺めた。最後に彼女たちと一緒に写真を撮った。私はお礼を言って、眠ったままの昭雄を見た。これが最後の写真になるだろうという気がした。

他の病室もまわってきますと言って看護師さんたちが出ていくと、私は眠り続ける昭雄の頭や顔を撫でながら、額、瞼、目尻にキスをしていった。

「愛してるわ。ありがとう」

最後に唇に触れると、昭雄がわずかに唇を動かした。

「あれ、起きてたの……?」

昭雄はゆっくりと目を開けた。眼には黄疸が出ていたが、微笑んでいた。私も微笑む。微笑みが交わったところに暖かくて心地よい空気が生まれ、昭雄と私を包んだ。その暖かさの中で私の魂と昭雄の魂は溶け、一つになっていった。

私は昭雄の手を握った。「次の世界で私を待っていてくれる?」

昭雄は答えなかった。私は肩をさすった。

「やっと夫婦らしくなれたのに。もうお別れなんて……」

私は胸が震えるのを隠そうとして立ち上がり、ＣＤの再生ボタンを押した。エンヤの「Less than a Pearl」が流れる。

夜を抜けだして　一日がやってきた

夜を抜けだして　私たちの小さな地球が
……
私たちは彼方へと叫ぶ――
……
海のような星の中にある
一粒の真珠よりも小さい
私たちは闇の中に消えた島

ガムランボールのように澄んだ歌声の中で、私は昭雄の魂が身体から抜けつつあるのを感じていた。

翌日も私は変わらず昭雄に話しかけた。朝は「おはよう」と言い、カーテンを開けながら他愛ない話をし、彼の好きな曲をかけ、花の水を取り換える。彼の身体からすでに魂が抜けたと思っていた。しかし、身体が生きているうちは声をかけていたい。

その身体も、機械で生かされているだけで、死に向かいつつあるのは分かっていた。彼の吐く息は魚が腐ったような匂いになっている。意識がなくなってからは本人は苦しくないんですよ……と看護師さんが慰めてくれた。

私は夜になっても、カーテンを目一杯まで開けていた。彼がいつでも思い切り飛びたてるように。

その翌日も、何ごともなく日が暮れていった。太陽が赤々と輝きながらビルの谷間に降り、突然に見えなくなる。すっと光がなくなって、ピンクやオレンジに染まっていた空は、赤みがかったグレーから、ダークグレーになった。

私は昭雄の手を握り、顔を撫でる。

「今日もいい日だったわね。あなた」

昭雄は答えない。それでも以前までは私が話しかけると、昭雄のまわりの空気のようなものがふらっと揺れるのを感じたが、今や昭雄のまわりでどのようなものも動かなかった。

昭雄の身体が終わっていくのを間近で見届けるうちに、これは魂を天に還す儀式だという気がしてきた。肌はますます土気色に変わり、わずかな動きからも生気が失せて、気配が薄くなっていく彼の姿は、私を厳粛な気持ちにさせた。天へ行こうとしている彼に、悲しいとも心細いとも思わなかった。私はその神聖さに頭を垂れるようにして、ただ見守った。

しかし急に眩暈のような感覚がして、暗い穴に落ち込みそうになり、彼と一緒に新年を迎えられますか、と観音菩薩に訊ねたりもした。それから我に返り、また儀式に戻る。

　夜中、金色の光が見えた気がした。暗い病室で、天井の観音菩薩が輝いていた。それは昭雄の上に光を降らせ、その光は道をつけるように窓へ流れた。しばらくの間、光が彼へ注ぎつづけていた。

　朝になると、私は看護チームに頼んで彼に真新しい浴衣を着せた。それから顔をふき、髭をそり、髪を整えてもらう。身だしなみを整えた昭雄を少し離れて見ると、初めて会った十八のときと同じ顔をしていた。オシャレで、ちょっと不良《ワル》っぽくて、でも知的で優しい目をした昭雄。私はいつの間にか眠ってしまうまで、ずっと昭雄を見ていた。

17

《和ちゃん》
　昭雄の声が聞こえて、目を覚ました。枕元の時計は朝の四時だ。

電気がついていて、彼の脇に看護師さんが立っていた。

「あっ和子さん。今起きていただこうと……」

私は看護師さんの向かいに立った。彼女はまだ何か言おうとしたが、私は分かってると頷いた。

昭雄は、私が眠る前に見たときのまま横たわっていた。身体が透けてきた気がして窓を振り返る。赤い航空障害灯がいくつも点滅している。私は彼の頬に手をのせた。いつものように暖かかった。

看護師さんが部屋を出ていく。

私は彼の手を取った。そして屈む込み、彼の耳元に口をつけて囁いた。

「あなた、ようやく次の世界に行けるわ」

彼の身体が、私の声に共鳴して震えていた。

「明るい、まぶしい光に向かって進んでね。淡いぼんやりした光の方に行ってはだめなのよ」

看護師さんが岩沢先生を連れて戻ってきた。岩沢先生はモニターと昭雄を交互に見る。私は彼の手から、いつもの彼の体温を感じていた。心電図の機械音は別の次元から聞こえてきているようだ。彼の病気も何もかもが、本当は別次元の出来ごとで、彼はすぐ目を覚ましてこの手で私を抱きしめるのではないか。

心電図の波が止まった。直線を示す。断続的に刻んでいた電子音が長くのびた。

「六時五十五分。亡くなりました」

岩沢先生と看護師が、深々と頭を下げた。

彼の手はまだ暖かかった。窓の外では、ビルの上から朝陽が昇りかけている。やがて新しい太陽が、オーロラのような七色の光で、昭雄と私を包んだ。

18

硬く冷たくなってきた昭雄を見送ると、私は携帯電話で彼の同僚の相川と、秘書の篠田さんに連絡を取った。それから御法川さんや、お世話になった何人かにも連絡をする。事務的に淡々と訃報を伝えていき、最後に翔へ電話をかけた。

「もしもし」

翔の声が聞こえた途端、私の胸の奥で大きな風船が割れるような音がして、その中にあった冷たいかけらが私の身体中に散って行った。

「もしもし、母さんだろ?」

私は携帯電話を持ったまま、身体を震わせて泣いていた。バランスを崩し、ソファに倒れるようにして座る。

「大丈夫? ……大丈夫かい? 昭雄さん、亡くなったんだね」

翔に答えなければと思ったが、涙を止めることができなかった。

「ごめん、待って」ようやく私はそれだけ言い、少し涙がおさまると続けた。

「ごめん。母さん、泣かないつもりだったのに。泣いたら、昭雄さんの魂が安心して旅立てないのに。引き止めたくは——」

「大丈夫だよ」翔は言った。「昭雄さんはしっかり旅立ったから。泣くの我慢したりするなよ」

私はまた涙が止まらなくなった。

山田が電話をかけてきたときには、もう落ち着いていた。

「和ちゃん。さっき言い忘れたけど、葬式の話は聞いてる?」

「聞いてないわ。私は、……親戚や会社の方には部外者だと思われるじゃないかしら」

「葬式は君が喪主で、君が取り仕切るんだよ。昭雄は弁護士にそれを遺言として残してる」山田は言った。「俺にも、和ちゃんが葬式で疎外感を感じないようにしてくれって、何度も頼んでた。

御法川さんという人にも、あいつはそう頼んだはずだ。もうずいぶん悪くなってからだよ。気の利く優しい男だったな、細かすぎるくらいに」

私はまた泣きそうになり、黙って電話を切ってしまった。

昭雄のいなくなった病室に戻り、整理をしていると、枕の下から紙が一枚出てきた。

『初雪、薄雪、牡丹雪。
大都会の喧噪、束の間の中、私は帰る
平昭雄』

モルヒネを使いはじめる少し前、初雪が降っていた。あの頃の昭雄の目を思い出す。その中には生と死、両方があった。私はふとベッドの方へ一歩足を踏み出し、またこちらへ戻す。死は遠い別世界にあるものではないのだ。

□□□

《僕は寒いのが嫌いだから、春になったら墓に入れてほしい》

私は彼の言葉通り、桜が咲きはじめるまで、骨になった昭雄と水入らずで過ごした。

埋葬の前夜、私は骨壺を開けた。骨を出して撫でながらそっと口づけをする。よせやい、という声が聞こえ、昭雄の照れたような顔と笑った口元が浮かんだ。私は朝まで昭雄と語りあった。

翌日、青空を埋め尽くすくらいに満開になった桜並木を通って、私は新しく作った墓へ行き、昭雄の両親と合わせて埋葬をした。

「あなた、これでいい？　約束通りにしたわよ」

手を合わせる。

この縁はまだ続く、と私は確信していた。必ずまた、昭雄と出会うに違いなかった。

19

トンネルを抜け、ユーロスターはフランスに入った。イギリスを走っていたときとほとんど変わらない田園風景が車窓を流れる。ただ、一時間の時差がある。フランスの西の空は、ほんのり赤く染まりはじめていた。

「英仏海峡《ドーバー》を二十分で超えたわよ。速いわねえ」

トンネルの騒音がなくなって、隣りの女性の声がはっきり聞こえてきた。私は、すみませんと言って、彼女の手首にはまった黄色いリストバンドを指した。その「LIVE STRONG」というバンドを私も持っています、と。

「……ああ。これですね」女性はにっこりした。

彼女の向こうに座っている中学生くらいの男の子と、小学校高学年くらいの男の子の手首にも、同じリストバンドが見えた。上の子はどろっとした目をしてあまり表情を動かさず、顔色が悪い。

「どなたかお身内の方がガンに？」

「そういうわけではないんですが、主人がランス・アームストロング財団に勤めておりまして。それからこの子、ジェイが……」

彼女は上の子の頭を撫でた。「五歳のときにテニスをはじめたんですが、専属コーチについてプロを目指すうちに、少年テニス界のスタープレーヤーとか、十年に一度の天才なんて騒がれて、将来を期待されるようになりました。

でも二週間前、プレー中に突然倒れたんです。心臓に穴が空いていて……すぐに緊急手術をしました。これから、パリ郊外にある私の弟のシャトーへ養生に行くんです」

「大変でしたね」

「手術のとき以来、なんだか不眠症になってしまって……」彼女は声を詰まらせた。

「お気の毒です……かわいそうに。私も最近までずっと看病をしていました。私の夫です。残念ながら、昨年亡くなってしまいましたが……」

男の子たちは、母親が目を潤ませているのに気付き、不思議そうに私を見た。私は手首から数珠玉のブレスレットを外し、心臓の手術をしたジェイという男の子に見せた。

「ブッダって知ってる？　そうね、キリストみたいな方。これはブッダのお守りなのよ。ブッダは、あなたを守ってくれるわ。あなた自身が強く生きるのもとても大切だけれど、愛してくれて支えてくれる人がいれば、もっと強く生きられるのよ」

私は数珠玉のブレスレットをジェイの手首にはめる。彼は頬を紅潮させ、笑顔になった。

「すごく素敵なお守りだね。嬉しいよ！　ありがとう」

彼は数珠をさすりながら、何回もありがとうと言う。そして、マシューも見ろよ、と弟の顔の前に手首を出す。

「いいね、これ。僕たちのことを愛してる感じがするよ！」マシューは私に言った。「ジェイには、ママと、僕と、それからリストバンドと、あなたがくれたお守りもついてる。心配いらないよね？」

そうだろ、というように彼は私に手のひらを差し出す。私はそれを、自分の手のひらで軽くたたく。仲間同士みたいに。ジェイと母親も、手のひらを差し出す。

私は彼らと手をたたき合いながら、温かい気持ちになっていった。

テーブルに置いたサンドイッチの袋の上に、ラベンダー色の光が伸びているのに気付く。窓の外では、畑の向こうの山に陽が沈むところだった。空の上部分はすでにロイヤルブルーで、西にかけてライトブルーへ変わっていく。途中で薄いイエローを挟んで、ピンクがにじんでいき、山ぎわは薄いパープルに染まっていた。

「優しい色の夕陽ですね。初めて見たわ」女性が言う。「日本ではこういうの見られます？」

「同じ夕陽を見たことがあります」私は答えた。「四十年前と、それから去年に」

女性は窓の外に目をやったまま、夕陽に向かって頷いた。「医者は病人や家族に、いつも希望を持つようにって言いますでしょ。そんなに簡単じゃないわって思っていたけれど、そうじゃないんですよね。世界は自分の心の反映なんです。私が美しい希望を持っていれば、そういう世界になっていく……」

「そうですね」私は言った。「その通りだと思います」

パリの北駅のホームで、私たちはもう一度手をたたき合った。ジェイと、マシューと、彼らの母親と、私――四人のエネルギーで熱くなった手のひらを握りしめ、良い旅をと言って私は彼らと別れた。

タクシーに乗り、北駅から南へ下る。セーヌ川を渡り、夕闇の中で薄緑色に光るノートルダム寺院を眺める。左岸に入ってサン・ミッシェル通りの坂をさらに南へ下り、リュクサンブール公園の裏側へまわると、数年前に泊まったプチホテルが見えてきた。近くにはパリ・ソルボンヌ大学がある。スーツケースを引いてホテルのポーチへ歩く私の後ろを、十人ほどの学生が初夏の日差しのように明るく笑いながら通りすぎて行った。

その晩は、疲れていたのになかなか寝付けなかった。何度目かの寝返りをうったとき、天井にどこかからの光が、額のように四角く映っているのに気付いた。カーテンの隙間を閉めないと……と思ううちに、光の中に女性の姿が現れる。彼女の向こうには山が見え、金色にまぶしく光りだす。目を閉じても、瞼の裏に明るい光が見える。

光が消えると、ひやりと涼しい風を感じて目を開けた。私はいつの間にか、ガウンではなく洋服を着て立っていた。薄暗い中で次第に視界がきくようになり、目の前に壁画が現れてくる。千仏の中に、金の冠をかぶり、紺色の後光を鮮やかにした観音菩薩が、穏やかにたたずんでいた。息遣いを感じ、横を見る。昭雄が私に微笑みかけていた。そういえば、この莫高窟で彼と待ち合わせをしてたんだわ、と私は思い出した。

ふと、アイシテル、という低い声が聞こえる。昭雄が私の左手を握っている。

私は昭雄の左手を握り返した。「ありがとう。私も愛してるわ」

昭雄は私の手を強く握り、観音菩薩に目を戻した。私も観音菩薩を見る。

「ねえ昭雄くん」私は彼に話しかける。「今度はいつ会えるのかしら、ね」

昭雄は何も言わない。

「私たちはどんな素敵な時間を、こうして繰り返し繰り返し、過ごしていくのかしら……」

また涼しい風が吹き、私は昭雄を振り返った。横には誰もいなかった。

観音菩薩を見上げようとすると、私の前に何かがおいてあった。木の箱だ。かがんで開けると、絵筆が入っていた。見覚えのある絵筆だ。私はそれを手に取って、ひとつひとつ確かめていく。

白っぽい光がカーテンのようにまわりで揺れた。それは光の螺旋階段をつくるようにして上がっていき、窟を出て、空へ昇っていった。私はその光を見ているうちに、ぼんやりとしてくる。

再び気付いたとき、私はまた明るい光の中にいた。

Live together

栗生凛句（中村彩）

東京都港区生まれ。早稲田大学法学部卒業後、フランスのパリ第三大学（ソロボンヌ・ヌーベル）で映画を学ぶ。新聞社、外資系IT企業に勤めた後、独立。編集、ライティング、Web制作の仕事に携わる。音楽と写真が趣味。パリのセーヌ川に架かっている三十本の橋の写真エッセーを連載中。

第4章　「人生は摩訶不思議」あなたの旅から一話

田中《たなか》 見世子《みよこ》（釈 静智）

1943年（昭和18年）東京中央区生まれ。4代続いて同区在住。未年。早稲田大学政経学部新聞学科卒。早稲田大学スポーツ産業研究所招聘研究員。シャクヒーリングアートギャラリー主宰。
http://www.shaku.biz

略歴

在学中東京12チャンネルの報道番組でアシスタントニュースキャスターを務める。卒業後外資系アパレルメーカーの広報職を経て独立。原宿・恵比寿でベビーからジュニアを対象としたファッショングッズメーカー及びショップを20年間経営後、自由業に転向。

50過ぎから雑誌・新聞などで取材記事を中心にライターとして活動。あらゆる障害者のための新聞「ユニオンポスト」編集長、早大エクステンションセンター非常勤講師。仏絵画家。カンボジアだるま愛育園の井戸掘りを支援中。現在障害を持つ子どもたちのためのボサツ寄金による活動開始。

著作歴：『銀座の柳物語』『いきてかえりし魂の愛物語』『中央区の歴史と文化探訪ウオーキング』『日本橋老舗巡り』『蛎殻町歳時記』『中央区文化施設巡り』『中央区の川と橋』『わがオージーライフは快適なり』『銀座この街に生まれて暮らして』『築地場内密着取材』『甘口辛口』『暮らし特派員』『隅田川便り』など記事を多数取材執筆。

画歴：

2010年５月　銀座ハウスオブブルースロマン－第Ｉ回作品展－
　「四国八十八ヶ寺と高野山の巡礼」
2011年10月　銀座アートギャラリー－第２回作品展－
　「'11釈静智ヒーリングアートの世界」
2012年12月　銀座アートギャラリーにて－第３回個展－
　「'12釈静智ヒーリングアートの世界」
2013年５月　銀座スワンカフェ－「蓮マンダラ」個展
2014年５月26日～６月７日
　銀座スワンカフェ
　「'14釈静智ヒーリングアートの世界」個展

108miracle 摩訶不思議＋

2014年5月18日　初版発行

著　　者　田中見世子
装画・口絵　釈静智
口絵・著者近影撮影　鵜川真由子
協力：柴山泉・渋川学・寺沢保明・寺沢冨美子
栗生凜句（中村彩）・小野清貴（小野画廊）
小島俊一
発行／発売　創英社／三省堂書店
東京都千代田区神田神保町 1-1
Tel. 03-3291-2295
Fax.03-3292-7687
印刷／製本　日本印刷株式会社

ISBN978-4-88142-854-2 C0095